Schweinemond

Hans-Peter Boer

Schweinemond

Kommissar Kattenstrohts
vierter Fall

LV·Buch

Für

Dr. phil. N. H. D. W. Frhr. v. E.

700 Jahre Herrschaft in M.,

45 Jahre Freundschaft,

... und dann noch der Ring!

„Und webte auch auf jenen Matten
Noch jene Mondesmärchenpracht,
Und stünd sie noch im Waldesschatten
Inmitten jener Sommernacht;
Und fänd ich selber wie im Traume
Den Weg zurück durch Moor und Feld,
Sie schritte doch vom Waldessaume
Niemals hinunter in die Welt.“

Theodor Storm

Gedichte, Erstes Buch

Kapitel 1

Der Tag versprach, wunderschön zu werden. Nach einer kurzen, klaren Nacht hatte sich die Sonne aus der Morgendämmerung erhoben und den leichten Dunst vertrieben, der im Morgengrauen unmerklich aus den Gründen des Münsterlandes aufgestiegen war. Jetzt strahlte sie über die Fluren und Wälder, über Ackertrifte und grüne Weiden, über Höfe und Flussauen. Hier und da arbeiteten die Bauern auf ihren Höfen. Gelegentlich war das Brummen von Treckern und anderen Maschinen zu hören. Sonst war es jedoch still in der Landschaft. Nur ein leichter Sommerwind spielte in Bäumen und Büschen, rauschte sanft in den kleinen Waldstücken und den Wallhecken, brachte wellenförmige Bewegung in die heranreifenden Felder und ließ die Wiesenkräuter wie die Binsen an den Ufern von Bächen und Teichen sich neigen und zittern. Mittsommer war gekommen.

Zwei junge Leute, die ihr Auto an der schmalen Straße geparkt und sich auf einen schmalen Patt längs der Wiese begeben hatten, folgten nun dem Lauf eines kleinen Baches, um an den Rand des ausgewiesenen Naturschutzgebietes im Stockhemer Feld zu gelangen. Das blondgelockte Mädchen ging zielstrebig voran, der Junge drömmelte eher missmutig hinterher. Das Mädchen war frisch wie der junge Tag; sie trug eine helle Jeans, leichte Sportschuhe und ein buntes T-Shirt, von dem sich die wuscheligen, langen Locken abhoben; sie war bester Laune und äußerst zungenfertig. Über die Schultern hatte sie einen kleinen Rucksack gelegt. Der Junge, aufgeschossen, hager und sportlich, trug angesagte amerikanische Markenklamotten: Shorts, T-Shirt und eine schon etwas kuddelige Baseballkappe; allerdings war er erkennbar gleichgültig gegenüber den Interessen und der fachlichen Begeisterung seiner Freundin. Zudem war er unrasiert und noch etwas grau im Gesicht. Folgerichtig beschwerte er sich darüber, dass einzelne Pflanzen, Binsen und Ranken ihm die Beine zerkratzten.

Früh am Morgen hatte Fredric aufstehen müssen, obwohl er fast die ganze Nacht zuvor auf einer stadtbekannten Feiermeile an Münsters Hafen zugebracht hatte. Wie gerne hätte er sich weiter die Decke über den Kopf gezogen. Seine Julia bestand indes darauf, dass Verabredungen eingehalten werden müssten, und für diesen Vormittag war fest abgesprochen, gemeinsam die Exkursion eines Biologie-Leistungskurses vorzubereiten, den sie als Referendarin an einem Gymnasium in der Kreisstadt für einige Zeit unterrichtete. Mit der Unterrichtsreihe war ein als existenziell empfundener Unterrichtsbesuch von Seminarleitung und Fachleitung verbunden. „Lehrerin wird man nur noch mit besten Zensuren!“, hatte Julia konstatiert. Allein wollte sie sich auch nicht in die freie Natur begeben. Im Übrigen würde die frische Luft nach der durchzechten Nacht Fredrics Körper und Geist äußerst guttun. Es war nicht einfach gewesen, den matten Knaben auf die Spur zu bringen, aber mit nachhaltigem Einsatz und dank verschiedenster Überzeugungsstrategien hatte die Kleine ihren Hasenbären aus dem Bett, auf die Beine, in die Klamotten, ins Auto und auf die Exkursion befördert. Fredric hatte nicht die geringste Chance. So musste er nun das Beste daraus machen.

Sie wanderten zügig den kleinen Bach entlang. Dabei registrierte Julia mit dem Blick der begeisterten Biologin Fauna und Flora und wusste auch mit den lateinischen Fachtermini zu glänzen. Das Beobachtungsgebiet, das sie sich für die Exkursion ausgesucht hatte, war erst vor einigen Jahren unter Naturschutz gestellt worden. Kurz nach dem Zweiten Weltkrieg hatte eine kleine Ziegelei aus dem nahen Dorf Stockhem begonnen, hier Ton abzugraben. Als man dann vor etwa 30 Jahren den Betrieb einstellte, blieben große Abgrabungsflächen und mehrere, bis zu zwei Meter eingetiefte Tongruben zurück. In ihnen und auf den tonigen Flächen sammelte sich das Wasser. Es dauerte nicht lange, und in dem Rückzugsgebiet siedelten sich seltene Pflanzen und Tiere an. Der örtliche Heimatverein tat sich mit Fachkräften des Naturschutzes zusammen, und man verabredete sich vor allem dahin, regelmäßig die Gewässer freizustellen und den Uferbewuchs zu kürzen, die mächtig aufschießenden Weiden und andere Kleingehölze zu entfernen, zudem die Grünflächen einmal im Jahr mit der Sense zu schneiden. Mittlerweile war das Stockhemer Feld bei Biologen und Naturfreunden ein Geheimtipp. Zwar erfreute sich die Dorfjugend hier trotz diverser Verbotsschilder immer mal wieder mit Partys und nächtlichem Bad in der freien Natur, aber insgesamt wurde das Gebiet doch geachtet und konnte sich ungestört entwickeln, vor allem nachdem die Naturfördergesellschaft mehrere Geländestücke rund um das Feuchtgebiet angepachtet und somit Distanzflächen geschaffen hatte. Nahezu alle Besucher hielten sich an die Regeln, blieben auf den Wegen und benutzten zur Beobachtung der Vogelwelt die beiden aus Holz errichteten geschützten Stände mit ihren Sichtluken.

Derweil hatten die jungen Leute, nachdem sie zwei Fischreiher aufgescheucht hatten, die mit lässigem, gleichmütigem Schwingenschlag über die Wasserflächen abzogen, den ersten der Aussichtsstände erreicht und erstiegen. Aus ihrem Rucksack holte Julia eine Digitalkamera hervor und hängte sie sich um. Fredric bekam ein Fernglas um den Hals gelegt. Das Vogelbestimmungsbuch musste er tragen, während sie sich mit dem entsprechenden Fachbuch zunächst um die Pflanzenbestimmung kümmern wollte. Gemeinsam verschafften sie sich von dem Ansitz mit Hilfe der Flurkarte einen Überblick und beschlossen, auf der dem Naturschutzgebiet abgewandten Wegseite Flächen von je einem Quadratmeter festzulegen, auf denen die Schülerinnen und Schüler Pflanzen erkennen, bestimmen, zählen und schlussendlich beschreiben sollten. Die eigentliche Analyse konnte dann in der Schule erfolgen.

Die natürliche Vegetation hatte im Laufe der Jahre die Grenze des eigentlich geschlossenen Gebietes überwunden. Schon längs des Weges wuchsen seltene Seggenarten, wie sie für saure Wiesen typisch sind. Aber auch Geflecktes Knabenkraut, Breitblättriges Knabenkraut, Stendelwurz und Zwergbinsen hatten sich angesiedelt. Julia suchte, fotografierte, kartierte und war immer wieder entzückt, wenn sie eine seltene Art identifizieren konnte. Fredric interessierte sich mehr für die ruhigen Wasserflächen, aus denen gelegentlich das Quaken einzelner Frösche zu hören war. Nach der Beschreibung der Naturfördergesellschaft tummelten sich mittlerweile sieben Amphibienarten in den Tümpeln, darunter selten gewordene Froscharten und Molche. Über den Wassern gaukelten große Libellen in schillernden Farben, die Binsen nickten im Morgenwind. Dem gedruckten Naturführer zufolge hätte man sogar Eisvogel, Turteltaube und Graugans beobachten können. Fredric war dazu jedoch zu müde, sein Blick noch etwas getrübt.

Nachdem Julia ihren Exkursionsplan abgerundet und so schöne Fachbegriffe wie „Isoëto-Nanojuncetea“ und „Schoenoplectus tabernaemontani" zitiert und mehrfach wiederholt hatte, blieb nur noch, den Wetterbericht der nächsten Tage abzuwarten und die Haltestelle des Überlandbusses ausfindig zu machen, an der der LK Biologie demnächst ankommen sollte. Gemeinsam studierte das Pärchen die Karte. Sie hatten ihr Auto, da sie direkt von Münster gekommen waren, eigentlich am falschen Ende des Naturschutzgebietes geparkt, an seiner östlichen Seite. Die Bushaltestelle musste westlich eines Waldstückes an einer Landstraße liegen. Von dort führte ein befestigter Verkoppelungsweg etwa 500 Meter zum westlichen Rand des Naturschutzgebietes und fand Anschluss an den Wanderweg. Um Zeit und Weg zu sparen, kürzten die beiden jungen Leute ab, streiften geraden Wegs über eine breite Wiesenfläche und erreichten so den Waldrand, an dem vor allem Holunderbüsche ihre breiten Dolden in die strahlende Sonne reckten. Julia erinnerte sich eines Gelees, das ihre Mutter aus diesen Fruchtständen zu gewinnen pflegte. Fredric musste achtgeben, sich nicht an Dornenranken die Beine völlig zu zerkratzen. Auch Brennnesseln tauchten hier und da auf. Schon betraten sie den lichten Buchenwald, stöberten durch das Altlaub und ließen manchen morschen Ast knacken, bis sie auf eine große Lichtung gerieten, die sich im Sonnenschein reichlich bunt und merkwürdig unpassend möbliert präsentierte.

Rund um den freien Wiesenplan war ein rot-weißes Flatterband als Grenze gezogen. Zwei bunte Bauwagen waren aufgefahren, einige Zeltdächer waren aufgespannt und Campingmöbel in Gruppen verteilt worden. Ein Lagerkreuz mit Fahnen durfte ebenso wenig fehlen wie ein Dixi-Klo am Rande. Julia und Fredric zögerten einen Augenblick, wollten aber die große Lichtung nicht umgehen. Sie hoben also das Flatterband an und bewegten sich auf den vom Sonnenlicht überfluteten Platz zu.

Das Ganze war offensichtlich ein Kinderlager, wobei die einzelnen Funktionen der Örtlichkeiten durch bunte, in Plastik eingeschweißte Bilder markiert waren: Es gab niedrige Spiel- und Essenstische, ein Ruhezelt, ein Küchenzelt und eine Sanitätsstation. Die beiden Bauwagen dienten wohl als Unterschlupf und Aufenthaltsstätte bei starkem Regen. Feste größere Bänke und Tische für Erwachsene waren sogar im Boden verankert worden. Am Weg, der auf den Platz führte, hatte man aus

Stangen im Western-Stil ein Tor errichtet, unter dessen Querbalken eine bemalte Holztafel verkündete: „Waldkindergarten der Pfarrei St. Nikolaus Stockhem“.

„Die Blagen sind nicht da, weil's Samstag ist. Und die Kindergärtnerinnen auch nicht! Sonst ist alles da und für uns vorbereitet!“, zeigte sich der junge Mann begeistert, denn auf einem Tisch stand eine Flasche Champagner mit zwei Gläsern. Fredrics Laune stieg, er setzte sich und bewunderte die Flasche, die in der Sonne wohl etwas zu warm geworden war. Als er sich gemütlich zurücklehnte und sich dabei auf die Bank stützen wollte, fand er unter seiner Hand eine kleine Damenhandtasche. Verwundert hob er das edle Ledertäschchen mit schmalem Gurt hoch und zeigte es seiner Freundin. Julia war etwas verunsichert. „Na, da lass mal lieber die Finger davon. So was lässt man doch nicht liegen. Es sind wahrscheinlich doch Leute hier. Wir verschwinden besser wieder!“

„Es ist aber organisatorisch alles da, also muss man den Service auch mal nutzen!“, meinte Fredric und wies auf das Dixi-Klo. Die Folgen der letzten Nacht könne er nicht beliebig lange verdrücken. Und bei der genossenen Alkoholmenge müsse er auch auf das Grundwasser im Naturschutzgebiet Rücksicht nehmen: „Sonst werden deine Libellen total blau und schaukeln noch mehr!“, flachste er. Schwerfällig erhob er sich von der Bank und schritt auf das Klo-Häuschen zu. Das stand am Rand der Lichtung unter einem Baum, die Seite mit der Tür vom Waldkindergarten abgewandt.

„Das ist doch bestimmt abgeschlossen, Hasenbär!“, quengelte Julia. „Nix abgeschlossen!“, gab er zurück: „Exklusiv für uns geöffnet!“, und rappelte ein wenig mit der Tür, an der anscheinend ein Riegel lose herunterhing. Fröhlich winkte Fredric seiner Freundin zu. Dann öffnete er das Häuschen, um einzutreten.

Der junge Mann erstarrte und schlug mit einem vernehmlichen Knall die Tür wieder zu.

Fredric war zutiefst erschreckt. Er sagte keinen Ton. Es hatte ihm schlicht die Sprache verschlagen. Das machte Julia natürlich besonders neugierig. Sie kam in der ihr eigenen zielstrebigen Art herbei und wollte das Klo-Häuschen ebenfalls besichtigen. Fredric hielt sie mit beiden

Händen an den Schultern fest: „Guck da jetzt nicht rein, ich bitte dich! – Was machen wir bloß?“

Sie nahm das Ganze nicht ernst: „Was ist denn los, dass es dir sogar auf die Blase schlägt?“

Er hielt sie fest und rief eindringlich: „Lass es sein! Guck da jetzt nicht rein!“

Julia war wie stets der Überzeugung, ihre eigenen Entscheidungen fällen zu sollen. Lebenspraktisch, wie sie nun einmal war, schob sie ihren Freund geradezu unsanft an die Seite, um sich selbst einen Eindruck zu verschaffen. „Mach mal Platz, Hasenbär!“

Rasch zog sie nun selbst die Tür des Plastikhäuschens auf.

Kapitel 2

„Also richtig verstanden, Herr Kattenstroht, dann schmoren lassen! Lange schmoren lassen bei niedriger Temperatur, höchstens 150 Grad!“ Der junge Sautmann lehnte sich über die Theke seines Verkaufswagens, als habe er ein Geheimnis mitzuteilen. Die Kattenstrohts, behängt mit diversen Einkaufstaschen, hörten den Ausführungen des Kaufmanns interessiert zu. Sie kauften seit Jahren bei Frank Sautmann, Händler für Eier, Wild und Geflügel, dessen Vorfahren schon über Generationen als Kiepenkerle aus einem kleinen Dorf nahe Münster auf die Märkte gezogen waren. „Im Handel liegt der Segen!“, hatte schon die Devise von Uropa Sautmann gelautet, und seine Gene blühten und wirkten in verschiedensten Kaufmannsfamilien im Kernmünsterland fort. Schon Bettys Mutter hatte über Jahrzehnte an diesem Stand gekauft, und Betty hielt nicht nur diesbezüglich auf Treue. Sie und ihr Klaus hatten den schönen Samstagmorgen fest verplant, hatten die Jungs schlafen lassen und nach einer nur kurzen Runde mit Snoopy den Domplatz in Münster angesteuert.

Natürlich hatten sie Käse-Humborg ihre Aufwartung gemacht, hatten an einem Holländer Käse in Schweizer Machart schnabuliert – Humborgs Phantasie war auch im Einkauf grenzenlos –, hatten dann einen Baumberger Gemüsestand näher inspiziert, um jetzt bei Sautmann nach der Lammkeule zu schauen, die sie schon in der Vorwoche bestellt hatten. Am Sonntag wollten Gäste kommen, Stellmacher und seine Theresia sowie Kathrin Eilers und ihr Thomas; man wollte sich einen schönen und entspannenden Abend mit frühem Essen leisten.

Kattenstroht war sich mit dem Rezept noch immer nicht sicher: „Hab ich das richtig verstanden? Fettschicht einritzen; marinieren mit einer Mischung aus Olivenöl, Pfeffer, Rosmarin, Thymian; spicken mit halbierten Knobi-Zehen und dann drei Stunden eingepackt in den Kühlschrank. Ofen heiß werden lassen, beidseitig anbraten bei 250 Grad, dann Temperatur für fünf Stunden – habe ich fünf Stunden verstanden? – runter auf 150 Grad. Regelmäßig wenden und mit der Bouillon übergießen. Die Dörrpflaumen und die Schalotten schwimmen schon im Bräter mit im Portwein. Zehn Minuten vor Schluss die Keule noch einmal einreiben mit Mischung aus Honig, Öl, Pfeffer und Paprikagewürz und die Temperatur noch einmal auf 250 hochfahren, ja richtig?“

Sautmann nickte: „Den Knochen bitte mit im Sud halten; ich habe ihn ja schon extra aus der Keule herausgelöst."

Das Handy klingelte, der Kommissar wandte verzweifelt den Blick zum Himmel – und ging dran. Schließlich hatte er Rufbereitschaft. Es war Austrup, der ihm den strahlenden Samstag mit seiner Meldung ruinierte. In einem Wäldchen in der Nähe des Dörfchens Stockhem sei heute Morgen eine weibliche Leiche gefunden worden. – Ja, offensichtlich ein Gewaltverbrechen. Nein, Kattenstroht müsse sofort kommen. Schücking von der Kreispolizei sei alarmiert, und Frau Eilers wolle er anschließend noch anrufen.

„Mensch, Austrup! Wie stellen Sie sich das vor, ich stehe gerade auf dem Markt an den Galenschen Kapellen. Ich diskutiere über ein schottisches Lamm, und Sie kommen mir mit so was!"

Es hülfe alles nichts; bei allem Verständnis: Kattenstroht werde gebraucht. Austrup schlug vor, mit dem Dienstwagen umgehend vom Präsidium aufzubrechen und den Kommissar an der Bushaltestelle am Stadttheater abzuholen. Der Kommissar nickte gottergeben und bekam noch eine Frist von etwa 15 Minuten. Das musste reichen, die Einkäufe zum Wagen zu bringen und, wie Kattenstroht zu sagen pflegte, tränenreichen Abschied von der besten Ehefrau zu nehmen.

Tatsächlich lief es mit dem Treffen wie am Schnürchen. Der Kommissar übernahm aber selbst das Steuer, fuhr seine Schleichwege aus der Stadt heraus und setzte sich per Freisprechanlage mit Schücking in Verbindung. Der war gerade erst selbst in Stockhem angekommen und beschrieb den Kollegen die etwas komplizierte Anfahrt: „Nicht zu vergessen, der Tatort liegt am Rande eines Naturschutzgebietes und ist etwas versteckt."

„Naturschutzgebiet? Ihr Naturschutz im Kreis bezieht sich offensichtlich nicht auf Menschen?", hatte Kattenstroht leise geknurrt, der noch immer verstimmt war, weil er sein Wochenende wohl komplett abhaken konnte.

Sie erreichten auf Straßen, die sie zunächst durch das malerische Stockhem führten, nördlich des Dorfes die Einmündung eines Verkoppelungsweges, an dem ein buntes Schild einen „Waldkindergarten" ankündigte. Schon hier stand ein Polizeiwagen und war die Zufahrt gesperrt. Weiträumig hatten die Kollegen aus dem Kreis das Gebiet umstellt und hielten so Schaulustige vom Tatort fern. Die letzten hundert Meter zum Wäldchen mussten sie laufen, so hatte es Beucking von der Spurensicherung offensichtlich angeordnet. Seitlich des Waldweges, der zu einer Lichtung führte, parkten noch auf dem festen Weg ein Krankenwagen und ein Notarztwagen, deren Blaulichter hektisch zuckten.

Schücking begrüßte Kattenstroht und Austrup und gab eine kurze Übersicht: „Die Leiche sitzt auf einem Dixi-Klo, das für den Waldkindergarten aufgestellt worden ist. Ein junger Mann und seine Freundin waren heute Morgen am Rande vom Naturschutzgebiet unterwegs. Die Frau ist Junglehrerin und hatte hier was für ihre Schule vorzubereiten. Nachdem sie ihre Arbeit getan hatten, sind die beiden durch den Wald gestromert und sind auf den Waldkindergarten gestoßen, aber von der Rückseite, nicht von der Straße bzw. dem Weg her. Der junge Mann muss mal, findet das Dixi-Klo offen und schaut rein. Auf dem Lokus sitzt blutüberströmt eine tote junge Frau. Man hat ihr mit einer Waffe, wir wissen noch nicht, welche es gewesen ist, mit unglaublicher Wucht in die Brust gestochen. Die arme Frau muss relativ schnell tot gewesen sein.“

„War die Dame auf dem Häuschen“, Kattenstroht suchte nach einer angemessenen Formulierung, „zwecks Erledigung einer Notdurft?“ Schücking schüttelte den Kopf. „Nein, gewiss nicht, sie war bekleidet, auch untenrum. Die Tür ist vielleicht geknackt worden. Ich habe das Gefühl, dass das Opfer vor dem Täter geflohen und in das Dixi-Klo gesprungen ist. Der Mörder hat dann die Tür von außen aufgebrochen und ist auf sein Opfer losgegangen.“

„Könnt ihr schon was zur Identität sagen?“ Kattenstroht ließ seinen Blick in die jungen Bäume schweifen und nahm den Duft der morgendlichen Sommerfrische wahr.

„Alles da!“ Schücking hielt in einem durchsichtigen Beutel eine kleine Handtasche hoch. „Papiere, Geld, Brieftasche. Unter einer Bank haben wir ein Schlüsselbund gefunden, passend zu einem roten Golf, der drüben weiter unten am Waldweg geparkt ist. Die Halterin ist offensichtlich unser Opfer: Johanna Flinker, 32 Jahre alt, Kauffrau. Stammt hier aus Stockhem, wohnt da auch und ist einem unserer Kollegen in Person bekannt. Die Identifizierung ist eindeutig.“

Kattenstroht erkundigte sich nach der Benachrichtigung der Angehörigen. Schücking war umsichtig wie stets: „Ist schon in die Wege geleitet. Der Kollege Ritzmann, ist von hier, er kennt die Familie und ist selbst ziemlich von der Rolle, hat den Ortspastor und unseren Notfallseelsorger verständigt. Er stellt sich der Aufgabe. Die drei sind, denk ich mal, seit einer halben Stunde bei den Hinterbliebenen. Ritzmann erzählte, das Opfer hätte noch beide Eltern, einen Bruder und eine Schwester. Die ist übrigens ausgerechnet die Leiterin vom Kindergarten, der hier dies Sommerereignis für zwei Wochen gestartet hat."

„Und wozu stehen die Kollegen mit dem Krankenwagen und der Notarzt noch da rum?", wollte Kattenstroht wissen. Schücking erinnerte an die beiden jungen Leute, die das Opfer gefunden hatten. „Der Junge hat den ersten Blick auf das Opfer geworfen, und das hat ihm gereicht. Er wollte seiner Freundin den Anblick ersparen, aber die war etwas vorwitzig, schob ihren Freund an die Seite, kam, sah und fiel um: Wahrscheinlich schwerer Schock!"

„Neugierig war des Schneiders Weib, ersann sich diesen Zeitvertreib!" Kattenstroht wurde lyrisch. „Ist denn der Knabe wenigstens vernehmungsfähig?"

„Ich denke schon; er saß eben noch drüben im Notarztwagen. Er will seine Freundin natürlich nicht im Stich lassen. Wollen Sie ihn gleich anhören? Hier können wir ohnehin nichts machen, bis Beucking und seine Leute alles gesichert haben. Der Doktor ist auch schon da."

„Wie hat denn die Alarmierung geklappt?", wollte Kattenstroht wissen.

„Handys haben ja doch ihre Vorteile!", erläuterte Schücking. „Der junge Mann hat die Notfallnummer angerufen, und da die beiden sogar eine Flurkarte des Gebietes dabeihaben, konnte er den Rettungswagen und auch unsere Leute direkt hierherlotsen. Kollege Ritzmann war natürlich als Erster hier. Euch in Münster muss die Alarmierung fast zeitgleich erreicht haben. Sie waren ja nur einige Minuten später hier als ich." Der Kreis-Kommissar warf einen Blick auf die Uhr: „Und Frau Eilers müsste jetzt auch jeden Augenblick auflaufen."

Kattenstroht nickte, warf noch einmal aus einiger Distanz einen Blick auf den Tatort und ging durch einen jungen Schlag zurück zum

Weg, an dem die Autos standen. Auf der Einfahrt war einer der Kollegen der Spurensicherung damit beschäftigt, Fußspuren und die Abdrücke von Autoreifen zu erfassen. Er hatte bereits verschiedene Bereiche mit Flatterband umgrenzt. Ob das was gebe, wollte Kattenstroht wissen. Der Spurensachverständige wiegte den Kopf hin und her: „Ganz schwierig, Herr Kattenstroht, ganz schwierig. Unter der Grasdecke ist dummerweise just hier ein recht lockerer sandiger Boden. Heute in der Nacht war es feucht von Tau, und die Abdrücke irgendwelcher Autoreifen trocknen in der Sonne schnell ab und sind dann futsch. Und erst mal die Fußspuren. Hunderte von Kinderfüßen habe ich da, in jeder Pfütze ein Dutzend Abdrücke; aber auch da: Wie sollen wir's erfassen?“

Der Kommissar wedelte aufmunternd mit der Rechten: „Nun sind Sie mal bitte nicht so defätistisch, mein Lieber. Es ist die Nadel im Heuhaufen, die uns die Fälle löst – oder eben die Fußspur in der Blutlache.“ Sprach' s und begab sich zum Notarztwagen, wo er nicht nur den jungen Begleiter einer angehenden Biologielehrerin, sondern auch seine Assistentin Kathrin Eilers antraf, die sich gerade von einem Kollegen grob in den Tatort einweisen ließ.

Fredric war noch in Sorge um seine Julia. Der Arzt wollte sie für einen oder zwei Tage zur Beobachtung ins Krankenhaus einweisen. Nun war der Junge hin- und hergerissen, ob und wie er die Freundin begleiten könne. Zudem stand das eigene Auto auf der anderen Seite des Naturschutzgebietes. Kattenstroht beruhigte den jungen Mann, der wenige Minuten zuvor ein schwieriges Telefonat mit seiner zukünftigen, sehr besorgten Schwiegermutter hatte führen müssen. Man werde Fredric mit einem Dienstwagen auf dem Umweg über das Dorf zum Auto bringen, so dass er seiner Freundin bald folgen und sich um sie kümmern könne. Zuerst aber wollten Kattenstroht, Eilers und Austrup ihn doch noch mal ausführlich befragen.

Zu dritt kehrten sie zum Waldkindergarten zurück, wo Fredric den beiden im Detail erzählte, wie sie auf die Lichtung gekommen und sich umgeschaut hatten; wie er dann auf der Bank die Champagnerflasche mit den beiden Gläsern bewundert, die kleine Damenhandtasche gefunden und schließlich den Gang zum Klo gestartet hatte. Zu dritt ging man auch durch den Wald zurück bis zur Wiesenfläche, über der jetzt die Luft in der schon stärker brennenden Sonne flirrte.

Aus dem Schatten des Waldrandes ließ Kattenstroht seine Blicke über die Landschaft schweifen. Jenseits des Naturschutzgebietes, das durch Reihen von herangewachsenen Weiden optisch begrenzt war, erkannte man den Stockhemer Kirchturm mit seinem spitzen Helm, der auf eine gewisse Weise selbstbewusst aus der ihn umgebenden Landschaft herausragte. Den Hintergrund bildeten die sanften Hügel der Rodorper Berge, in deren weiten Gehölzen es sich so wunderbar wandern ließ. Auf den höheren Kuppen drehten sich gemächlich einige Windräder.

„Wiede Kämp un hauge Hieggen! – Münsterland, geradezu zum Stöhnen!", seufzte der Kommissar. „Und inmitten dieser Herrlichkeiten eine solche Tat! Es ist nicht zu glauben."

Fredric erläuterte anhand der Flurkarte den Weg, den er mit Julia zurückgelegt hatte. Zudem konnte er mit Hilfe der Digitalkamera belegen, was Julia und er in den anderthalb Stunden vor dem Leichenfund alles veranstaltet hatten. Über einige witzig gedachte Aufnahmen, die die beiden voneinander gemacht hatten, musste auch Kattenstroht nachdenklich und milde lächeln.

Die Geschichte war insgesamt schlüssig.

Von Stockhem klang das Mittagsläuten herüber. Dem Stundenschlag und den neun Schlägen des Angelus folgte das helle Gebimmel einer kleinen Glocke: „Wie passend!", knurrte der Kommissar, „das Totenglöckchen.

Auf der Lichtung ließ man sich im Beisein der Spurensicherung genau erklären, wo sich Fredric hingesetzt und was er angefasst hatte. Dies alles wurde von Austrup präzise dokumentiert.

Der Arzt erschien und erstattete einen vorläufigen Bericht. „Eine ungewöhnlich schwere Stichwunde in die Brust. Ich vermute eine Aortenruptur. Daher auch der gewaltige Blutverlust. Das Blut ist ja sogar unter der Klotür hervorgesickert. Die Frau hatte keine Chance. Schrecklich. Übrigens erfordert das Zufügen einer solchen Verletzung eine Menge Kraft. Es ist nur eine einzige Wunde, und die war gleich tödlich. Ich wette zehn zu eins auf einen recht kräftigen, höchstwahrscheinlich männlichen Täter.

Auf Kattenstrohts Frage nach der Tatzeit wog der Arzt vorsichtig ab. Erste Messungen müssten noch mit den Temperaturen der Außenluft abgestimmt werden, zudem habe die Sonne auf das Klohäuschen geschienen, so dass die Leichenstarre wahrscheinlich etwas verzögert wurde. „Ich denke mal, man hat die arme Frau nicht vor Mitternacht, aber auch nicht sehr viel später ums Leben gebracht. Was übrigens die Obduktion angeht, wird das wohl kaum was vor Montag. An sich ist die Sachlage ja auch ziemlich eindeutig."

Derweil wurden die Champagnerflasche und die beiden Gläser vorsichtig verpackt. Kattenstroht erinnerte noch einmal daran, dass auch Fredric die Bouteille angerührt habe. „Ansonsten haben wir vielleicht Spuren von Opfer und Täter drauf!" Und nach einer Pause: „Stil sollte das hier wohl haben: Ein Rendezvous, in der freien Natur, in der Mittsommernacht, bei Vollmond und mit einer Mondscheinserenade an einer der richtig schönen Plätze im Münsterland. Und dann kam der Täter." Der Kommissar wandte sich an seine Assistentin: „Wie können wir uns den Ablauf vorstellen?"

Kathrin Eilers wandte sich um, überblickte noch einmal den Tatort und fasste zusammen: „Tja, ein Stelldichein in der Vollmondnacht! Sehe ich auch so. Sie bringt den Champagner mit, ist ja auch nur eine kleine Flasche. Sie kommt, vielleicht ist sie ihm dort begegnet, von irgendeiner Veranstaltung. Sie trägt ein sehr schickes Kostüm, also war' s festlich. Sie setzt sich an diesen Tisch hier, legt das Täschchen auf die Bank, der Autoschlüssel fällt herunter. Sie stellt den Champagner bereit, die beiden Gläser sehen nach edlem Kristall aus, sind also nicht aus dem Lokal oder vom Festzelt mitgebracht worden."

Kattenstroht nickte: „Sehe ich genau so. Zudem möchte ich die Kneipe im Brinketal sehen, die „Veuve Clicquot Ponsardin" in der Demi-Flasche ausschenkt. Das ist vielleicht im Landhotel Edelbroick üblich. Ich glaube auch, dass die arme Frau die Flasche mitgebracht hat. Champagner hat für mich etwas Weibliches, diese Marke sowieso."

Kathrin Eilers wurde bissig: „Du meinst auch wohl, ein Mann kommt nur mit einem echten schottischen Whiskey um die Ecke, so wie du mit deinem Oban oder Talisker!"

„Nicht vergessen", hob Kattenstroht die Stimme an: „Wie lieb und luftig perlt die Blase / Der Witwe Klicko in dem Glase! – Das ist die Hochzeitsreise der frommen Helene bei Wilhelm Busch. Diese Dame hier wollte vor Ort was von ihm, aber bestimmt keinen Sex; er wollte wahrscheinlich just das mit ihr. Es gibt Streit, er wird handgreiflich oder gewalttätig, sie flieht ins Klo – und im Eifer des Geschlechtes sticht er zu." Kattenstroht stockte einen Augenblick und sprach Schücking an, der sich gerade mit Austrup über den Abtransport der Leiche und die Sicherung des Tatortes abstimmte: „Habt ihr eine Tatwaffe gefunden oder gesehen?" Die beiden verneinten: Es sei nichts gefunden worden.

Da bliebe einiges zu klären, seufzte Kattenstroht. Er stemmte die Hände in die Hüften und schaute sich auf der Lichtung um. „Das ist doch noch ein ziemliches Durcheinander hier. Ich schlage vor, wir sehen uns erst einmal im Dorf um, essen was und versuchen dort, Anschluss zu finden."

Auf dem Weg zum Auto grübelte der Kommissar über etwas nach und warf beim Einsteigen lässig hin, die Person, die den Champagner mitgebracht habe, sei offensichtlich ziemlich knauserig gewesen. „Kommt zur Mondscheinserenade mit einer Demi von nicht mal einem halben Liter daher. Dabei gibt's von diesem edlen Gesöff richtige Bouteillen von 15 oder sogar 30 Litern. Und die heißen dann auch noch Jeroboam und Melchisedech, wenn ich mich nicht irre: wie Könige und Hohepriester. Aber eine kleine Demi?"

Kathrin Eilers konnte über die Gedankensprünge ihres Chefs angesichts einer so blutigen Mordsache nur noch den Kopf schütteln.

Kapitel 3

Vom Tatort steuerte der Kommissar den Dienstwagen ins Dorf. Sie wurden am Dorfrand durch ein großes Schild zum „125-jährigen Jubiläum der Stockhemer Genossenschaft Brinkeland" begrüßt, die just in dieser Woche eine Kette von Veranstaltungen angeboten hatte. Zahlreiche Häuser waren beflaggt, das Dorf hatte sich insgesamt fein gemacht. „Hier ist die Bäuerliche noch was wert!", hatte Kattenstroht geknurrt. „Die Genossen sind ja auch solider als so manch ein anderer Finanzhai!" Seine Laune war jedoch trotz des positiven Urteils über münsterländische Bankiers insgesamt schlecht: Kattenstroht hatte ganz einfach Hunger.

Schon unmittelbar hinter dem Ortsschild lauerte er ziemlich ungeduldig nach rechts und links, kontrollierte vorm Einbiegen in die Hauptstraße, sich weit vorlehnend, die Reklameschilder und fand endlich einigermaßen beruhigt einen Schnellimbiss. Seit den Cerealien, die ihm Betty vor dem Marktgang überhaupt noch zugestehe, habe er nichts mehr picken können. Auf Nachfragen seiner Assistentin musste er allerdings einräumen, dass die Probiererei an Humborgs Käsestand doch recht ergiebig gewesen sei und ihm über die Zeit geholfen habe.

Es war schon später Mittag. Die Stockhemer Dorfstraße zeigte sich im strahlenden Sonnenschein ziemlich ruhig, kaum ein Mensch war unterwegs. In der Frittenbude, wie Kattenstroht die Gastronomie einigermaßen despektierlich titulierte, gab es nur ein beschränktes Angebot. Zunächst schwankend zwischen Bouletten und belegten Brötchen, ließen sich der Kommissar und seine Assistentin dann je einen Salat aus der Kühltheke geben, nahmen ein Brötchen und ein Wasser dazu und fanden schließlich vor dem Haus im Schatten einen einigermaßen gemütlichen Platz mit Tisch und Bänken für das frugale Mahl. Dass sie dabei die Hauptstraße im Blick hielten, war nützlich. So konnten sie sich bei Bedarf schnell mit Kolleginnen und Kollegen verabreden.

„Das ist in Ordnung mit dem Salat", meinte Kathrin Eilers, „heute kriegen wir ja noch Lamm!"

Kattenstroht schaute abrupt auf, und auch Kathrin Eilers begriff sofort, dass angesichts der Ermittlungen das geplante Kattenstroht'sche Gelage kaum Wirklichkeit werden konnte. Zehn Minuten und einige Handytelefonate später hatte man das Festessen um einen Tag auf den frühen Sonntagabend verschoben. „Wenn ich Betty nicht helfen kann, können wir uns eine solche Fete schenken. Macht mir auch keinen Spaß, sie allein die ganze Arbeit machen zu lassen. Zum Glück war die Lammkeule noch nicht im Ofen."

Während er mit seiner Plastikgabel versuchte, die letzten Maiskörner in der Plastikschale aufzuspießen, wanderte der Blick des Kommissars immer mal wieder die Dorfstraße hinunter: „Ist ja richtig ordentlich hier! Unser Dorf soll schöner werden! Die haben bestimmt mal den ersten Platz gemacht: Golddorf mit Bürgersteigen in Waschbeton, Peitschenleuchten und Fahrradwegen. Bloß keine natürlichen Pättkes und kein Unkraut mehr. Hier lebt doch kein Stück Vieh mehr im Dorf!"

„Nun sei mal nicht so ungnädig mit den Leuten auf dem Lande. Willst du denen vorwerfen, dass sie die Fehler der Städte aus den 1950er und 1960er Jahren nachgeholt haben?", warf Kathrin Eilers ein. „Immerhin geben sie sich Mühe, halten das Dorf in Ordnung und haben für das Jubiläum auch schön geschmückt. Ich wundere mich nur über die weißblauen Fahnen. In den meisten Dörfern wird doch grün und weiß geflaggt, mit den Schützenfarben. Oder ist das hier in Stockhem eine Schalke-Hochburg?"

Es war an Kattenstroht, wieder einmal mit seinen landeskundlichen Kenntnissen zu glänzen: „Das ist nicht Weiß-Blau, das ist Blau-Weiß! Bei Clemens-August – Blau und Weiß –, da lebt man wie im Paradeis! Das haben die Münsterländer Bauern zu Ehren ihres Landesherrn Clemens August von Wittelsbach vor 250 Jahren schon gesagt. Mal ernsthaft: Die Farben sind eine der Spuren unserer Geschichte. Vergiss nicht, wir Münsterländer sind nun mal die nördlichsten Bayern. Jahrhundertelang von denen oder von Österreichern regiert. Deswegen sind wir doch so lebenslustig hier!"

Der Kommissar wollte schon zu einem längeren kulturgeschichtlichen Exkurs ansetzen, wurde aber von seinem Handy abgelenkt, auf dem sich Schücking meldete. Der hatte sich derweil wieder mit Ritzmann getroffen und wollte gemeinsam mit Kattenstroht und Eilers das weitere Vorgehen abstimmen. Der Kommissar beschrieb den beiden seinen Aufenthaltsort, und schon wenige Minuten später fuhr Schückings Dienstwagen vor. Den Kollegen Ritzmann hatte er gleich mitgebracht.

Da Kattenstroth und Eilers allein auf den Bänken vor dem Schnellimbiss saßen, setzten sich die beiden anderen Beamten dazu und ließen sich erst mal eine Erfrischung bringen. Ritzmann begann, nachdem er sich über die Stirn gewischt und einen ersten Schluck Mineralwasser genommen hatte, mit seinem Bericht:

„Die Eltern und Johanna Flinkers Geschwister zu informieren war hart. Ich habe gedacht, weil ich die Flinkers ja kenne, übernehme ich das und lasse mich dabei von den Notfallseelsorgern unterstützen. Aber es wurde dann ganz schrecklich – viel schlimmer als in ähnlichen Fällen. Wir konnten die Eltern nur mit Mühe davon abhalten, ins Stockhemer Feld zu fahren, um die Tochter abzuholen."

„Weiß man denn schon was über den gestrigen Abend und die Aufenthaltsorte des Opfers?", fragte Kathrin Eilers.

Ritzmann zückte seinen Block und setzte an. „Sprechen konnte ich dann einigermaßen mit der Schwester; Brigitte heißt die, wird im Dorf nur Gitti genannt und wohnt noch bei den Eltern. Also, gestern war doch der große Ball der Genossenschaft zum Jubiläum. Das Festzelt steht am Sportplatz. Deswegen ist ja auch noch geflaggt. Der Ball begann um 19.30 Uhr, und Johanna Flinker war auch da; sie ist ja in der Geschäftsführung bei Brinkeland tätig gewesen. Es war die ganze Mannschaft da, auch hoher Besuch aus Münster, viele Kolleginnen und Kollegen aus dem Umfeld der Banken und den Bäuerlichen, insgesamt – sagen wir mal – etwa 400 Gäste. Die Kapelle sollte bis 2.00 Uhr spielen. Johanna hat viel getanzt, hatte ihren Spaß, ist aber vor Ende des Balls bereits verschwunden. Sie muss dann zu ihrer Wohnung gegangen sein, hat da wahrscheinlich den Schampus geholt, denn auf dem Fest gab's nur eine deutlich billigere Brause. Dann ist sie mit ihrem Auto ins Stockhemer Feld gefahren. Dort muss sie ausgerechnet im Kindergarten ihrer Schwester ihrem Mörder begegnet sein." Ritzmann schaute weiter auf seinen Block. „Wir machen natürlich noch ein ordentliches Verhör, aber das war das, was ich bisher schon herauskriegen konnte."

„Wenn unser Opfer eine dorfbekannte Persönlichkeit war, dann weiß man doch, was sie für ein Typ war. Wie sah es denn aus mit Männergeschichten zum Beispiel? Abgesehen von dem schrecklichen Anblick heute Morgen – sie muss doch eine sehr attraktive Frau gewesen sein.

Und dann mit gerade mal dreißig Lenzen schon in der Geschäftsführung der Genossenschaft?“ Kattenstroht warf einen schnellen Blick auf Kathrin Eilers und formulierte vorsichtig weiter: „So eine tolle Frau brennt auf so einem Dorf wie Stockhem doch eigentlich nicht an. Wenn ich es richtig verstanden habe, war sie ja noch ledig.“

Der Dorfpolizist hatte aufmerksam zugehört und antwortete nun seinerseits vorsichtig: „Sagen wir mal so, die Johanna Flinker war ein ganz tolles Mädchen, ohne Frage. Sie hatte komischerweise keinen richtigen Freund. Sie war fleißig, ging zur Schule, machte hier bei der Genossenschaft ihre Lehre, holte das Fachabitur und ein Fachstudium nach und startete eine Karriere. Zudem hatte sie es mit Pferden. Hat zwei schöne Reitpferde in einem Stall hier vorm Dorf stehen. Man hat sonst nichts von ihr gehört. Ich wundere mich schon, dass sie mit einer Flasche Champagner in der Nacht in die Gebiete fährt. Das passt eigentlich ganz und gar nicht zu ihr. Ich habe sie nie richtig zechen gesehen. Sie feierte immer mit Wasser oder Cola, hatte trotzdem ihren Spaß.“

„Ich habe übrigens einen ersten Blick auf die Wohnung geworfen“, ergänzte Schücking. „Den Schlüssel haben wir von der Familie bekommen. Im Kühlschrank stand tatsächlich noch eine weitere Flasche Champagner derselben Marke, in einer Vitrine im Wohnzimmer fehlen in einer Serie von sechs teuren Champagnerkelchen aus Kristall genau zwei. Und die sind, wenn ich mich nicht irre, inzwischen auf dem Weg in unser Labor.“

Ob sonst noch etwas Auffälliges in der Wohnung gewesen sei, wollte Kattenstroht wissen. Schücking meinte, er habe nichts Besonderes bemerkt, die Wohnung aber für die spätere Untersuchung sicherheitshalber versiegelt.

Der Kommissar nickte zustimmend: „Die Wohnung sehe ich mir in den nächsten Tagen auch noch genauer an.“ Und nach einer kurzen Pause fragte er: „Wie ist denn der Stand der Dinge am Tatort?“

„Da machen Sie sich mal keine Illusionen, Herr Kattenstroht, das wird spät! Beucking hat wahnsinnig schwierige Spurenumstände.“ Schücking warf einen Blick auf seine Uhr: „Vor 17 oder 18 Uhr wird der kaum abrücken können. Ich denke, Sie wollen sich noch mal einen Blick vom Tatort vor dem Abtransport des Opfers verschaffen. Beucking hat noch davon gesprochen, einen nächtlichen Termin wegen der Lichtverhältnisse anzusetzen. Er denkt an eine Art Rekonstruktion der Tatumstände. Deshalb soll ein Sicherheitsdienst das Wäldchen im Stockhemer Feld mindestens über das Wochenende absperren und bewachen."

Kattenstroht holte tief Luft und wandte sich an seine Assistentin: „Dann wollen wir mal hoffen, dass dieser Ortstermin erst am Montag ist, denn morgen haben wir ja Rotwein beim Lamm!"

Schücking fiel sofort ein: „Tut mir leid, Herr Kommissar, der Ortstermin ist schon für Sonntagabend angesetzt, damit sich die Wetter- und Lichtverhältnisse nicht zu sehr ändern. Das Wetter könnte in den kommenden Tagen auch schlechter werden."

Kattenstroht seufzte tief und schaute resignierend auf seine Mineralwasserflasche: „Uns bleibt wirklich kaum was erspart. Dann wollen wir mal zusehen, dass wir am Sonntagabend einen Dienstwagen mit Fahrer finden. Ich hatte extra einen Châteauneuf du Pape ausgesucht."

Nun klinkte sich Kathrin Eilers deutlich sachlicher als ihr Chef in die Debatte ein: „Ist denn die Schwester für mich vielleicht ansprechbar? Ich würde mich gerne mit ihr mal über den Waldkindergarten unterhalten."

Ritzmann überlegte einen Augenblick: „Ganz ehrlich gesagt, lassen wir doch die Flinkers im Augenblick in ihrem Elend in Ruhe. Wie wäre folgender Vorschlag? Wir trennen uns gleich: Herr Kommissar Kattenstroht könnte mit Herrn Schücking zur Genossenschaft fahren. Der Geschäftsführer, Bernd Veltbrügge, steht uns zur Verfügung, er ist jetzt im Büro. Ihm geht 's natürlich auch nicht gut bei dem, was da passiert ist. Dann könnten wir beide, Frau Eilers, zu Heidi Wessling fahren. Sie ist eine von den anderen Kindergärtnerinnen, die ich gut kenne: Sie wohnt auch nur ein paar Straßen weiter."

Der Vorschlag wurde akzeptiert, und wenige Minuten später teilte sich die Gruppe. Ritzmann komplimentierte Kathrin Eilers in Schückings Dienstwagen und fuhr zügig in ein recht neu und proper aussehendes Wohngebiet: „Eigentlich darf man auf dem Lande in der Mittagszeit nirgendwo anläuten", hatte der Beamte besorgt erklärt, „aber dies ist ja nun doch ein Notfall." Sie fanden die Kindergärtnerin tatsächlich auf der Terrasse vor, wo ihr Mann sich um sie kümmerte. Auch Heidi Wessling hatte am späten Vormittag vom brutalen Mord an Johanna Flinker erfahren: „Das hat sich wie ein Lauffeuer herumgesprochen. Man kennt sich doch in so einem Dorf. Johanna ist nur zwei Jahre älter als ich, und Gitti, ihre Schwester, ist eine meiner besten Freundinnen und Kollegin noch dazu!“, schniefte die Frau erschüttert in ihr Taschentuch, während zwei kleine Jungen von vielleicht zwei und vier Jahren ihre Mutter verständnislos anschauten.

„Wir sind jetzt eigentlich hier“, setzte Kathrin Eilers an, „um etwas über den Waldkindergarten zu erfahren. Können Sie uns vielleicht erklären, was das für ein Projekt ist?“

Heidi Wessling, offensichtlich Kindergärtnerin mit Leib und Seele, ließ sich nicht lange bitten. Sie wischte sich die letzten Tränen ab und setzte Kathrin Eilers rasch und fachkundig ins Bild: „Das ist ein Projekt, das unser Kindergarten seit einigen Jahren betreibt. Wir gehen in zwei Wochen für jeweils fünf Tage vom Montag bis zum Freitag in das Stockhemer Feld. Das Wäldchen da gehört einem Bauern, Heinrich Lütke Brüggemann, der stellt es uns ohne irgendwelche Auflagen zur Verfügung.“ Sie hielt kurz inne: „Kann er ja auch tun, er hat selbst zwei seiner Kinder in meiner Gruppe! Auf der einen Seite richten wir mit den Eltern den Platz auf der Lichtung her. Die Feuerwehr macht eine kleine Übung draus und legt uns Strom und Wasser. Dann haben wir die Zelte, einen schönen Bauwagen kriegen wir von Flinkers als Leitungs- und Sanitätsstation, wir haben ein Küchenzelt von den Pfadfindern geliehen bekommen und viele Campingmöbel aus den Familien. Für die ganz kleinen Kinder haben wir diese kleinen Tische und Bänke. Das ist schon eine ganze Einrichtung geworden, die wir im Keller vom Kindergarten lagern. Zum Glück haben wir ganz tolle Eltern, die uns helfen. Handwerker sind dabei und Familien, die die Sachen transportieren und aufbauen. Das Dixi-Klo mussten wir uns natürlich leihen. Das Dixi-Klo ...“ Heidi Wessling musste schlucken und begann wieder von neuem, leise zu weinen. Natürlich hatte man im Dorf längst davon gehört, wo die Tote aufgefunden worden war.

„Was machen Sie denn eigentlich da draußen mit den Kindern? Lohnt dieser Aufwand?“, wollte Kathrin Eilers wissen. Da ließ sich die passionierte Pädagogin nicht lange um eine Erklärung bitten. Sie holte weit aus, sprach von Entfremdung der Kinder von der Natur, von übermäßigem Medienkonsum und der Unkenntnis einfachster biologischer, physikalischer und chemischer Zusammenhänge. „Die Kinder kommen ja selbst bei uns auf dem Lande kaum noch richtig an die Luft. Unser Waldkindergarten ist wie ein kleines Fenster nach draußen. Morgens kommen die Mütter und bringen uns die Kleinen mit dem Rad oder Auto. Wir haben sogar einen kleinen Lotsendienst an der Kreisstraße eingerichtet. Da steht dann immer eine von uns mit der Warnweste und einer Kelle und hält die Autos auf, die zu schnell fahren. Ist übrigens mit Herrn Ritzmann abgesprochen.“ Heidi Wessling wies energisch auf ihren Dorfpolizisten. „Zunächst haben die Kinder die Gelegenheit, sich im Lager zurechtzufinden, und können schon etwas spielen. Natürlich ist viel Spielzeug aus dem Dorfkindergarten mit dabei. Danach frühstücken wir zusammen; jeden Tag gibt es ein kleines Arbeitsprogramm. Wir sammeln Blüten und Blätter, beobachten im Naturschutzgebiet die Vögel, lernen, Bäume an ihren Rinden zu unterscheiden, und basteln natürlich viel mit dem, was wir im Wald finden. Und glauben Sie mir, wir haben in vier Jahren nicht einmal schlechtes Wetter im Waldkindergarten gehabt.“

Kathrin Eilers wollte weitere Details wissen. „Wie war es denn in den letzten Jahren mit Vandalismus? So ein Ort ist doch, zumal er im Dorf bekannt ist, ganz schnell eine Anlaufstelle für wehrige Jugendliche, die sich da aufhalten und oft sinnlos was zerstören.“

„Das haben wir auch gedacht“, bestätigte die Kindergärtnerin, „aber es ist nichts passiert. Im ersten und im zweiten Jahr haben schon mal Väter aus der Elternschaft im Bauwagen übernachtet. Ehrlich gesagt hatten die einen größeren Spaß als irgendwelche wilden Jugendlichen. Grillen mit Bier – und dabei mit gutem Grund weg von zuhause! Es gab dann allerdings Ärger mit einzelnen Müttern. In den beiden letzten Jahren haben wir auf die Wachen verzichtet. Und bis gestern ist ja auch nie was passiert.“

„Wie soll es nun weitergehen mit Ihrem Waldkindergarten?“, wollte Kathrin Eilers wissen.

Heidi Wessling richtete sich auf. Fast tonlos meinte sie: „Unsere Idylle im Stockhemer Feld können wir abhaken. Nach dieser Geschichte können wir mit den Kindern da nie wieder hin. Und die ersten Jahre können wir uns unser schönes Waldprogramm total abschminken. Ich habe eben schon mit dem Pastor telefoniert. Wir müssen schon am Montag ein Notprogramm im Dorfkindergarten fahren. Unsere Sachen können wir ja die ersten Tage gar nicht abholen, ist alles abgesperrt da. Und dann müssen wir mal zusehen."

Kathrin Eilers wollte die Kindergärtnerin trösten: „Meinen Sie denn nicht, dass Sie mit einigem Abstand zu den Dingen den Platz doch wieder nutzen können?"

Heidi Wessling hob den Blick und meinte: „Sie klingen so, als wenn Sie aus der Gegend sind. Dann wissen Sie doch auch, dass solche Orte irgendwie, sagen wir mal, irgendwie verwunschen sind. Schauen Sie sich doch im Münsterland um. An vielen Stellen stehen Kreuze an Straßen und Wegen. Die erinnern an solche Geschehnisse wie Mord und Totschlag, Jagdunfälle, Unglücke. Noch in zweihundert Jahren werden die Leute in Stockhem wissen, was unserer Johanna Flinker da im Feld passiert ist. Und sie werden den Ort meiden."

Kapitel 4

Die Genossenschaft „Brinkeland" hatte ihren Sitz im Industriegebiet in der Nähe des kleinen Bahnhofs von Stockhem. Schon von weitem sah man die hoch aufragenden Kornsilos und die wehenden Fahnen, mit denen man unausweichlich an das Jubiläum der „Bäuerlichen" erinnert wurde. Unmittelbar an der Straße stand ein zweistöckiges älteres Haus im Stil der 1920er Jahre, das seitlich um einen Markt für Haus- und Gartenartikel erweitert worden war. Rückwärtig war ein Trakt angebaut, in der offensichtlich die Verwaltung untergebracht war, denn große Schilder wiesen auf das „Büro" und die diversen Öffnungszeiten hin. Hohe Stapel von Torf-, Mulch- und Düngersäcken bildeten einen entsprechenden Rahmen, aus dem größere Topfpflanzen, verschiedene Modelle von Gartenbrunnen aus Beton und sogar antike Götterfiguren herausragten. Der Kommissar lästerte los, lobte den Brustkasten der Venus von Milo als einen Höhepunkt klassischer Bildhauerkunst und verdammte dessen Präsentation in Kunststoff.

Der große Betriebshof war in Gänze asphaltiert und lag im hellen Sonnenlicht. Er war im Karree mit niedrigeren Hallen umbaut, hinter denen sich in Richtung auf den Bahnanschluss die Silos erhoben. In der Hofmitte hatte man wie zur Besichtigung den Fuhrpark der Genossenschaft demonstrativ aufgefahren, Silozüge, Planenzüge, kleinere Transporter, Gabelstapler und Verlademaschinen. Der gesamte Betrieb war mit einem stabilen Zaun umgeben. Trotz der Betriebsruhe war das große Tor geöffnet, mehrere Autos standen vor dem Verwaltungstrakt, aus dessen großen Fenstern der gesamte Hof überblickt werden konnte.

Kattenstroht und Schücking fanden den Eingang zwischen dem doppelstöckigen Altbau und dem neueren Verwaltungstrakt, der sich jedoch auch als Durchgang zum sich daran anschließenden Gartenmarkt entpuppte. Der Kommissar, neugierig wie stets, ging erst einmal in diese Richtung und bestaunte das breit gefächerte Angebot. Wenn er jetzt Betty dabeihätte, so erklärte er Schücking, wäre er gewiss chancenlos; die fände in Märkten dieser Art stets ihr besonderes Pläsier. Er stutzte und meinte dann, er müsse gleich neues Hundefutter für Snoopy mitnehmen. Hinter ihnen war ein nachdrückliches Hüsteln zu vernehmen. Die beiden Polizisten wandten sich um und sahen sich einer stämmigen älteren Dame im dunkelgrünen Kostüm gegenüber, die ihnen entschieden mitteilte, dass heute wegen der Jubiläumsveranstaltungen ausnahmsweise geschlossen und Einkäufe mithin nicht möglich seien. Kattenstroht wies sich aus, stellte Schücking vor und fragte nach dem Geschäftsführer der Genossenschaft, Bernd Veltbrügge. „Wir hörten, er sei hier im Büro und für uns zu sprechen!"

Die stattliche Dame stellte sich selbst als Agnes Cremers vor: „Ich arbeite auch hier auf der Genossenschaft." Sie geleitete die beiden Besucher zurück in den Durchgang zum Hof und führte sie dann über einige Stufen in das Hochparterre des Altbaus, der erst vor kurzer Zeit renoviert worden zu sein schien. „Herr Veltbrügge hat Sie schon erwartet." Durch einen hohen Flur, dessen Decken mit dekorativen Jugendstil-Stukkaturen versehen waren, gelangten sie zum Büro des Geschäftsführers. Der etwa 40 Jahre alte Veltbrügge, groß, schlank, markantes Gesicht, begrüßte die beiden Beamten schon in der Tür, fragte nach Erfrischungswünschen und bat Kattenstroht und Schücking endlich zu einer Sitzgruppe, die an einer Seite des großen Eckzimmers aufgestellt war. Wie Kattenstroht nur beiläufig registrierte, war auch der Schreibtisch des Geschäftsführers im Raum so platziert, dass er den Betriebshof ziemlich geschlossen überblicken konnte.

Der Kommissar bemerkte sofort, dass Veltbrügge völlig abgekämpft und psychisch offensichtlich derangiert war. Dem Geschäftsführer war ebenso klar, dass man ihm seinen Zustand anmerkte, und er ging sofort in die Vorwärtsverteidigung: „Bitte sehen Sie mir meine Unruhe und mangelnde Konzentration nach. Wir haben nach jahrelanger Vorbereitung eine Woche lang unser Jubiläum gefeiert, mit Festakten, Tagen der offenen Tür, Verbandsversammlungen und Konzerten, mit dem großen Ball am gestrigen Abend. Das Wochenende wäre die erste Ruhephase seit Monaten gewesen. Und jetzt das. Sie finden mich fassungslos, meine Herren. Völlig fassungslos. Ich weiß gar nicht, was ich jetzt tun soll."

Kattenstroht bat um sein Verständnis, dass sie dennoch mit den Befragungen und Ermittlungsarbeiten beginnen müssten. Immerhin sei ein brutaler Mord geschehen, und bei aller persönlichen Betroffenheit müsse man doch entschieden damit umgehen, dass im Umfeld von

Stockhem oder vielleicht sogar im Umfeld dieses Betriebes ein Mörder umgehe: „Wir wissen noch nicht, in welche Richtung uns unsere Ermittlungen führen werden. Kollege Schücking und ich versuchen zunächst einmal, uns ein Bild von dem Opfer zu machen. Unsere Erfahrungen haben uns gelehrt, dass sich in den meisten Fällen Opfer und Täter kannten, ja sogar aus dem gemeinsamen Umfeld kamen. Deshalb setzen wir ja auch beim Opfer an."

Der Geschäftsführer seufzte tief und legte die Hände vors Gesicht: „Das Opfer, ja das Opfer. Unsere Johanna. Ein Opfer." Er schwieg, wischte sich die Augenwinkel, richtete sich wieder etwas auf und nahm Haltung an: „Entschuldigen Sie bitte, meine Herren! Das geht nicht so an mir vorbei."

Der Kommissar hatte das Gefühl, dass diese Trauer echt war: „Ist schon in Ordnung, ich würde vermutlich ähnlich reagieren, wenn mir eine enge Mitarbeiterin ermordet würde. Sie war doch eine enge Mitarbeiterin von Ihnen, oder?"

Veltbrügge hatte sich wieder gesammelt: „Das muss man wohl so sagen. Ich bin ja erst seit drei Jahren hier, Johanna hat vor etwa 14 Jahren nach der Realschule hier ihre Lehre begonnen. Frau Cremers, unsere Büroleiterin, Sie haben sie ja eben kennen gelernt, hat sie mit ausgebildet. Hanna hat dann in Abendkursen das Abitur nachgeholt, dann an der FH berufsbegleitend Betriebswirtschaft studiert und brillant abgeschlossen. Natürlich hat sie viele Lehrgänge an der Akademie des Genossenschaftsverbandes absolviert. Die Urteile sind überall übereinstimmend: Sie war fachlich brillant. Es war kein Zufall, dass unser Aufsichtsrat uns vor drei Jahren gewissermaßen im Doppelpack gewählt hat. Ich kam als neuer Chef mit dem Segen des Verbandes von außen, sie trat mit ihren langen Erfahrungen und genauester Kenntnis gewissermaßen als Hausberufung an. Das war nicht dumm gedacht. Es hat ja auch hervorragend funktioniert."

Schücking übernahm die nächste Frage: „Wie würden Sie, Herr Veltbrügge, denn Ihre Zusammenarbeit mit Frau Flinker beschreiben? Auf der fachlichen – und persönlichen Ebene?"

Bernd Veltbrügge lächelte: „Natürlich sind wir unterschiedlich gestrickt, schon als Frau und Mann, aber Johanna hatte ungewöhnliche mathematische Begabungen, sie konnte vernetzt denken, hatte eine hohe Schaltgeschwindigkeit und ein ganz sauberes Aufmaß in all ihrem Tun. Wenn die eine Sache anpackte, dann nahm sie sich immer erst eine längere Planungsphase. Spontan und rein aus dem Bauch heraus zu handeln, das war überhaupt nicht ihr Ding. Sie ging eigentlich alles mit dem Kopf an und hatte bei ihrem wahnsinnigen Gedächtnis eine besondere Begabung zum Controlling. Was sie sah, hörte oder las, das behielt sie auch und brachte es immer wieder ein." Veltbrügge machte eine kleine Pause. „Und dann müssen Sie sich vorstellen, habe ich mit Frau Cremers, unserer Büroleiterin, eine zweite Kapazität von diesem Kaliber im Büro. Die ist zwar mehr als 30 Jahre älter, hat aber ganz ähnliche Begabungen. Für die war Johanna fast eine Tochter. Wie Frau Cremers mit dem Geschehen umgehen will: Ich weiß es nicht. Im Moment ist sie jedenfalls – verständlicherweise – völlig zu."

Der Kommissar nickte und rief sich die Begegnung mit der älteren Frau kurz ins Gedächtnis: „Wir fragten aber auch nach der Art des persönlichen Umgangs."

Der Geschäftsführer griff etwas verlegen nach seinem Wasserglas: „Ich weiß nicht, was Sie gesehen haben, da draußen im Stockhemer Feld." Er zögerte etwas, stand auf, ging zum Schreibtisch und kehrte mit einer dicken Ledermappe zurück. „Hier haben wir die ersten Fotoserien von den Feierlichkeiten der Jubiläumswoche." Er legte in Reihen etwa ein Dutzend hochglänzende Fotografien im Format 18 x 24 cm auf dem Tisch aus. „Die sind entstanden bei den diversen Gelegenheiten. Hier zum Beispiel beim Festakt: der Minister, der Verbandspräsident, der Bürgermeister, das bin ich, und da haben wir Johanna."

Kattenstroht zog das Bild etwas näher zu sich heran und konzentrierte sich auf die abgebildete junge Frau. Ein edles Kostüm in Blau mit weißer Bluse unterstrich ihre ansprechende mittelgroße, schlanke Erscheinung. Aus einem schmalen, hellen Gesicht mit einigen Sommersprossen blickten große strahlende Augen durchaus lebenslustig in die Kamera. Das Gesicht umrahmte eine dunkelrote Haarpracht, die den Kommissar faszinierte. Er hüstelte: „Das Foto gibt es ja nicht ganz her, darf ich mal auf grüne Augen tippen?"

Veltbrügge antwortete lakonisch: „Richtig! Grüne Augen!"

„Also war ihre Haarfarbe echt?", hakte Kattenstroht nach.

„Absolut! Die Sommersprossen waren es auch." Der Geschäftsführer lächelte wehmütig.

Stille stand im Raum. Die drei Männer brüteten über den Fotos, die diese stolze junge Frau in den verschiedensten Situationen der vergangenen Festwoche zeigten, meist an der Seite Bernd Veltbrügges. Schließlich brach Kattenstroht das Schweigen und fragte nach, ob man die Bildserien mitnehmen könne und auch eventuell vorhandene Programme und Berichte über die vergangene Festwoche. Er sehe da Zusammenhänge.

„Das ist überhaupt kein Problem!", meinte der Geschäftsführer und bat Frau Cremers zu sich. Ihr gab er den Auftrag, für die Polizei möglichst sofort eine Sammlung der Artikel und Fotos der Jubiläumswoche zu kopieren. „In Farbe bitte!" Zudem möge sie die Festschrift dazugeben und den Pressespiegel des ersten Halbjahres, ergänzte er.

„Wir haben uns, das war auch ein Verdienst Johannas, eine Wahnsinnsmühe mit der PR gegeben. Sehen Sie, wir können zwar 125 Jahre Genossenschaft Brinkeland feiern, aber bis dahin war es natürlich ein weiter Weg." Er wies auf ein Bild an der Wand, das als typische Heliogravüre des 19. Jahrhunderts einen kleinen Bahnhof mit dampfender Lokomotive zeigte, neben dem sich ein Lager mit einem übergroßen Schild platziert hatte: „Raiffeisen" stand darauf. „Das waren unsere Anfänge. Stockhem hatte zwei große Vorteile. Der eine war, dass hier früh schon die Bahnlinie entlangging, also die unmittelbare Verbindung mit dem Ruhrgebiet und mit Münster und seinem Kanalhafen. Dann hatten wir immer die Unterstützung des Hauses Stockhem. Die Barone Wolberg-Stockhem haben sich immer auch als Landwirte verstanden, hatten meist das Fach studiert und haben sich sehr frühzeitig mit dem Genossenschaftsgedanken vertraut gemacht. Einer der Herren Barone, der Urgroßvater des jetzigen Majoratsherren, kannte sowohl Bismarck wie Raiffeisen und hatte einen Sitz im Preußischen Herrenhaus. Das hat uns sehr geholfen hier im Brinketal. Andererseits muss ich Ihnen nicht sagen, dass jedes Dorf hier seine eigene Genossenschaft aufbaute. Wir hatten in den letzten 20 Jahren etwa die Aufgabe, diese kleinen Läden zusammenzuführen und regionale Einrichtungen zu bilden, die auch wirtschaftlich tragfähig sind. Muss ich Ihnen sagen, meine Herren, was ländlicher Stolz bewirken kann, wenn es um die eigenen Einrichtungen eines kleinen Dorfes und seiner Bauerschaften geht? Die haben hier im Brinketal mehr als zehn Jahre verhandelt, bis sie die letzte der Genossenschaften unter das gemeinsame Dach gekriegt haben. Sie können sich vorstellen, welche kleinen wichtigen Zugeständnisse da gemacht werden mussten. Ohne Baron Wolberg-Stockhem hätten wir das nie hingekriegt. Aber in der Schlussphase auch nicht ohne Johanna Flinker."

„Dann darf ich doch noch mal nachfragen, wie denn Ihre persönliche Zusammenarbeit so ausgesehen hat. Sie beide sind nur wenige Jahre auseinander, haben eine wichtige Position in diesem großen Laden – und haben sich vielleicht doch auch mal im Wege gestanden." Kattenstroht tippte auf das Foto: „Das scheint ja eine starke Persönlichkeit gewesen zu sein. Und für zwei Herrscher scheint mir das Brinkeland doch nicht groß genug zu sein."

Veltbrügge nickte: „Das hätte auf die Dauer zum Problem werden können. Sehen Sie, als vor drei Jahren die Neubesetzung hier anstand, war Johanna zweifelsfrei schon kompetent, aber unseren Gremien deutlich zu jung. Das hätte nie geklappt. Zudem müssen viele Herren auf dem Lande erst noch lernen, dass Frauen auch was können und Führungspositionen besetzen sollten. Ich selbst habe Stockhem nicht als Durchgangsposten angesehen und bin gerne hier. Johanna aber wollte weiter. Um es kurz zu sagen: Sie war fachlich besser als ich und wäre bestimmt nicht ewig hier in Stockhem sitzen geblieben."

„Haben Sie sie beneidet?", warf Kattenstroht zielsicher ein.

„Beneidet? Nein!" Die Antwort Veltbrügges kam prompt. „Aber bewundert!" Sie war fachlich ebenso brillant, wie sie persönlich manchmal schwierig und auf vielfache Weise unnahbar sein konnte." Er überlegte einen Augenblick: „Wir lernen heute sogar im Kommunikationstraining, wie man als Vorgesetzter Personalentwicklung betreiben muss. Johanna hatte für unseren Bereich ein unglaubliches Entwicklungspotenzial. Das zu fördern war auch mein Job. Da können Sie übrigens auch beim Verband in Münster mal nachhaken, wenn Sie wollen. Die hatten schon ganz andere Pläne mit ihr."

Der Geschäftsführer machte eine kurze Pause: „Und wenn Sie mich als Mann fragen, wie ich meine Mitarbeiterin fand, so kann ich durchaus Ihren eigenen Reaktionen beim Betrachten der Fotos folgen: Ich fand sie ebenso hinreißend wie Sie. Nur hatte ich mehr als nur Fotos. Ich hatte sie täglich als durchaus begehrenswerte Persönlichkeit in meinem unmittelbaren Umfeld. Ich verrate Ihnen nicht zu viel, wenn ich Ihnen sage, dass ich sie gemocht habe, sehr sogar. Deswegen wirft mich das, was da geschehen ist, auch völlig um." Veltbrügge schluckte. „Können wir jetzt Schluss machen?"

Kattenstroht und Schücking erhoben sich und verabschiedeten sich. Sie ließen den Geschäftsführer mit seiner Trauer in seinem Büro zurück, ließen sich von Frau Cremers im Vorzimmer eine dicke Mappe mit Fotos und Fotokopien aushändigen und fanden selbst den Weg zurück auf den Betriebshof.

„Und Ihr Gefühl, Schücking?", fragte Kattenstroht noch im Schatten des Verwaltungsgebäudes.

„Dass der Tod einer engen Mitarbeiterin, die man drei Jahre kennt, einen Chef trifft, das ist klar. Aber den hier hat's wohl tiefer erwischt. Da sitzt nach meinem Gefühl mehr dahinter", war sich der Kommissar der Kreispolizeibehörde sicher.

Im Auto blätterten sie noch einmal die Berichte und Fotos durch. Kattenstroht verhehlte sein Interesse für das junge Opfer nicht. „Sah aus meiner Sicht verdammt gut aus!"

„Na, na, na!", warf Schücking ein: „Mein Vater sagte immer: Voss ohne Nück, selten Glück."

Der Kommissar grinste breit: „Klar, völlig richtig, aber ich gehöre wohl zu den Männern, die rothaarige Frauen interessant finden. Deshalb habe ich ja auch eine Blonde geheiratet. Wussten Sie eigentlich, dass die rothaarigen Menschen durch ein einziges Gen, die Engländer nennen das das Ginger-Gen, zu ihrer hellen Haut, den Sommersprossen und den roten Haaren kommen? Es gibt sogar die Theorie, dass dieses Gen ein Relikt der Neandertaler sei. 40 Prozent aller Schotten haben das in sich, deshalb gelten sie auch als so raubeinig." Schücking meinte zögerlich: „Meine Mutter hat mich immer vor rothaarigen Mädchen gewarnt. Sind die nicht auch im Mittelalter als Hexen verbrannt worden?"

„Anziehungskraft für Männer scheinen sie ja immer gehabt zu haben“, resümierte der weltgewandte Kattenstroht. „Aber bemerkenswert fand ich den Hinweis, dass rothaarige Menschen schmerzunempfindlicher sein und bei Operationen einen deutlich höheren Anästhesiebedarf haben sollen. Sie wären demnach also Kampfnaturen und möglicherweise Draufgänger.“ Und nach einer kurzen Pause: „Das sollten wir im Auge behalten.“

Nach Abstimmung über Handy trafen sich die vier Beamten wieder im Dorf in einem Café. Sie tauschten an einem stillen Tisch ihre bisherigen Informationen aus. Dann fuhren sie, es ging schon auf 16.00 Uhr zu, zum Tatort zurück.

Erst nach 19.00 Uhr traf Kattenstroht wieder in Münster ein. Der Abend wurde entspannend. Gemeinsam widmeten sich Kommissar und Ehefrau den Vorbereitungen für das Essen im Freundeskreis am Sonntagabend. Die Söhne Sebastian und Benedikt waren nicht anwesend. „Mal wieder unterwegs!“, seufzte Betty. „Und den Hund haben sie natürlich total vergessen! Oder hast du an das Hundefutter gedacht?“

Kapitel 5

Da Kattenstroht ein unverbesserlicher Frühaufsteher war, fand er sich schon am frühen Morgen im Büro ein. Die Sache zum Nachteil der Johanna Flinker lag ihm reichlich quer. Er wollte am Sonntagvormittag wenigstens die Eingänge überprüfen und einen ersten eigenen Bericht verfassen, um dann ab dem Mittag daheim Betty weiter bei den Vorbereitungen für das Festessen zur Hand zu gehen. Frau Kattenstroht hatte über den unglücklichen Termin und seine notwendige Verschiebung durchaus gemeckert, standen doch in der Schule noch Restarbeiten zum Abitur und zum Schuljahresschluss an. Ihr an und für sich konsequenter Zeitplan zum Wochenende war auch gründlich durcheinandergeworfen.

Beucking hatte wie immer flott gearbeitet. Der Kommissar fand auf seinem Rechner bereits die Bilddateien vom Tatort vor. Auch der vorläufige Arztbericht war schon eingegangen. Mehr als eine halbe Stunde ließ Kattenstroht Aufnahme nach Aufnahme ablaufen, ging hier und da mal zurück, zoomte Details heran und versuchte, sich ein noch genaueres Bild vom Tatort zu machen. Rätselraten herrschte über die Mordwaffe, da sie eine sehr ungewöhnlich geformte Wunde, fast einen dreizackigen Stern, verursacht hatte.

Die Bilder, die das Opfer im Tode zeigten, betrachtete Kattenstroht nicht ohne Bewegung. Agnes Cremers von der Genossenschaft Brinkeland hatte ihm eine DVD mitgegeben, auf der ein Werbefilm zum Jubiläum eingespielt war. Natürlich tauchte dort Johanna Flinker auf, die in einem flotten Auftritt mit flüssigen Worten und durchaus geschickt für die Firma warb und zum Jubiläumsfest einlud. Der Kontrast zwischen diesem Auftritt und den Bildern, die eine blutüberströmte Frau zeigten, war gewaltig, verursachte dem Kommissar Unbehagen bis Unwohlsein und ließ ihn trotz aller Erfahrungen wieder mal an der Spezies Mensch verzweifeln.

In gedrückter Stimmung machte er sich dann an seinen ersten Bericht. Er hatte sich gerade in die familiären Umstände des Opfers versenkt, als es klopfte und zu Kattenstrohts Überraschung sein Chef, der Polizeipräsident höchstselbst, das Büro betrat. Der bat um Verständnis für seinen überraschenden Besuch, habe eben zufällig in der Anwesenheitsliste hinter Kattenstrohts Namen den grünen Punkt gesehen und wolle sich nur kurz über den neuen Fall in Stockhem unterrichten lassen.

Insgeheim verfluchte der Kommissar mal wieder das Zeiterfassungssystem, das es einem Mitarbeiter sogar am Sonntag unmöglich machte, im Haus unbemerkt zu bleiben. Da aber der Chef zunächst rein fachlich interessiert war, fasste Kattenstroht noch einmal die Sachlage zusammen, untermauerte die Darstellung durch Beuckings Bilder und kam nach etwa zehn Minuten zum Schluss: „Detailberichte, kriminaltechnische Untersuchungen, Autopsie, das alles steht natürlich noch aus. Ich fürchte, das wird auch erst was am morgigen Nachmittag oder sogar erst am Dienstag."

Der Präsident druckste etwas herum und kam dann wieder einmal mit einer typischen Anfrage um die Ecke. Ob Kattenstroht sich vorstellen könne, noch heute Morgen nach Stockhem zu fahren und mit dem Freiherrn von Wolberg-Stockhem zu sprechen. Der habe ihn noch gestern Abend angerufen, da er seinen Dorf-SchuPo nicht hatte erreichen können. „Mir hat er gesagt, er habe einen wichtigen Hinweis zur Sache." Immerhin sei man über die Mitgliedschaft in einem ebenso bekannten wie diskreten Münsteraner Club miteinander verbunden. „Der alte Herr meint es ja gut und scheint bei dieser Sache auch gefühlsmäßig beteiligt zu sein. Ich würde ihn dann auch gleich anrufen und Ihren Besuch ankündigen. Wenn Sie da ein wenig mitspielen würden, Herr Kattenstroht?"

Kattenstroht knurrte, den Freiherrn habe er ohnehin auf seiner Liste, und an sich habe er vorgehabt, trotz einer drängenden Familienangelegenheit heute Morgen auf der Twickelschanze wenigstens einige Runden Boule mit Stellmacher zu spielen. Der sei auch noch nicht richtig informiert. Allerdings treffe er den Leitenden Oberstaatsanwalt ohnehin am Abend. Und dann habe Beucking wegen einer erweiterten Tatortuntersuchung mit Rekonstruktionsversuchen im Mondenschein für heute 23.30 Uhr noch einmal nach Stockhem gebeten: „So sieht mein heutiger Sonntag aus! Der eigentlich freie Samstag ging an diesem Fall auch schon kaputt."

Der Polizeipräsident bekundete Verständnis, legte auch Wert darauf, dass Frau Eilers nicht noch zusätzlich einbestellt werden sollte, und redete Kattenstroht dermaßen um den Bart, dass dieser endlich einwilligte. Kaum 30 Minuten später fuhr er über recht stille Straßen hinaus ins grüne Münsterland und kam nach kaum 45 Minuten in Stockhem an.

Trotz seiner guten landeskundlichen Kenntnisse musste der Kommissar sein Navi einstellen, denn Haus Stockhem lag ziemlich versteckt südöstlich des Dorfes in dichten Waldungen. Natürlich kannte Kattenstroht das Haus von Bildern, aber es gehörte zu den Besitzungen, die den neugierigen Touristen stets verschlossen blieben, da die Freiherren von Wolberg sich einen Rest Privatheit bewahren wollten. An der Zufahrt zum Schloss, wie der Besitz im Volksmund nur genannt wurde, stand ein großes Schild: „Haus Stockhem – Bewohnt und bewahrt! Wir bitten um Respekt vor unserer Privatsphäre." Eine Videokamera im Torschild unterstrich die Verteidigungsbereitschaft des Schlossbesitzers nachdrücklich.

Offensichtlich wurde der Besuch erwartet. Wie von Geisterhand wichen die beiden Flügel des großen, weiß gestrichenen Tores zurück und eröffneten den Weg in die Allee, die beidseitig mit mächtigen Kastanien besetzt war. Die Bäume mussten in der Blüte vor einigen Wochen einen prachtvollen Anblick abgegeben haben. Jetzt aber sah man schon die grünen Fruchtansätze, und die Blütenblätter wehten als Staub durch die Allee. Kattenstroht erinnerte sich lächelnd an Vorträge seines Vaters, der die Kastanie auf Plattdeutsch immer nur als „Kabelleerenbaum" bezeichnet hatte, als den Baum, den die Kavaliere vor Jahrhunderten aus Frankreich und Italien mitgebracht und im Münsterland heimisch gemacht hatten.

Der Weg war asphaltiert, und nach wenigen hundert Metern öffneten sich zur Linken Wasserflächen der Gräften und Teiche, aus denen Haus Stockhem sich würdevoll erhob. „Wie ein Schwan auf dem Wasser!", dachte Kattenstroht und bewunderte die malerische Kontur. Natürlich war ihm Haus Stockhem als eine Perle der münsterländischen Wasserschlösser bekannt, es war immer wieder abgebildet worden, sogar in Millionenauflage auf einer Briefmarke. Als Privatbesitz aber blieb es der Öffentlichkeit weitgehend verschlossen. Kattenstroht wusste aus diversen Büchern und Bildbänden, dass das Haus ein Konglomerat war aus einer mittelalterlichen Ringburg mit einem im Barock angebauten stattlichen Flügel, der zur Rückseite den schlossartigen, herrschaftlichen Charakter betonte.

Über eine steil gewölbte Brücke, beidseitig von klassizistischen Pavillons flankiert, an deren Seiten Trauerweiden ihre Äste in die Gräfte hängen ließen, gelangte der Kommissar auf die Vorburg. Dort waren vor einem der großen Wirtschaftsgebäude Parkplätze ausgewiesen. Die Hofmitte selbst war mit einem Rasenparterre gestaltet, aus denen zahlreiche Rosenstöcke wohlgeordnet aufragten. Kattenstroht stellte den Wagen ab und orientierte sich zunächst einmal. Auf der Brücke zur Hauptburg erwartete ihn eine ältere Dame in schwarzem Kostüm. Sie stellte sich ihm als Frau Jansing vor und hieß ihn willkommen: Der Herr Kommissar werde schon erwartet. Kattenstroht zögerte etwas und warf noch einen Blick auf die Gräfte mit ihrem dunklen Wasser. Deutlich konnte man die Bewegungen einiger dicker Karpfen ausmachen. Am gegenüberliegenden Ufer protzte ein stattlicher Baum mit großen herzförmigen Blättern und merkwürdigen langstieligen Blüten, die offensichtlich Bienen und Hummeln in großer Zahl anzogen. Der ungewöhnliche Baum spiegelte sich mit seinen Blüten und Blättern im dunklen Wasser ebenso wie der Renaissance-Erker, der sich mit seinen Flächen aus leuchtendem Baumberger Sandstein und roten Klinkern in die Gräfte vorgeschoben hatte. „Das ist ja zum Stöhnen schön!“, grunzte Kattenstroht.

Durch einen kleinen Torbogen, der den einzigen Zugang zum Hof von der Vorburg her zu bieten schien, gelangten sie in den inneren Burghof, der mit „Katzenköpfen“ gepflastert war. Kattenstroht atmete tief ein, sah sich erst einmal um und bestaunte dann das Ensemble, das auf der einen Seite durch eine kleine barocke Kapelle, auf der anderen Seite durch einen herrschaftlichen Flügel mit breiter Freitreppe gebildet wurde. Nach hinten öffnete sich der Blick über die Gräften weg in die Landschaft hinein, wo große Wiesenflächen und einzelne Baumgruppen den früheren Schlosspark malerisch rahmten. Die Landschaft lag im Sonnenglanz, und der Kommissar konnte sich einen Kommentar nicht verkneifen: „Das ist ja mal wieder ein Bild für einen Werbeprospekt.“

„Lassen Sie das ja nicht den Herrn Baron hören!", lächelte seine Begleiterin. „Wir haben schon genug damit zu tun, das Haus Stockhem als Wohnsitz zu verteidigen. Alle denken, es sei ein Museum."

Über die Freitreppe kamen sie vor das Portal, das ein mächtiges Wappen mit der Laubkrone der Barone zierte, und traten durch die große Tür in die Halle ein. Die Beschließerin führte Kattenstroht, der sich angesichts der vielen Bilder, Möbel, Waffen und Kunstgegenstände gar nicht schnell genug umschauen konnte, rasch durch eine große Halle mit breitem Treppenhaus in einen kleineren Seitenraum, der sich als Bibliothek mit einer hinreißenden historistischen Einrichtung entpuppte. „Bitte nehmen Sie doch Platz, Herr Kommissar, der Herr Baron wird sofort kommen. Darf ich Ihnen derweil etwas anbieten?" Kattenstroht bekundete, dass er durchaus gern einen Kaffee nehmen würde, und die Bedienung verschwand. Der Kommissar verschmähte jedoch den angebotenen Platz auf einem der beiden Sessel, die rechts und links eines offenen Kamins standen, er sah sich vielmehr interessiert im Raum um, der offensichtlich zu einem Teil von jenem Erker gebildet wurde, den er schon draußen gesehen hatte. Die Fenster der Bibliothek in vier großen Flächen gingen fast über die Breite und Höhe des Raumes und waren doppelt bleiverglast, einer der Fensterflügel stand weit offen und ließ frische Luft herein. Alte Schränke, einheitlich aus hellem Eichenholz und mit neugotischem Zierrat gearbeitet, bedeckten fast alle Wandflächen. Der Übergang zur Decke war rundherum durch einen sorgfältig gesägten Zahnkranz gestaltet, der von geschnitzten Sockeln getragen wurde. Dichtgedrängt standen dort Bücher aus verschiedenen Jahrhunderten. Von kleinen schweinsledern eingebundenen Oktavbänden bis hin zu großen und modernen Kunstkatalogen war alles vertreten. Einzelne Schränke waren verglast und offensichtlich auch abschließbar. Über dem Kamin thronte ein barocker Landesfürst und schaute leicht hochmütig auf Kattenstroht herunter. Auf den schmalen Wandflächen neben den Türen, wo keine Regale hatten angebracht werden können, hingen Kupferstiche und Silhouetten in wunderschönen alten Rahmen. Der Kommissar war näher getreten und bewunderte gerade die Feinheiten und Detailtreue eines der alten Scherenschnitte, als sich hinter ihm eine Tür öffnete und das alte Parkett leise aufknarrte: Dort stand der Hausherr Clemens August Maria Freiherr von Wolberg-Stockhem, eine durchaus imposante Erscheinung.

Kattenstroht fühlte sich ein wenig an jene Filme aus und über Cornwall nach Romanen der Rosamunde Pilcher erinnert, vor denen seine Betty regelmäßig an Sonntagabenden einzuschlafen pflegte, denn dieser münsterländische Baron hätte dort sofort eine Rolle übernehmen können. Der Mann hatte die siebzig bestimmt erreicht, war groß und schlank und glänzte über markanten Gesichtszügen mit einer leuchtend weißen vollen Haarpracht. Ein leicht gebräunter Teint, hellwache Augen und eine spürbare Agilität ließen die Lebensjahre des Freiherren unwesentlich erscheinen. Gekleidet war der Majoratsherr ein wenig englisch, wenn auch sommerlich. Eine hellbeige Hose, blaues Hemd mit Seidentuch, ein braun gemustertes Jackett. Die dunkelbraunen Bootsschuhe fand Kattenstroht ein wenig zu jugendlich für den alten Gentleman. Auf den Bildern aus Anlass des Genossenschaftsjubiläums war er förmlicher gekleidet dargestellt.

Wolberg-Stockhem trät näher und wies auf die alte Silhouette: „Ich darf vorstellen: Franz von Fürstenberg, Erster Minister im Fürstentum Münster und Gründer der dortigen Universität, Staatsreformer und Generalvikar. Verstorben 1809. Und daneben mein geschätzter Onkel Franz Matthias, der einer seiner Räte war!“ Er lächelte. „Und Sie sind Herr Kommissar Kattenstroht, den mein rotarischer Freund ohne Not über Land schickt, nur weil ich ihm einen Hinweis geben wollte und meinen Dorfpolizisten nicht erreichen konnte. Im Ernst, Ihr Chef übertreibt es manchmal. Sie mussten nicht unbedingt am Sonntagmorgen zu mir herauskommen. Ich war etwas perplex, als er vor einer halben Stunde anrief und Ihr Erscheinen ankündigte. So wichtig ist es vielleicht auch wieder nicht.“

Kattenstroht stotterte ein wenig herum, immerhin bringe ihm diese Dienstfahrt einen ersten Besuch auf Haus Stockhem ein. Und diese schöne Bibliothek mit ihrer tollen Einrichtung lohne den Besuch durchaus. Der Hausherr registrierte das Kompliment mit einem freundlichen Kopfnicken. Er wies mit einladender Geste auf die beiden Sessel vor dem Kamin, und Kattenstroht setzte sich so, dass er den wunderbaren Blick aus dem Fenster über die Gräfte weg in den blühenden Baum hatte. Schon erschien die Bedienung und brachte dem Kommissar ein Kännchen Kaffee, dem Hausherrn offensichtlich ein Glas Tee.

„Da ich Sie wirklich an einem Sonntag nicht lange aufhalten möchte, lieber Herr Kommissar“, setzte Wolberg-Stockhem an, „kommen wir gleich zur Sache. Das fürchterliche Schicksal von Johanna Flinker lässt niemanden in Stockhem kalt, meine Familie und mich auch nicht. Wir sind hier alle wie vernichtet, dass so etwas passieren konnte und wir sie auf diese fürchterliche Weise verloren haben. Wir müssen alles daransetzen, um den Täter zu finden. Und da bekanntlich oft kleinste Hinweise wichtig sein können, möchte ich Ihnen gerne von der Nacht von Freitag auf Samstag berichten.“

„Aber Sie waren doch auch auf dem großen Genossenschaftsball, jedenfalls habe ich eine Menge Fotos davon gesehen!“, warf Kattenstroht ein.

„Richtig, aber ‚Westfalia non saltat!‘ Tanzen ist nicht mehr so mein Vergnügen. Meine Frau und ich sind gegen 22.30 Uhr gegangen. Ich habe mich hier etwa eine Stunde hingelegt und bin dann in die Reviere gezogen. Es war ein richtig schöner Schweinemond in der vorletzten Nacht, letzte Nacht übrigens auch. Ich bin auf einen meiner Ansitze am Rand des Stockhemer Feldes gegangen und habe mich umgeschaut. Ich bin kein großer Schütze mehr, aber die Pirsch selbst ist schon etwas Schönes, zumal in solcher Sommernacht. Mittsommer, Herr Kommissar. Wir haben Johanni!“

Der nickte verständnisvoll und ergänzte, er habe solche Nächte in seiner Zeit bei den Jugendverbänden erlebt, wenn man die Stunden bis zum Morgengrauen am Lagerfeuer verschwatzt habe.

„Nun war es ja eine Nacht für Wildschweine und junge Böcke, zudem habe ich da noch ein Stück im Visier, das mir immer ins Stockhemer Feld wechselt. Ich habe aber nichts gesehen. Das Wild wurde heimlich, weil zu viel Unruhe in der Bauerschaft war.“

„Unruhe, was meinen Sie damit?“, warf der Kommissar ein.

„Ich schlage vor, wir wechseln mal eben ins Jagdzimmer, da hängt eine Flurkarte, an der ich Ihnen das besser erläutern kann.“ Der Freiherr führte seinen Gast in den unmittelbar benachbarten Raum, der mit Jagdtrophäen und glänzenden alten Jagdwaffen prunkte. Fast entschuldigend bemerkte der alte Herr: „Die Wolbergs waren immer große Nimrode vor dem Herrn! Das gehört bei uns dazu. Unsere Eigenjagd allein in Stockhem umfasst mehr als 400 Hektar. – Hier können wir uns orientieren.“ Er zeigte auf eine große, schon leicht braun gefärbte Karte, die unter Glas angebracht war und die zum Hause Stockhem gehörenden Ländereien präsentierte. „So ganz stimmt die Karte nicht mehr, zum Beispiel haben wir viel Land am Dorfrand an Baugebiete verloren, aber die Jagdreviere stimmen noch, auch wenn die Flurbereinigung intern natürlich viel verändert hat.“

Dann tippte er auf die Karte: „Hier sind wir, Haus Stockhem. Hier das Dorf, die Kirche. Im Westen die Straße zur Kreisstadt, östlich die nach Münster. Wegen der tiefen Gründe im Stockhemer Feld gab es da nie eine Verbindung. Später kamen dann ja auch die Ziegeleiteiche, die ersten sind hier schon eingezeichnet. Hier bitte der traurige Ort, an dem Johanna umkam, also ziemlich am nordwestlichen Rand des heutigen Naturschutzgebietes. Jetzt zur anderen Seite rüber, nach Osten. Ich bin in der vorletzten Nacht mit dem Wagen zur Münsterstraße gefahren, habe da geparkt, bin ins Revier gegangen und habe meinen Ansitz genau hier bestiegen. Ich hatte einen prächtigen Ausblick über das ganze Feld, einschließlich des Naturschutzgebietes. Trotz des Mondes habe ich aber nichts gesehen. Es waren Menschen im Revier. Unruhe vergrämt das Wild sofort.“

„Können Sie das genauer beschreiben?“, hakte der Kommissar nach.

„Man sieht die Leute nicht unbedingt, man spürt sie, wie das Wild es auch spürt, das sich heimlich macht. Erst habe ich gedacht, dass wieder ein paar junge Leute die warme Sommernacht zum Baden nutzen wollten. Aber die Jungbüllkes waren wohl beim Freibier auf dem Genossenschaftsball. Es war was anderes. Zwischen halb ein Uhr und sagen wir mal Viertel nach ein Uhr waren mindestens zwei Autos im Revier, und zwar genau an der Seite zu Brüggemanns Busch, wo dieser Freiluftkindergarten ist. Auch so eine städtisch gedachte Veranstaltung für Dorfkinder!“, seufzte der Baron auf.

Kattenstroht legte je einen Finger auf den Tatort und den Platz des Ansitzes und schätzte mit Blick auf den Maßstab am Kartenrand die Distanz. „Das sind aber mehr als 1,5 Kilometer Luftlinie!“, meinte er zweifelnd.

„Das passt!“, entgegnete der alte Freiherr. „Aber vergessen Sie nicht, ich habe Lichtschein bemerkt, und die Nacht war sehr still. Zudem habe ich, so glaube ich, in dem Zeitraum auch noch ein Moped oder Motorrad im Revier gehört, das war möglicherweise unbeleuchtet. Versteht sich, dass da kein Stück mehr die Nase hob.“

Kattenstroht machte sich auf seinem Block einige Notizen und fragte den Hausherren, ob er trotz der Verglasung versuchen dürfe, die Karte mit seiner kleinen Digitalkamera, die er seit einiger Zeit immer dabeihatte, abzulichten. Wolberg-Stockhem hatte keine Einwände und hielt sogar seine freiherrlichen Zeigefinger auf je einer Aufnahme auf den Tatort und den Ort seines Ansitzes.

Sie wechselten wieder in die Bibliothek, wo restlicher Kaffee und Tee inzwischen kalt geworden waren und deshalb von der aufmerksamen Frau Jansing noch einmal ausgetauscht wurden.

Nachdem sie wieder Platz genommen hatten, wollte Kattenstroht zunächst seine Neugierde auf einem anderen Feld befriedigen. Was das denn da für ein Baum sei, der erst um Mittsommer mit derartig großen Blüten angebe, fragte er den Baron und wies dabei auf das Fenster, hinter dem eine Kulisse aus großen grünen Blättern und langstieligen weißen Blüten leuchtete.

Wolberg-Stockhem musste sich nicht einmal umdrehen: „Das ist ein Catalpa. Wird auch Trompetenbaum genannt oder – wegen seiner merkwürdigen langen Früchte – Zigarrenbaum. Stammt aus Amerika und wird seit dem 18. Jahrhundert auch im Münsterland gelegentlich angepflanzt. Sie finden ihn übrigens häufig an den Gräften unserer Wasserschlösser, weil der Baum aufgrund seiner Ausdünstungen von einigen Arten der Stechmücken nachdrücklich gemieden wird. Im Herbst müssten Sie ihn mal sehen. Er wirft zwar seine Blätter eigentlich recht früh ab, aber dies erst nach einer prachtvollen Gelbfärbung."

„Bei meiner Anfahrt habe ich gesehen, dass Sie rund um Haus Stockhem einen wunderschönen Baumbestand haben. Respekt!" Der Kommissar griff nach seiner Kaffeetasse.

„Nicht mein Verdienst, nicht mein Verdienst!", lächelte der Freiherr. „Mein Urgroßvater und ein Großonkel waren hervorragende Forstleute und sehr an Bäumen interessiert. Der Park hinter unserem Haus ist ein Arboretum, eine Baumsammlung von mehr als 70 verschiedenen Arten aus der ganzen Welt. Die Vorfahren haben sie kommen lassen, angepflanzt und gepflegt. Wir freuen uns heute dran, und sogar Fachleute der Universität Münster kommen gelegentlich vorbei. Aber ich muss zusehen, dass wir den Sachverstand behalten, einen solchen Schatz zu bewahren. Das ist heute das Problem."

„Kommen wir doch mal auf unsere anderen Probleme zurück!", lenkte Kattenstroht das Gespräch um. „Ich wüsste gerne, wie Ihre Beziehung zu Johanna Flinker aussah. Sie kannten sie doch offensichtlich sehr gut."

Der Freiherr war schmerzlich berührt: „Ich kannte sie von Kindesbeinen an. Johanna ist, Entschuldigung, war gleichaltrig mit meinem Sohn Ruppert. Als Sie eben vom Dorf hierhergefahren sind, haben Sie das Elternhaus der Flinkers passiert. Stellmacherei und Zimmerei haben sie seit Jahrhunderten. Sehen Sie, das Haus, in dem wir hier sitzen, wurde kurz nach 1700 von dem großen Architekten Lambert Friedrich von Corfey geplant und bauleitend verwirklicht. Den Dachstuhl und alles übrige Zimmerwerk lieferte damals schon ein Meister Jan Bernd Flinker, einer der Vorfahren von Jopp Flinker, dem jetzigen Seniorchef. Drei Kinder haben sie: Johanna, Gitti – die ist jetzt Kindergärtnerin – und Hubertus. Der Junge ist inzwischen längst selbst ein hervorragender Meister und hat im letzten Jahr einen neuen Betrieb im Industriegebiet aufgemacht. Es gibt aus drei Jahrhunderten keine einzige Jahresrechnung auf Haus Stockhem, in dem nicht irgendwann mindestens einmal die Flinkers mit einem Auftrag notiert sind."

„Und persönlich, gab es jenseits der Geschäftsbeziehungen auch persönliche Drähte?", wollte Kattenstroht wissen.

„Wie ich schon sagte: Johanna war gleichaltrig mit Ruppert. Gitti passt vom Alter in etwa zu meinem Zweiten, Max Franz. Sie mögen es glauben oder nicht, in unserem Garten stand auch schon eine Sandkiste, und unseren Pool im Park haben die Flinkers Kinder mindestens so genutzt wie unsere eigenen."

Kattenstroht war mit einem Mal unsicher, wie er weiterfragen sollte: „Also, verstehen Sie mich bitte richtig, Herr Baron, ich kenne mich da ja auch nicht so aus, aber ohne Ihnen zu nahe treten zu wollen: Wie verhielt sich das denn hier auf dem Dorf noch mit den …", er kaute förmlich auf dem Wort herum , „mit den Standesgrenzen?"

Der alte Wolberg-Stockhem lachte los: „Sie haben aber Probleme, mein lieber Kommissar. Natürlich kenne ich das fürchterliche Wort vom münsterländischen Adel, der nicht ins Volk herabsteigt. Aber das wird immerhin Gisbert von Romberg zugeschrieben, den man als ‚den tollen Bomberg' verschrien hat. Der stammte zudem aus der Grafschaft Mark, aus alter protestantischer Familie, und war trotz seines Schlosses in Buldern im Ursinne kein Münsterländer. Aber lassen wir das. Nein, nein, die Verbindung von Haus Stockhem in das Dorf ist anders, und meine Familie und ich hatten immer viele, auch freundschaftliche Beziehungen."

„Und die Flinkers-Mädchen und Ihre Söhne?" Kattenstroht hatte eine Witterung aufgenommen.

„Da sprechen Sie ein schweres Thema an!“, nickte der Baron versonnen vor sich hin. „Ich verhehle überhaupt nicht, wie sehr ich vor allem Johanna geschätzt – und gefördert habe. Sehen Sie, wir haben hier im Dorf eine sehr gute Realschule. Meine Söhne und die Flinkers-Kinder sind da auch hingegangen. Meine Frau und ich wollten die Kinder nicht so früh aus dem Haus und in ein Internat geben. Also haben Ruppert und Max Franz zehn Jahre die Schule mit den Dorfkindern besucht. Das war ein ganz enger Freundeskreis, zu dem auch die Flinkers-Kinder gehörten. Da kamen noch die Kinder von Dr. Füchten dazu, unserem Tierarzt, und – Verzeihung – die Blagen von unserem Rentmeister. Wir hatten immer Leben im Haus. Und es hat ihnen allen gutgetan. In Ordnung, irgendwann pubertierten sie alle und gingen auf Distanz; nach der Klasse 10 haben wir unsere beiden Jungs ins Internat geschickt. Natürlich Kloster Ettal bei Oberammergau; die Benediktiner dort sind bei uns ein Stück Haustradition. Ich war sogar neun Jahre da im Kasten – und das in den 1950er Jahren! Wissen Sie, diese Gegend in Bayern ist wichtig für eine rechtgläubige Grundlage, Land- und Forstwirtschaft werden dann in Göttingen studiert und damit zugleich die Weltläufigkeit.“

„Und Johanna?“, setzte der Kommissar beharrlich nach.

„Nun, ich habe sie gerne gefördert, denn sie hatte einen ungemein klüftigen Kopf: Lehre bei unserer Genossenschaft, Abitur in Abendkursen, Studium an der FH, übrigens berufsbegleitend. Die junge Dame war also belastbar! Dann schloss sie Kurse an der Genossenschafts-Akademie an, einen nach dem anderen. Eine brillante junge Frau.“

„Und eine begehrenswerte junge Frau!“, ergänzte Kattenstroht. „Hatten Ihre Söhne diesbezüglich kein Interesse?“

Der Freiherr schwieg einen Augenblick und setzte dann seine Teetasse wieder ab: „Wie ich schon sagte, ein schweres Thema. Ruppert und Johanna waren aus meiner Sicht füreinander bestimmt. Sie passten gut zusammen, aber sie kamen irgendwie nicht zusammen. Ich weiß nicht, ob mein älterer Sohn, reden wir mal flott, etwas schussbange ist. Wenigstens ist er sehr zurückhaltend und hat Stil, Maß und ein erhebliches Verantwortungsbewusstsein. Max Franz ist da noch etwas anders gestrickt, mehr der Draufgänger. Leider liefen die Jahre uns – und den beiden – davon.“

Kattenstroht registrierte das Bedauern, das in den letzten Sätzen des Barons mitschwang: „Hätten Sie denn einer Verbindung des künftigen Herren auf Stockhem mit einem Dorfmädchen zugestimmt?“

Der Baron erhob sich nachdenklich, ging zum Kamin, an dessen rechter Seite ein gesticktes breites Glockenband hing, und zog daran. Irgendwo im Haus war ein leichter Glockenton zu vernehmen. Dann wandte sich der Freiherr wieder seinem Besucher zu.

„Haben Sie unser Wappen über der Haustür gesehen, lieber Herr Kattenstroht?“ Der nickte und meinte, sich an einen Ring mit einem Stein zu erinnern.

„Ring und Rubin! Treu sein und kühn! – Der Wahlspruch meines Hauses. Treu ja, das ist unser Ruppert, aber die Kühnheit geht ihm noch ab. Ich habe manchmal die Befürchtung, er folgt der Familienpolitik eines Vetters, der immer wieder behauptet, vor dem 40. Lebensjahr solle ein Mann nicht heiraten.“ Der Baron schüttelte das weiße Haupt sehr heftig: „Ich halte das für Unfug. Und derselbe Unfug hat in dem eben genannten Haus dazu geführt, dass ein künftiger Majoratsherr wegen angeblich nicht standesgemäßer Verbindung enterbt wurde. Das ist zwar mehr als 120 Jahre her, bleibt aber unvergessen!“

Es klopfte an der Tür, und die Beschließerin trat ein. Wolberg-Stockhem bat sie, die Frau Baronin hinzuzubitten. Wenige Augenblicke später erschien die Hausherrin, eine wirkliche Dame von vielleicht 60 Jahren, in einem hinreißenden hellen Seidenkostüm mit kleinen floralen Motiven. Kattenstroht sah insgeheim das Entzücken seiner Betty vor sich, wenn sie in den Textilabteilungen bei Liberty in London oder bei Valli in Rom die Coupons günstiger Seidenstoffe durchblätterte und sich vorzugsweise von einem Gentleman mit Fachkenntnis bei ihren geplanten Schneiderei-Abenteuern beraten ließ.

Der Baron redete nicht um den heißen Brei herum: „Ich darf dir, meine Liebe, Herrn Kommissar Kattenstroht aus Münster vorstellen. Er arbeitet am traurigen Schicksal unserer lieben Johanna. Wissen möchte er, wie wir einer Verbindung von Johanna und Ruppert gegenübergestanden hätten.“

Die Baronin sank mit einem einzigen Ausdruck des Bedauerns in den frei gewordenen Sessel. „Johanna? Von Herzen gerne hätten wir sie in unsere Familie aufgenommen, aber die jungen Leute zögerten so vor sich hin. Nun ist es heute mit den jungen Frauen auch so eine Sache; sie wollen was Eigenes haben in Beruf und Leben, und damit vergehen oft die besten Jahre für eine Familiengründung. Es ist so eine Tragik!", schloss sie, wobei Kattenstroht über den Tonfall in ihrer Stimme rätselte, in dem ein gewisser Wiener Schmäh mitklang.

„Nun gut!" Kattenstroht erhob sich und setzte an, sich zu verabschieden. „Mehr Fragen habe ich im Augenblick auch nicht. Hier ist meine Karte, damit Sie schnell mit mir Kontakt aufnehmen können. Die Handynummer steht auch darauf." Um Stil bemüht, verabschiedete er sich von der Frau Baronin, die in der Bibliothek zurückblieb. Wolberg-Stockhem führte seinen Gast durch die große Halle, bot eine Führung durch die Sammlungen bei einem erneuten Besuch an und öffnete schließlich die Tür zum Schlosshof. Der lag inzwischen teilweise schon im Schatten, nur die gegenüberliegende Kapelle lag noch im vollen Sonnenlicht. Nachdenklich meinte der alte Freiherr:

„Natürlich haben Sie ein wichtiges Thema angesprochen, die Heiratsverbindungen, meine ich. Im Grunde dürfen Sie eines nicht vergessen: Unsere Adelsfamilien hier sind, gottlob, größtenteils ohne Dünkel, wenn auch manchmal mit einem ordentlichen Spleen ausgestattet. So ein Mischehen-Verhütungsball wie das Karnevalsfest des Adelsclubs hat schon was Erheiterndes. Gut, man sucht sich bei uns die Ehefrau meist aus Bayern oder aus den Österreichischen Erblanden. Das hat Tradition. Meine liebe Frau hat sogar ungarische Wurzeln, ist aber in Wien und Genf aufgewachsen. Aber sehen Sie die Kapelle dort, errichtet von Johann Conrad Schlaun nach dem Vorbild der Santa Casa in Loreto. Da hängt der Totenschild meiner Eltern. Die Wappenfläche unter dem Namen meiner Mutter ist blank. Sie war eine Bürgerliche, eine brillante Kaufmannstochter, die unseren Laden hier erst wieder hochgebracht hat. Ohne ihre Arbeit, vor allem in der Nazizeit und der Kriegszeit, säßen die Wolberg-Stockhems wohl nicht mehr auf diesem Erbe."

Mit leicht zittriger Stimme fügte er hinzu: „Und seit gestern brennt dort eine Totenlaterne für Johanna!"

Kapitel 7

Das gemeinsame Abendessen war eine runde Sache. Fröhlich hatten sie um den runden Tisch der Familie Kattenstroht gesessen und festlich getafelt. Frank Sautmanns Lamm übertraf alle Erwartungen, Salate, Beilagen und endlich das Dessert rundeten das Essen ab. Der einzige Wermutstropfen bestand für Kattenstroht darin, dass er auf seinen mit so viel Aufwand ausgesuchten Châteauneuf du Pape verzichten musste. Aus reiner Freundestreue hielten sich aber auch Stellmacher und Thomas Eilers zurück. Zwar wollte sich der Leitende Oberstaatsanwalt mit seiner Theresia später ein Taxi nehmen, aber die Eilers mussten immerhin noch den weiten Weg zu ihrem verträumten Forsthaus im Reckhölter Hagen fahren. Betty trank etwas aus Begeisterung über die Leistungen ihrer Küche. Die Söhne der Familie Kattenstroht hatten während des Essens selbst mit am Tisch gesessen, sich aber nach einem einhelligen Lobgesang auf die Kochkünste ihrer Mutter flott verkrümelt, als die Erwachsenengespräche begannen. Es war ein insgesamt lauschiger Abend, den sie mit einem guten Gespräch auf der Terrasse fortsetzten. Erst sehr spät setzte die Dämmerung ein. „Wir haben Mittsommer und das noch verschärft durch die Sommerzeit. Vor 23.00 Uhr wird es gar nicht richtig dunkel. Auch nicht unwichtig für unseren Mordfall!“, bemerkte der Staatsanwalt.

Zwischendurch hatte Kattenstroht noch mit Beuckings Assistenten telefoniert, dem an dem mitternächtlichen Ortstermin im Stockhemer Feld sehr viel gelegen war. Man hatte sogar für die Sonntagnacht einen Physiker aufgetrieben und wollte vor allem die Lichtverhältnisse und die Bewegungsmöglichkeiten am Tatort prüfen. Zum Glück hatte das Wetter auch den zweiten Tag nach der Bluttat gehalten. Stellmacher, dem der Fall noch nicht so vertraut war, entschied sich spontan, an dem Ortstermin teilzunehmen. Gegen 22.30 Uhr wurde die Tafel aufgehoben. Betty und Theresia erklärten sich bereit, das Schlachtfeld zu beseitigen. Thomas und Kathrin fuhren mit dem eigenen Wagen ab und nahmen Kattenstroht und Stellmacher bis Stockhem mit. Es war verabredet, dass die beiden Herren nach dem Ortstermin mit einem von Beuckings Wagen wieder nach Münster gefahren werden sollten.

Etwa eine Stunde später erreichten sie das Stockhemer Feld und ließen den Wagen an der Kreisstraße stehen. Thomas Eilers blieb zurück, legte den Fahrersitz um und erklärte, wegen seiner morgigen Dienstverpflichtung erst einmal eine Runde schlafen zu wollen.

Ganz offensichtlich hatte sich die Kunde von diesem Ortstermin herumgesprochen. Obwohl für Zaungäste nicht zu erwarten war, dass sie etwas erleben konnten, hatten sich doch einige Neugierige eingefunden, die schemenhaft am Wege herumstanden. Hier und da sah man die glühenden Pünktchen von Zigaretten aufglimmen. Sie passierten einen Kontrollpunkt, den der umsichtige Beucking eingerichtet hatte, und trafen endlich auf seinen nur schwach beleuchteten Einsatzwagen, der an dem Patt stand, welcher zur Lichtung und zum Waldkindergarten führte. Beucking war sichtlich geschmeichelt, dass Stellmacher persönlich an diesem Termin teilnahm. Er gab einen Lagebericht und erläuterte anhand eines Tatortplanes, den er durch ein aufwändiges Laserscanning hatte erstellen und nun mit Magneten am Bulli hatte befestigen lassen, eine erste Übersicht. „Wir haben hier den Waldrand, der nach Süden zwar niedriger zu sein scheint als nach Norden hin, da steht der Bauwagen, wir haben die Zelte und das Kleinmobiliar. Das Klohäuschen steht hier am nördlichen Rand der Lichtung. Wir müssen prüfen, wie die Beleuchtung des Platzes ausgesehen haben kann. Eventuell können wir sogar unter Zurückrechnung der Mondphase den Zeitkorridor genauer bestimmen, in dem der Mord geschehen ist."

Kattenstroht bemerkte trocken, der Korridor sei festgelegt auf die Zeit zwischen 0.30 und 1.15 Uhr. Beucking schaute verdutzt auf und ließ sich von Kattenstrohts Besuch auf Haus Stockhem und den Aussagen des Baron Wolberg berichten. Dann stellte er Kattenstroht einen jungen Mann vor, der sich als Dr. Kersting vom Physikalischen Institut der Uni Münster entpuppte. „Ich bin zuständig für die Messung der Lichtverhältnisse. Ich beschäftige mich auch ein wenig mit Astronomie, aber da reichen in diesem Fall, denke ich mal, die Grundkenntnisse. Was den Mord hier betrifft, hatte der Täter kein schlechtes Licht. Und wenn der Zeitkorridor, den Sie, Herr Kommissar eben nannten, so zutrifft, passt alles erschreckend genau: Der astronomisch exakte Zeitpunkt des Vollmondes lag in der Nacht von Freitag auf Samstag um 0.42 Uhr. Das heißt: Zu diesem Zeitpunkt standen Mond und Sonne in genauer Opposition und die Erde halt dazwischen."

„Langsam, langsam!", knurrte Kattenstroht, „haben wir denn dann nicht eine Mondfinsternis?"

Der Physiker lächelte: „Die Mondfinsternis tritt nur dann ein, wenn der Mond sich genau in der Höhe der Ekliptik, der Erdumlaufbahn befindet. Tatsächlich liegt er meist darunter oder darüber."

„Und die Lichtmenge des Mondes, wie beurteilen Sie die für diese Nächte?", wollte Stellmacher wissen. Kersting bemühte sich um eine einfache Erklärung: „Die Leute meinen, die Planetenbahnen liefen immer völlig exakt. Das ist natürlich nicht so. Die Erde hat – und mit ihr zwangsläufig der Mond – natürlich sonnenferne und sonnennahe Punkte auf ihrer Laufbahn. Ähnlich ist es mit der Bahn des Mondes um die Erde. Haben wir zum Beispiel die Erde sonnennah und den Mond besonders erdnah, bekommen wir eine Lichtleistung unseres Trabanten, die bis zu 20 Prozent höher ist als in normalen Vollmondnächten. Das passiert in etwa alle neun Jahre. Im Augenblick haben wir einen anständigen Mittelwert. Nicht zu strahlend, aber auch nicht zu matt."

„Das ist dann wohl der Schweinemond der Jäger", räusperte sich der Kommissar.

„Oder später im Jahr der Erntemond der Bauern, der der herbstlichen Tagundnachtgleiche nächste Vollmond. Da konnten die Leute auf dem Lande besonders lange draußen arbeiten. Andererseits hat unser freundliches Nachtgestirn in kalten, klaren Winternächten mehr zu bieten als im Sommer, wo es in der Atmosphäre auch schon mal dunstiger wird", ergänzte der Physiker.

Kurz nach 0.00 Uhr ließ Beucking alle weißen Lichtquellen ausschalten, um so den Augen die Möglichkeit der Anpassung an das natürliche Licht zu geben. Man hatte Taschenlampen mit roten Blenden mitgebracht, wie sie bei Kontrollen eingesetzt wurden, und half sich so einigermaßen sicher auf die Lichtung. Dann erloschen auch diese Leuchtkörper. Allein das Mondlicht beleuchtete jetzt die ein wenig gespenstische Szenerie mit Bauwagen und Zelten, mit Lagerkreuz und der Möblierung. Es herrschte völlige Stille. Der Gedanke, dass kaum 48 Stunden zuvor hier ein Mensch gewaltsam ums Leben gekommen war, hatte auch für die professionellen Kriminalisten etwas Unheimliches. Kersting unterbrach die Ruhe und erklärte, er habe auf dem Platz an insgesamt fünf Stellen Luxmeter aufgebaut, die mit einem Datenlogger versehen seien und nun bis gegen 1.45 Uhr in jeder Minute die Werte messen würden. Die könne er dann später im Computer zusammenführen. Zwar habe der Mond seit der Freitagnacht abnehmende Lichtwerte, aber diese Entwicklung könne er in einer Umrechnung berücksichtigen.

Kattenstroht verspürte wenig Lust, auch die nächste halbe Stunde auf dem Platz herumzustehen, und lockte Kathrin Eilers zu einer Mondschein-Partie, wie er sich ausdrückte, an den südlichen Waldrand. Sie stiefelten vorsichtig durch den nur schwach beleuchteten Wald, in dem der Mondschein hin und wieder Lichtinseln auf dem Boden abbildete. Im leichten Sommerwind bewegten sich die Zweige, Äste knackten, Laub raschelte. Kattenstroht machte den Galan und hielt gelegentlich Kathrin Eilers' Hand, wenn sie über Bodenwellen zu stürzen drohte. Endlich erreichten sie den Waldrand. Vor ihnen erstreckte sich das Stockhemer Feld mit seinen Ried- und Wasserflächen. Weiter entfernt strahlten die Lichter des Dorfes auf, aus dem der beleuchtete Kirchturm von St. Nikolaus emporragte. Den Hintergrund bildeten die Rodorper Berge, auf denen die Warnleuchten der Windräder unermüdlich zuckten. Über allem stand der Mond. Am rechten Rand zwar schon ein wenig angenagt, aber doch noch in fast vollständig erscheinender Pracht, goss er sein mildes Licht über die Landschaft und schenkte so eine Atmosphäre friedlicher Ruhe.

„Fehlt nur noch der Käuzchenschrei, dann haben wir mit dem Totenvogel die Szenerie eines Gruselfilms komplett!“ Kathrin Eilers war beeindruckt.

„Eine Nachtigall wäre natürlich angenehmer. Aber der Vollmond hat doch nicht nur was Erschreckendes“, beruhigte der Kommissar seine Assistentin. „Meine Oma hat immer erklärt, man müsse, wenn man Warzen habe, bei Vollmond Schnecken darüberkriechen lassen; dann würden die Warzen umgehend abfallen.“

Die junge Frau schüttelte sich: „Da hatte meine Oma ein besseres Rezept, das hatte mit einer Heckenpflanze zu tun. Es soll mir wohl wieder einfallen, dann tauschen wir uns mit unseren Kenntnissen der Volksmedizin mal so richtig aus.“

Vorsichtig tappten sie durch den Wald zur Lichtung zurück. Der Kommissar erinnerte sich an seine jugendbewegte Zeit. „Der Klampfist stimmte an: … und sind vom Mondenstrahle, Gnomen und Elfen erwacht. Dann dämpfet die Stimmen, die Schritte im Wald, so hört und so seht ihr manch Zaubergestalt. – Ob der dicke Beucking nun eine Zaubergestalt ist oder gar der edle Stellmacher? Aber du bist natürlich meine Moppelelfe, die mit mir durch die Nacht wallt!", lästerte er herum. Wäre es heller gewesen, so hätte man beobachten können, wie die Eilers die Augen verdrehte: „Wirst du eigentlich gar nicht müde?", zischte sie.

„Nicht im Dienst!", spottete Kattenstroht.

Auf der Lichtung versuchte sich Beucking nun mit der Rekonstruktion des Tathergangs.

Er ging von der Situation am Tisch aus, auf dem der Champagner, wenn auch ungeöffnet, stand. „Die Frau hat auf dieser Seite zum südlichen Waldrand hin gesessen. Logisch. Hier lagen ihre Sachen. Das Schlüsselbund war hier heruntergefallen. Der Mann saß, wenn er überhaupt saß, auf der anderen Seite, also schon mit dem Rücken zum Klohäuschen."

„Dann hätte er ihr ja den Weg verstellen können, als sie in diese Richtung fliehen wollte", warf Stellmacher ein.

Kattenstroht machte einen anderen Vorschlag: „Das Opfer war nicht schwach, sondern körperlich offensichtlich gut durchtrainiert. Beide springen auf, sie stößt ihn über den schmalen Tisch weg. Die Bank ist ja, damit die Kinder nicht alles vertotten, fest im Boden montiert, und er verliert das Gleichgewicht. Damit hat sie einen Vorsprung."

Auch Beucking meinte, dass das nicht schlecht klinge. Er wandte sich an Kersting und fragte nach den Lichtwerten. Der Physiker warf einen Blick auf eines seiner Geräte, das er in der Hand hielt: „Passt ziemlich genau: Regelgerecht 0,24 Lux."

Kathrin Eilers bat um Vergleichswerte, der Physiker ratterte einige Zahlen herunter: „Ein heller Sonnentag im Sommer hat zur Mittagszeit 100.000 Lux, ein modernes Fußballstadion mit bester Ausleuchtung etwa 1.400 Lux, eine Kerze im Abstand von einem Meter bringt ziemlich genau ein Lux; der Mond jetzt hat also knapp ein Viertel davon."

Beucking winkte einer jungen Kollegin zu, die sich etwas zögerlich dem Geschehen näherte und nun im Klohäuschen Platz nehmen sollte. Die Beklommenheit war ihr anzumerken. Die junge Frau, wohl eine Polizeischülerin, trug ein dunkelblaues Kostüm und eine weiße Bluse. Sie war offensichtlich im Detail instruiert und begab sich auf den Platz, den das Opfer zwei Nächte zuvor eingenommen hatte. Die Plastiktür klappte zu.

Vor dem Häuschen versammelten sich nun die Polizisten. Der Herr des Polizeilabors erläuterte, man habe ein baugleiches Dixi-Klo hier hingestellt, das originale sei natürlich längst in Münster. Diese Erklärung wirkte für den einen oder anderen der Beteiligten offensichtlich erleichternd. Beucking zog die Tür ruckartig auf. Nur schemenhaft konnte man die junge Frau auf dem Klositz erkennen. Die schrak offensichtlich etwas zusammen.

„Die Lichtausbeute ist hier ganz schlecht. Die Tür öffnet sich zum Wald, der Mond steht hier gewissermaßen in Opposition, das Auge kann sich kaum gewöhnen." Der Physiker hielt das entsprechende Gerät ins Häuschen hinein und dann wieder in die Mondstrahlung. „Für eine Tat mit einem exakt gezielten Angriff herrschen hier verdammt schlechte Umstände! Einzige Alternative: Der Täter hatte doch eine Lichtquelle dabei."

„Kattenstroht warf ein, die Verletzung lasse notwendig nur den Schluss zu, die Tatwaffe sei von dem Täter mit beiden Händen geführt worden: „Der hat sich doch nicht eine Lampe ans Revers geknöpft!" So sehe doch alles nach einer Affekttat aus. „Warum zum Teufel haben wir die Mordwaffe nicht?", schimpfte er vor sich hin.

Sie wiederholten den Vorgang mehrfach, wobei die Situation mit Spezialkameras ohne Blitz abgelichtet wurde. Kersting erhob punktgenau konkrete Daten und versprach, eine genaue Auswertung der Möglichkeiten bis zur Wochenmitte zu liefern. Beucking übergab gegen 1.50 Uhr die Verantwortung für den Platz bis zum Morgen wieder an den privaten Wachdienst. Er habe keine Bedenken, nach einer letzten Nachsuche am Montagvormittag den Tatort wieder freizugeben. „Dann kann der Kindergartenträger auch entscheiden, wie er weiter vorgehen will."

Man verabschiedete sich. Stellmacher und Kattenstroht brachten Kathrin Eilers zu ihrem Auto zurück, wo man den jungen Ehemann Thomas friedlich schlafend vorfand. Der Kommissar kommentierte mal wieder ironisch-lyrisch: „…wie eine stille Kammer, wo ihr des Tages Jammer verschlafen und vergessen sollt."

Kathrin schoss zurück, den Jammer hier im Stockhemer Feld könne sie weder verschlafen noch vergessen.

Kapitel 8

Um 8.30 Uhr trafen sie sich erstmals in großer Runde zu diesem Fall. Kattenstroht hatte den Termin schon am Vortage angesetzt und auch die Kreispolizei mit Schücking, Beucking und die Staatsanwaltschaft per Mail hinzugebeten. Von den eigenen Mitarbeitern hatten Mia Kunsleben und Pötter noch überhaupt gar keine Vorstellung von den Ereignissen. Sie blätterten ziemlich lustlos in der Morgenpresse herum, die den Fall in einiger Breite brachte. „Dabei haben wir noch gar keine Ferien, und die pusten schon an einer so traurigen Sache herum", stellte Pötter fest. „Was soll erst werden, wenn die richtig ‚Saure-Gurken-Zeit' kriegen?"

„Vergiss nicht", räsonierte die Büroleiterin, „wenn man einen Punkt aufbläst, wird eine Null daraus."

Sie warteten mehr als zehn Minuten, denn Kattenstroht kam zu spät. Dies war zweifellos ein für ihn äußerst ungewöhnlicher Vorgang. Er war in der Nacht erst kurz vor 3.00 Uhr ins Bett gekommen, hatte den morgendlichen Aufbruch von Frau und Söhnen zur Schule durch konsequente Selbstversenkung in die Kissen verdrängt, war wieder eingeschlafen und erst kurz vor 8.00 Uhr wieder aufgewacht. Mit Hast kam er ins Büro gestürmt, wo Kathrin Eilers allerdings den Computer ihres Chefs schon angeworfen und die Verbindung zwischen Server und dem Beamer im Besprechungsraum geschaltet hatte.

Trotz seiner Müdigkeit war der Kommissar in der Sache hellwach. Er stellte auch anhand der Tatortfotos die bisher bekannten Vorfälle und Zusammenhänge dar, ging auf die Persönlichkeit des Opfers, soweit diese sich jetzt schon erschließen ließ, kurz ein und benannte die nach den ersten Befragungen wichtigsten Personen aus dem Umfeld der Johanna Flinker: „Mit der Familie werden wir heute unmittelbar sprechen. Nach Ansicht der Notfallseelsorger war hier ein Aufschub notwendig. Beucking, der zwar ebenso müde wie Kattenstroht, wenn auch pünktlich gewesen war, präsentierte die ersten Erkenntnisse aus der unmittelbaren Spurenaufnahme.

Betretenes Schweigen machte sich angesichts einzelner Tatortfotos breit. Unbeantwortet blieb die Frage nach einer Hieb- oder Stichwaffe, die eine derartig merkwürdig geformte Wunde verursachen konnte. Bezüglich brauchbarer DNA-Spuren habe er einige Hoffnung, darstellbare Spurenzusammenhänge zu finden. „Die Bakterietten sind schon bei Frau Professor Schulte Natrup in der Gerichtsmedizin. Seht ihr aber mal zu, dass ihr mir die Mordwaffe bringt!", bat er nachdrücklich.

Als Beucking die Bilder der am Tatort gefundenen Gegenstände aus dem Besitz des Opfers projizierte und dann die noch im Wagen aufgefundenen Dinge, ließ Kattenstroht einzelne Aufnahmen wiederholt aufleuchten und fragte dann etwas spitz: „Was fehlt, meine Damen und Herren? Der Lippenstift, die Puderdose oder gar die Scheckkarte?"

Kathrin Eilers stahl ihm die Schau und bat, das peinliche Rätselraten zu unterlassen. Sie habe bereits eine Notiz mit der Frage nach dem fehlenden Mobiltelefon geschrieben: „Ich nehme an, das liegt noch in der Wohnung. Wir müssen gleich ohnehin nach Stockhem. Das können wir dann auf einem Weg erledigen."

Etwas verbiestert schwieg der Kommissar, und Kathrin Eilers machte sich an die Arbeit, die Pinnwand herzurichten. Sie hatte einige der Bilder, die die Stockhemer Genossenschaft auch als Dateien zur Verfügung stellen konnte, ausgeschnitten und in der Mitte ein besonders gelungenes Foto von Johanna Flinker befestigt.

„Sie war also das Zentrum, um das einige Herren zu kreisen pflegten. Zwei sind es mindestens, um die wir uns sehr bald kümmern sollten. Sie pinnte ein erstes Bild an die Wand: „Bernd Veltbrügge, unmittelbarer Vorgesetzter und nach dem Bericht unseres unschlagbaren Teams Kattenstroht & Schücking auf jeden Fall in einer Wunschbeziehung zum Opfer. Oder habe ich das falsch verstanden?" Der Kommissar wedelte lässig seine Bestätigung.

„Nächster Fall: Carl Maria Ruppert Werner Freiherr von Wolberg zu Stockhem, Schulfreund des Opfers und der Flinker wohl nahestehend, jedenfalls so, dass die hochmögenden Eltern diese Verbindung gerne gesehen und das Opfer als Schwiegertochter mit Kusshand an Kindes Statt aufgenommen hätten." Kathrin pinnte ein Foto des jungen Herrn auf die andere Seite.

„Vergiss nicht den alten Freiherrn selbst! Wenn der Johannestrieb ausbricht, wird vielleicht sogar das Schlossgespenst wieder munter und leidet am Jennifer-Syndrom", lästerte der Kommissar und fing sich einen Verweis seiner Büroleiterin ein, er solle erst einmal Schlaf nachholen und das Team ruhig arbeiten lassen.

Kathrin Eilers ließ sich nicht beirren. „Noch wenig wissen wir über Lambert Füchten, Sohn des Stockhemer Tierarztes, ebenfalls Jugendfreund, ebenfalls ein Verehrer. Er ist auch auf vielen Bildern des Balls in der Nähe des Opfers, deswegen hängen wir ihn mal dazu, aber erfahren habe ich über ihn bisher noch nichts." Die Eilers nahm wieder Platz. Kattenstroht suchte in seinen Akten herum und meinte, man solle den Kreis nicht zu früh zu stark verengen. Etwas mühsam stand er auf und hängte demonstrativ ein Bild von einem Festakt im großen Festzelt dazu, auf dem, wie er meinte, wohl mehr als 100 Gäste erkennbar seien. „Wollen Sie etwa behaupten, der Landwirtschaftsminister habe Frau Flinker gemeuchelt?", fragte Austrup leicht ironisch.

„Nein, nicht unbedingt, aber der Kreis der Verdächtigen ist doch größer, als wir meinen. Stürzen wir uns zu früh auf einige wenige, verstellt uns das den Kopf. Wie gehen wir jetzt vor? Vorschläge bitte!" Kattenstroht schaute in die Runde, und erst jetzt registrierte Kathrin Eilers, dass der Kommissar an diesem Morgen unrasiert war, bestimmt das erste Mal in der gemeinsamen Dienstzeit in Münster.

Die Assistentin versuchte, Ordnung hineinzubringen: „Ich denke, Kattenstroht und ich kümmern uns erst einmal um die Familie Flinker. Dann schauen wir uns in der Wohnung des Opfers um und sind um 13.00 Uhr in dem Café am Kirchplatz in Stockhem."

Schücking befürchtete, dass die Konditorei am Montag Ruhetag haben könnte. „Dann sehe ich zu, dass wir uns in der kleinen Polizeiwache besprechen können. Ich rufe Ritzmann gleich an. Alternativen werden wir finden. Dann fahre ich noch raus zum Tatort und sehe nach, was der Abbau des Waldkindergartens macht. Vielleicht finde ich ja bei Tageslicht doch noch die Tatwaffe. Liegt vielleicht unter einem Bauwagen oder einem Zelt."

Der Kommissar nickte: „Sehen Sie zu, dass Ritzmann Sie begleitet. Der kennt die Leute vor Ort anscheinend sehr gut."

Mia Kunsleben übernahm wie immer gerne die Stallwache und wollte sich um den Eingang und die Sortierung der Berichte und besonders um die Ergebnisse der Autopsie kümmern. „Und Beucking, dass du dich ja mit deinen Untersuchungen beeilst!“, drohte sie dem Laborleiter. Pötter und Austrup übernahmen es, den jungen Baron Wolberg in seinem Büro in Münster aufzusuchen. „Was ist mit dem Sohn vom Tierarzt, dem Füchten? Sollen wir auch versuchen, den zu kriegen? Er taucht mir auf den Fotos vom Freitagabend zu häufig auf“, sagte Austrup und gab dem müden Kommissar weitere Hilfestellung.

Kattenstroht brummte: „Macht doch, was ihr wollt!“, und sehnte sich nach seinem Büro und einer große Tasse Kaffee. Mia Kunsleben ließ ihn aber nicht zur Ruhe kommen. „Hier habe ich noch einen Anruf bekommen. Entschuldigen Sie bitte, dass ich das übersehen habe. Der Freiherr von Wolberg-Stockhem hat angerufen und bat mich auszurichten, es gebe eventuell noch einen weiteren Zeugen für das nächtliche Treiben in der Nähe des Tatortes. Da lebt ein Hobby-Astronom, sie nennen ihn dort den ‚Sterngucker‘. Das muss ein merkwürdiger Mensch sein. Hier sind Name und Adresse. Vielleicht kümmert ihr euch doch auch mal um den.“ Sie nahm dann ein Schlüsselbund vom Tablett mit den persönlichen Sachen der Johanna Flinker herunter und drückte es Kathrin Eilers in die Hand: „Nicht vergessen: Die Schlüssel für die Wohnung unseres Opfers!“

Kattenstroht gähnte und schlug vor, es für den Sterngucker erst mal wieder dunkel werden zu lassen. Eine halbe Stunde später fuhren sie aufs Land hinaus. Die Konstellation war äußerst ungewöhnlich, denn Kathrin Eilers steuerte den Dienstwagen, und Kattenstroht hatte es sich auf den hinteren Bänken bequem gemacht. Tatsächlich schlief er ein bisschen und kam erst wieder zu sich, als der Wagen auf die Auffahrt des Anwesens Flinker fuhr.

Das Gespräch mit den Eltern war unter den gegebenen Umständen nicht einfach. Große Trauer herrschte im ganzen Haus. Auch Brigitte Flinker, die jüngere Schwester, war anwesend. Sie hatte sich vom Kindergartendienst beurlauben lassen. Kattenstroht und Eilers ließen sich von den Eltern noch einmal ein Bild ihrer ermordeten Tochter zeichnen. Auch die Beziehungen zu ihrem Freundeskreis, der als gepflegt und liebenswürdig dargestellt wurde, war Gegenstand des Gespräches. Wieder wurde das Bild einer jungen Frau lebendig, die sehr zielstrebig und selbstbewusst ihren Berufs- und Lebensweg eigenwillig gestalten wollte. In dieser Linie hatten junge Männer offensichtlich nur eine begrenzte Möglichkeit, sich einzubringen. Deutlich wurde die enge Bindung der Familie Flinker untereinander.

„Sie hätte nicht auszuziehen brauchen!“, hatte die Mutter bemerkt, „aber es war ihr einfach wichtig, einen eigenen Platz zu haben. Sie war natürlich oft hier und hat in der Mittagspause bei uns gegessen. Ich habe ihr bei ihrer vielen Arbeit immer mal wieder Hilfe angeboten, zum Beispiel, ihr die Wäsche zu machen oder ihre Wohnung zu putzen. Dann hat sie nur flott gesagt: ‚Mama, ich bin ausgezogen; meine Wäsche ist mit mir ausgezogen!‘“ Die Mutter wischte sich eine Träne aus den Augenwinkeln. „Vorbei, alles vorbei!“

Johanna Flinkers Wohnung im ersten Stockwerk eines Mehrfamilienhauses zeigte sich hell und freundlich mit weißen Wänden, einem hellen Naturholzboden und gezielt gesetzten Farbtupfern in modernen Teppichen, Wandbehängen und Bildern. Die Ermordete hatte zu Lebzeiten offensichtlich auch Spaß daran gehabt, einige gewichtige Antiquitäten wie ein Biedermeiersofa mit modernen Stücken zu konfrontieren. Die kleine Einbauküche war blitzblank, die Spülmaschine ausgeräumt. Das schmale Bett im Schlafzimmer war gemacht, nichts lag herum. Der Schreibtisch im kleinen Arbeitszimmer war picobello: „Eine klassische Leertischlerin!“, nickte Kattenstroht anerkennend, „alles an seinem Platz, alles übersichtlich und greifbar.“

„Ich denke immer, dass das eine Folge der Arbeit in einem technischen Handwerkerhaushalt ist. Ich höre noch den alten Arning auf Omas Hof in Lahsum quaken: ‚Pack alles nur einmal an! Mach keinen Weg doppelt! Bring alles an seinen Platz! Hebe sofort auf, was heruntergefallen ist! Verschließe sofort wieder, was du geöffnet hast!‘“ Kathrin lächelte: „Es hat gewirkt.“

„Ich hol mal eben einen Beutel für Asservate dabei, damit wir das Handy sicher verpacken können.“ Kattenstroht ging zum Wagen und forderte auch gleich einen Boten an, der den wertvollen Fund umgehend zu Beucking ins Labor bringen sollte. Kathrin Eilers sah sich derweil in den Räumen der Johanna Flinker um, registrierte die edel gerahmten modernen Bilder an den Wänden. Es waren mehrere Pferdemotive darunter. Die wenigen Fotos waren gesammelt auf einem alten Vertiko aufgestellt. Die meisten der dargestellten Personen konnte Kathrin Eilers schon zuordnen: Eltern und Geschwister, Freunde, die Familie des Schlossbesitzers, Letztere in einem edlen Rahmen aus Silber mit Mahagoni-Rückwand und persönlicher Widmung des Barons.

Kattenstroht kam zurück und verpackte das Mobiltelefon mit großer Sorgfalt. „Ich habe Beucking Bescheid gegeben, er soll erst alles stehen und liegen lassen und sich dem Handy widmen. Ich bin mir sicher, dass wir da eine Menge ablesen können." Dann sah er auf seine junge Assistentin, die irgendwie bewegt wirkte: „Was ist los, hast du keinen Plan mehr?"

„Ach Klaus, ich fühle mich einfach unwohl damit. Wir sind hier in der Wohnung einer Frau, die nur ein paar Jahre älter war als ich. Das hätte auch mein Lebensstil werden können. Wir stehen hier rum, schnüffeln in ihren Sachen und überschreiten ständig Grenzen." Und nach kurzer Pause: „Ich weiß ja. Dienst ist Dienst. Aber ich tu's nicht gerne!"

„Meine Liebe, just diese Frau wurde ermordet, auf grausamste Art und Weise. Wir tun hier nur unsere Pflicht." Kattenstroht ließ zunächst den Vorgesetzten raushängen. Dann räumte er ein: „Im Prinzip geht es mir damit wie dir auch. Ich habe selbst nach zwanzig Jahren noch immer Skrupel. Wir suchen den Mörder und zerfleddern zunächst das Opfer. Das ist aber leider meist der einzige Weg, der uns zum Täter führt. Was hast du denn für ein Gefühl, was diese Wohnung betrifft?"

Kathrin Eilers sammelte sich: „Unsere Johanna Flinker war, so wie ich das jetzt sehe, eine Perfektionistin. Die Wohnung ist einfach klasse, aber es fehlt nichts, es ist alles an seinem Platz, es ist nichts schmutzig oder unordentlich. Es ist alles perfekt, so wie die Bewohnerin wohl auch perfekt war. Ganz ehrlich, solche Leute schüchtern mich immer ein bisschen ein."

Der Kommissar nickte nachdenklich. Das könne man so sehen. Aber jeder Mensch habe unterhalb seiner Fassaden seine tieferen Schubladen, in denen das Leben dann wirklich tobe. Man werde die Wohnung erneut versiegeln und Beucking und seine Leute mit einer gezielten

Wohnungsdurchsuchung beauftragen. Dann schnappte er sich die Tasche mit Johanna Flinkers Laptop, die in einer Halterung an der Schreibtischseite stand. „So wird uns nichts entgehen!“

Während sie einen letzten Blick vom Balkon taten, hörten sie die Mittagsglocken der Dorfkirche. Kattenstroht wurde munter, seine Müdigkeit war wie weggeweht. „Es ist Jans Mittsommers! Da haben wir noch was zu erledigen: Mittagspause. Ich lade dich ein.“

Sie mussten noch einige Minuten warten, bis ein Wagen der Kreispolizei Handy und Laptop abholten. Geradezu hastig brachen sie auf. Kattenstroht übernahm wieder das Steuer und fuhr auf verschlungenen Wegen die Brinke entlang, bis sie einige Kilometer vor dem Dorf einen Landgasthof erreichten, der mit seiner guten Küche warb.

„Johanni, 24. Juni, der letzte Tag, an dem es Spargel gibt. Da wollen wir doch dabei sein!“ Kattenstroht ließ sich in dieser Sache nicht beirren. Sie fanden einen Platz unter den Platanen im Garten des Wirtshauses. Aus dem Schatten heraus hatten sie einen wunderbaren Blick in die besonnte Flur. „Wie ich dieses Haus und seine Küche kenne, ist der Spargel immer noch gut. Vom Schinken rede ich erst gar nicht. Der ist hier immer prima.“

Zumindest mit seinen kulinarischen Voraussagen sollte Kattenstroht völlig Recht behalten. Für die geplante Besprechung um 13.00 Uhr kamen sie allerdings deutlich zu spät in Stockhem wieder an.

Zunächst berichtete Schücking von Ritzmanns und seinen Bemühungen, bei der Suche nach der Mordwaffe. Sie hatten beim Abbau des Waldkindergartens zugesehen, jede Fläche auf der Lichtung, speziell unter den Zelten und Abdächern, unter den Wagen und Bänken, genau kontrolliert, dann auch die Waldstreifen an der Lichtung durchstöbert, um schließlich selbst die Baumkronen sorgsam zu inspizieren. Möglicherweise hatte der Täter ja seine Waffe in die dichten Wipfel geworfen, wo sie hängen oder stecken geblieben sein könnte, um dann vielleicht erst im Herbst entdeckt zu werden: „Ich denke doch mehr und mehr an ein speerartiges Gerät", hatte Schücking nach einigem Überlegen gemeint. „So eine Vermessungsstange oder etwas Ähnliches." Kattenstroht erinnerte an die merkwürdige Form der Wunde, die die unbekannte Waffe hinterlassen hatte. „Sie meinen wohl, da hätte sich nächtens ein Messgehilfe herumgetrieben?" Und nach einer Pause: „In der Sache haben Sie ja recht. Ohne die Waffe kommen wir auch nicht richtig weiter. Ich denke, Schücking, Sie regeln das mal mit der Polizeischule, dass wir eine halbe Hundertschaft für eine gezielte Absuche aller Flächen bekommen. Andererseits haben wir noch gar nicht auf dem Schirm, wie ein eventueller Täter ins Stockhemer Feld gekommen ist und sich dann hinterher aus dem Staube gemacht hat. Vergessen wir nicht: Unser Freiherr meint, zwei Autos registriert zu haben, will aber auch noch einen weiteren Unruhestifter gehört haben, vielleicht auf einem Moped."

Zwischendurch rief die Kunsleben an. Die Autopsie sei erfolgt, und abgesehen von den Blut- und Gewebeuntersuchungen könne man das Ergebnis noch am Nachmittag im Bericht einsehen. „Der Professor ist der Ansicht, dass sich der Täter bei seinem Vorgehen erheblich mit Blut beschmiert haben dürfte. Ohne Spuren auf Händen und Kleidung sei das nicht abgegangen. Und noch was: Austrup und Pötter haben den jungen Baron nicht im Büro angetroffen. Er ist auf einer Dienstreise. Ich habe mich telefonisch mit ihm abgestimmt. Er ist heute am späten Nachmittag auf seiner Louisenburg anzutreffen. Das ist ein Gartenschlösschen, liegt im hinteren Park von Haus Stockhem und besitzt eine eigene Zufahrt von der Landstraße in Richtung Rodorp."

So planten sie den Nachmittag um. Mit Ritzmanns Hilfe fanden sie auf der Karte sowohl die Louisenburg als auch das Haus des Sternguckers. Einer letzten Besichtigung des Tatortes sollte ein Besuch von Kattenstroht und Eilers bei diesem möglichen Zeugen folgen. Der war daheim, wie Ritzmann durch einen Anruf schon festgestellt hatte. Nach einem letzten Kaffee brachen sie in getrennten Wagen auf.

Auf der Zufahrt zu Brüggemanns Busch kam ihnen ein Traktor entgegen, der einen der Bauwagen aus dem Waldkindergarten abschleppte. Die Lichtung war fast komplett geräumt. Gemeindewerker halfen mit, die letzten Spuren kindlicher Freuden und pädagogischer Mühen aus einer Woche im Wald zu beseitigen. Auch Heidi Wessling war anwesend und schaute dem Treiben mit fast leerem Blick zu. Gerade sollte das Klohäuschen, das Beucking im Tausch gegen das baugleiche Original hatte anfahren lassen, von der Verleihfirma verladen werden, als Kathrin Eilers etwas einfiel: „Ich war da im Dunkeln etwas unachtsam. Wieso konnten wir bei der Rekonstruktion die Tür so leicht öffnen? Eine Toilettentür lässt sich doch im Allgemeinen von innen verriegeln. Oder musste der Täter das Schloss knacken?“ Sie gab dem Fahrer ein Zeichen, ließ das Häuschen noch einmal aufsetzen und warf einen Blick auf die Tür. Heidi Wessling hatte die Erklärung parat. „Kinder und sich einschließen! Das ist eine unendliche Geschichte. Natürlich haben wir den Innenriegel für die Zeit unseres Waldkindergartens ausbauen lassen. Was meinen Sie, wie Kinder in Panik geraten können, wenn so ein Riegel mal klemmt? Deshalb werden die Kleinen auch meist zur Toilette begleitet, und wir achten darauf, dass sie sich nicht gegenseitig durch das Aufreißen und Zuschlagen von Türen ärgern. Nach Feierabend, so war es abgesprochen, sollte ein Vorhängeschloss an die Tür. Genau das ist am Freitagabend vergessen worden. Schloss und Schlüssel lagen im Bauwagen auf dem Tisch.“ Sie schüttelte den Kopf: „Ich könnte wahnsinnig werden, wenn ich daran denke, dass das Klohäuschen für Johanna zur Falle geworden ist. Wäre sie in den Wald gerannt, hätte sie vielleicht eine Chance gehabt.“

Kattenstroht versuchte, die Kindergärtnerin zu beruhigen: „Gegen einen Gewalttäter, der sich selbst nicht mehr kontrollieren kann, hat eine Frau allein auch im dunklen Wald kaum eine Chance. Es ist geschehen, wie es geschehen ist. Wir versuchen wenigstens, den Täter seiner gerechten Strafe zuzuführen.“

Das Dixi-Klo wurde verladen und verzurrt, und bald schaukelte das Fahrzeug von der Lichtung herunter. Nur noch flach gedrückte Grasflächen erinnerten an das muntere Treiben der Kinder und an die folgenreiche Bluttat. Der Kommissar überschaute noch einmal die nunmehr leer geräumte Lichtung: „Wenn wir über ein paar Jahre herkommen, steht hier möglicherweise ein kleines Denkmal", meinte Kattenstroht. „Das Münsterland ist ja voll von solchen Erinnerungsstätten."

Selbst Kathrin Eilers wurde da gesprächig und erzählte auf dem Weg zum Auto von einem großen Wegekreuz in Lahsum, wo eine Ururgroßmutter seinerzeit ums Leben gekommen war: „Da sind auf einem Sonntag bei der Rückfahrt von der Kirche einem meiner Vorfahren die Pferde durchgegangen, die offene Kutsche stürzte um, meine Ururoma lag drunter und war tot. Sie hatte auf den ersten Blick nichts abbekommen. Als man sie näher untersuchte, musste man feststellen, dass sich eine ihrer langen Hutnadeln so unglücklich in den Kopf gebohrt hatte, dass sie augenblicklich verstorben war. Die Geschichte stand übrigens nicht auf dem Kreuz, die wurde immer nur weitererzählt. Ich habe sie von meiner Oma."

„Und genau so wird das hier auch passieren!" Der Kommissar berichtete von Steinkreuzen in den Baumbergen bei Münster, die von Gewalttaten aus dem 16. und 17. Jahrhundert zeugten. „In einem Fall steht ein Steinkreuz oberhalb einer wunderschönen Quellengalerie. Da geht die Sage, ein Knecht habe seinen Herrn dort mit einer Sense gemeuchelt, weil der Bauer ihm den Umgang mit einer Magd vom Nachbarhof habe verbieten wollen. Das muss ähnlich blutig abgegangen sein wie die Sache hier. Auf dem Kreuz steht nur, dass da ein Schulte ‚jemmerlich vermorderet' wurde. Die Jahreszahl, das Motiv und die Umstände werden aber nur mündlich tradiert und ausgemalt. Sind wir also mal gespannt, was in 300 Jahren aus dem Schicksal der rothaarigen Johanna hier geworden ist."

Von Brüggemanns Busch fuhren sie über einige Querstraßen zum Haus des Sternguckers, das nördlich des Naturschutzgebietes auf einer leichten Anhöhe stand. Es schien sich um einen der zahlreichen Kotten aus dem Beginn des 20. Jahrhunderts zu handeln, wie sie nach der Flurbereinigung und mit der Einführung moderner Agrartechnik mitsamt ihren Bewohnern überflüssig, sodann meist verkauft oder langfristig vermietet wurden: „Die Familien der Heuerlinge zogen ab, und die Häuser standen leer. Schon kamen die Studenten aus der Stadt. Damals existierte eine richtige Kotten-Sehnsucht. Die ersten Kommunen im Münsterland waren Landkommunen: Junge Leute schlossen sich zu Wohngemeinschaften zusammen, um ‚alternativ' zu leben. Geriebene Körner und Birkenstöcklis! Wie damals bei Tante Gis in der Reckhölter Mühle. War aber meiner Meinung nach mehr Leben als alternativ."

Die Eilers schüttelte den Kopf und wollte sich auf die Kattenstroht'schen Belehrungen gar nicht einlassen. Sie betrachteten beide das Anwesen, dessen Haupthaus in Backsteinen gebaut und dessen kleiner Tennenbereich seitlich in das Haus integriert war, quer und nicht in der Längsachse wie bei den großen Bauernhäusern des Münsterlandes. Aber eine Tenne gab es wohl nicht mehr, denn die große Niendüör war mit einem maßgearbeiteten Fenster mit Sprossenteilung versehen, das vom Boden bis zur Dachtraufe ragte; dahinter befand sich offenbar ein moderner Wohnraum. An der rechten Hausseite schloss sich an den früheren Wohnbereich der ehemalige Garten an, auf dessen Flächen jetzt zur Gänze Rasen eingesät worden war. Eine dichte Weißdornhecke säumte ihn, in den Ecken standen vereinzelt alte Obstbäume. An der linken Seite des Hauses war eine moderne Doppelgarage mit einem Flachdach angebaut worden. Schon bei der Anfahrt hatten die Beamten registriert, dass der Giebel an dieser Seite fast ganz verglast worden war und die Dachfläche der Garage offensichtlich als Terrasse genutzt wurde.

Während Kathrin Eilers läutete, schaute sich Kattenstroht von der Treppe noch einmal um. Ihm fiel auf, dass es nach Süden eine weitgehend freie Sicht gab. Weit zogen sich die Felder und Triften auf Stockhem zu, dessen Kirchturm gut zu sehen war. Davor konnte man Brüggemanns Busch erkennen und die offenen Flächen des Naturschutzgebietes erahnen. Trotz der Flurbereinigung hatten sich zahlreiche Wallhecken erhalten, die das Land zu gliedern halfen.

Die Tür wurde geöffnet, ein verschlafen wirkender unrasierter Mann von etwa 55 Jahren öffnete und fragte die Besucher nach ihrem Anliegen. Kattenstroht und Eilers wiesen sich aus, und da Ritzmann ihren Besuch angemeldet hatte, war der Sterngucker nicht sonderlich überrascht. Er bat die beiden Beamten hinein, führte sie durch einen klassisch westfälischen Küchenbereich mit einem alten Sandsteinkamin in die ehemalige Tenne, die als großzügiger Wohnraum mit einem schönen Sandsteinboden ausgebaut worden war. Hier bot er seinen Besuchern gemütliche Sessel an und fläzte sich selbst wieder auf ein schönes Sofa mit Eichenholzrahmen. Das Mienenspiel, sein Trainingsanzug und die zerwühlte Decke auf dem Sofa zeigten, dass man den Sterngucker aus einem Nachmittagsschläfchen aufgescheucht hatte.

Der Mann hieß Malte Rösler, war freiberuflich tätiger Berater und Kaufmann und wohnte seit 30 Jahren auf dem Kotten: „Die anderen aus unserer Kommune haben mich im Laufe der Jahre nach und nach allein gelassen. So habe ich dann Brüggemanns den Besitz eines Tages billig abgekauft, nach meinem Geschmack umgebaut und wohne jetzt hier glücklich und zufrieden."

Der Kommissar war neugierig geworden und fragte, ob sich denn ein Wohnort im abgelegenen Winkel des Münsterlandes mit dem Beruf Röslers vertrage. Der lächelte breit. „Ich bin Freiberufler; ich bin oft unterwegs, und ich arbeite viel am Computer. Vor allem kann ich mir meine Zeit weitgehend selbst einteilen. Das hat auch zur Folge, dass ich die Nacht zum Tage machen kann, wenn der Himmel es erfordert oder möglich macht." Dabei zeigte er lächelnd mit dem Zeigefinger an die Decke. „Von Hause aus bin ich ja Physiker und Mathematiker und hatte als junger Mann die Schnapsidee, mal Oberstudienrat zu werden. In den 1980er Jahren hat man dann dank einer bescheuerten Einstellungspolitik keine jungen Lehrer mehr gekeilt, und ich stand auf der Straße: Glück gehabt. Da kam nämlich die Computerei auf, von der ich schon früh was verstand. Heute berate ich große Industrieunternehmen im Software- und Orga-Bereich, kriege das selbständig auf die Reihe, verdiene gutes Geld und habe sogar noch Zeit, mich um mein wissenschaftliches Hobby, die Astronomie, zu kümmern."

„Das genau ist für uns von Interesse! Ihr Hobby!", nahm Kattenstroht die Vorlage auf. „Wir haben den Hinweis erhalten, dass Sie astronomisch arbeiten und deswegen auch in der Nacht oft draußen sind. Sie haben bestimmt von der Mordsache Johanna Flinker gehört, die sich in Brüggemanns Busch, etwa einen Kilometer von hier entfernt, an der

Kreisstraße abgespielt hat. In der Nacht von Freitag auf Samstag, bei Vollmond. Unsere Fragen sind einfach: Haben Sie in dieser Nacht draußen gearbeitet? Und wenn ja: Haben Sie irgendetwas bemerkt?"

„Auf beide Fragen eine klare Antwort: Ja! Ich glaub, ich zeige Ihnen mal mein Observatorium, dann kann ich Ihnen mehr davon erklären." Rösler sprang drahtig von seinem Sofa auf. Von der vorher gespürten Müdigkeit und Mattigkeit war nichts mehr zu merken. Er bat seine Besucher, ihm zu folgen, und stieg eine Treppe im hinteren Bereich der früheren Tenne hinauf. Sie führte über ein niedriges Zwischengeschoss auf den Dachboden, der jetzt voll ausgebaut und dem Sterngucker für sein Hobby dienlich war. Mehrere große astronomische Geräte, die mit Schutzfolien abgedeckt waren, standen aufgereiht auf schweren Stativen. Diese konnte man auf großen Rollen bewegen. An der Wand waren zahlreiche Aufnahmen befestigt, die verschiedene Planeten und fernere Welten zeigten. Auffallend waren die vielen brillanten Mondaufnahmen. Schreibtisch und Computer mit großem Bildschirm standen an der rückwärtigen Wand des Bodenraums, daneben war ein Bücherregal unter die Schräge geschoben worden, auf dem zahlreiche Fachbücher aufgestellt waren. Klebezettel und Lesehinweise zeigten, dass dies eine echte Arbeitsbibliothek war. Durch die verglasten Giebelflächen hatte man einen weiten Blick nach Westen. Eine breite und hohe Tür innerhalb dieses Giebels ließ sich nach außen hin öffnen und führte auf die Dachterrasse oberhalb der Doppelgarage. „Und so habe ich einen hervorragenden Aussichtspunkt! Dabei ist das Wichtigste, dass wir hier kaum Streulicht haben. Das Ruhrgebiet ist noch weit, Münster ist noch weiter, und der Pastor von Stockhem schaltet normalerweise um 23 Uhr seine Festbeleuchtung für den Kirchturm aus. Dann haben wir hier eine prachtvolle Rundsicht. Es kommen auch Sternenfreunde zu gemeinsamen Beobachtungen hier heraus."

Kattenstroht lehnte sich an die Brüstung und genoss die Aussicht: „Kannten Sie eigentlich Johanna Flinker?"

„Ja, natürlich kannte ich sie. Sie war doch eine dorfbekannte Persönlichkeit. Wenn man auf dem Lande wohnt, muss man immer mal zur Genossenschaft, sei es auch nur, um Rasendünger, Sämereien oder neue Gartenhandschuhe zu kaufen. Die Flinker stand ja auch alle nasenlang mit irgendeiner Aktivität im Dorfblättchen." Der Sterngucker holte Luft: „Ich kannte sie aber schon als kleines Mädchen, denn Vater Flinker hat mir damals vor fast 20 Jahren den Kotten hier umgebaut. Da kam sie schon mal mit raus. Sie fiel ja doch immer ziemlich auf mit ihren roten Pfannen!" Er schüttelte bedauernd den Kopf: „War wirklich eine Schönheit, aber leider nicht mehr meine Altersklasse!"

„Nun mal zur Nacht von Freitag auf Samstag. Was können Sie uns denn nun berichten?", wollte Kathrin Eilers wissen, der der Kattenstroht'sche Vernehmungsweg, den Zeugen ständig weiten Raum zum Erzählen zu geben, mal wieder auf den Wecker ging.

Rösler hatte seine Erinnerungen parat: „Samstag war um 0.42 Uhr astronomisch Vollmond. Den gibt es nicht oft genau zum Sommerbeginn. Ich war natürlich draußen und hatte die Hoffnung auf ein paar schöne Beobachtungen und ein paar gute Aufnahmen. Die Voraussetzungen waren wegen der Luftfeuchtigkeit nicht unbedingt ideal, zudem hatten wir wegen der kürzesten Nacht auch eine Menge Restlicht zu erwarten. Denken Sie mal, gegen 23.00 Uhr können Sie sich in klaren Mittsommernächten nach natürlichem Licht noch orientieren, völlige Dunkelheit haben wir eigentlich erst gegen 0.00 Uhr, und um drei Uhr fängt es schon wieder an zu dämmern. Da ist für einen Astronomen nicht viel zu machen."

„Sie meinten eben auf unsere Fragen, Sie hätten auch was bemerkt", setzte Kathrin Eilers ihn wieder auf die Spur.

„Richtig. Ich hatte gegen Mitternacht meine Geräte aufgestellt und war gerade dabei, die Nachführung zu justieren und die Kamera einzurichten, da fährt ziemlich genau um 0.30 Uhr ein Auto von der Kreisstraße aus auf Brüggemanns Busch zu." Er streckte seinen Arm aus: „Sie sehen dort die große Eiche, dahinter geht der Weg zum Naturschutzgebiet. Es war eindeutig zu sehen, dass ein Wagen dort abbog. Etwa 20 Minuten später, wir hatten gerade den exakten Vollmond, kommt da ein zweiter Wagen mit aufgeblendeten Scheinwerfern. Offenbar kannte der den Weg nicht so genau. Ich habe mich geärgert, weil der so viel Licht produzierte. Ich fürchtete schon um meine Aufnahmen. Ist aber noch mal gutgegangen, wie ich Ihnen gleich am Computer zeigen kann. Es sind also zwei Autos im Stockhemer Feld gewesen. Wieder 20 beziehungsweise 25 Minuten später ist ein Wagen weggefahren. Ich habe noch etwa bis 1.30 Uhr meine Beobachtungen weitergeführt. Es war ja eine wundervolle Mondnacht, wie man sie im Sommer selten bekommt. Dann habe ich abgebaut. Gegen 2.00 Uhr habe ich mir auf der Terrasse noch einen Whiskey genehmigt und bin dann zu Bett gegangen."

Über ein Motorrad oder Moped im Stockhemer Feld wusste Rösler jedoch nichts zu berichten. So verließen sie nach einem letzten Rundblick über das malerische Umfeld die Aussichtsterrasse. Anschließend zeigte der Sterngucker den Polizisten im Computer die Ergebnisse jener Mittsommernacht. Die Bilderserie begann mit Aufnahmen des Mondes über der Landschaft, sogar die Konturen des Kirchturms konnte man erkennen, führte dann zu Gesamtaufnahmen der sichtbaren Mondoberfläche und anschließend zu Detailaufnahmen. Zu allem konnte Rösler fachkundige Erläuterungen geben. Kattenstroht und Eilers waren beeindruckt. Wunderschön waren auch die Bilder an den Wänden, für die sich Kathrin Eilers interessierte. Bei einem Bild stutzte sie: „Was ist das denn für eine Lichterscheinung?" Kattenstroht tippte auf die „Tränen des Laurentius", musste sich aber vom Sterngucker belehren lassen, dass der Meteoritenstrom um den Laurentiustag im August nicht in einer derartigen Regelmäßigkeit komme: „Schauen Sie mal genau hin! Da sehen Sie noch den Kirchturm von St. Nikolaus zu Stockhem. Ich hatte in jener Nacht, es war Neumond, einige Winter-Sternbilder auf meinem Programm. Die Kamera hatte ich schon eingeschaltet, und die brachte automatisch alle 30 Sekunden ein Bild. Auf einmal gibt es einen fernen Knall. Es kommt zu dieser wunderschönen Lichterscheinung, und meine Kamera war auf die Sekunde genau geschaltet. Es sieht aus, als trage der Kirchturm eine riesige bunte Krone. Für mich war das eine klare Sache: Da haben irgendwelche Junggesellen eine Party steigen und ein teures Feuerwerk aufsteigen lassen. Sieht aber doch gut aus mit dem Hintergrund, oder?"

„War das denn zu Silvester?", wollte die ordnungsbeflissene Assistentin wissen.

„Nein, nein, das war im März, fast zur Tagundnachtgleiche. Das Datum kann ich schnell feststellen. Ich meine, es wäre ein Freitag gewesen. Ich tippe auf eine Party, einen Junggesellenabschied oder eine ähnliche Veranstaltung. Unsere Jungbüllekes im Dorf liegen da in einem ständigen Zwist mit dem Dorfsheriff Ritzmann. Natürlich ist Böllern inzwischen verboten und politisch absolut unkorrekt."

Kattenstroht brummelte dazwischen: „Das macht doch den ganzen Reiz!"

„Jedenfalls spielen die dem armen Ritzmann immer mal wieder einen Streich, kaufen zu Silvester bergeweise Feuerwerk und brennen das an einem Partyabend so ab, dass der arme Kerl nie dahinterkommt, wer es mal wieder wo hat knallen lassen."

„Das war bei Oma und Opa in Westerbauer nicht anders. Nur dass Opa noch mit Eisenböllern und Schwarzpulver knallte", wusste Kattenstroht beizusteuern. „Zudem wird das Böllern und Knallen seit 300 Jahren regelmäßig von der Obrigkeit verboten, bisher erfolglos. Muss sich auch nicht in alles einmischen, die Obrigkeit!"

Kathrin Eilers schüttelte den Kopf. „Du bist ein Teil der Obrigkeit, mein lieber Klaus, ein Büttel gewissermaßen!" Dann wandte sie sich wieder dem Sterngucker zu: „Leben Sie eigentlich allein hier?"

„Gewiss, bei meinem Lebenswandel, meinen Interessen und Gewohnheiten müssen Sie mir den Mitmenschen erst mal bringen, der das mitmacht." Der Sterngucker lachte etwas verschmitzt. „Wer trinkt schon um 2.00 Uhr in einer Mondnacht einen Whiskey mit mir?"

„Ich", meldete sich Kattenstroht trocken zu Wort, „aber nur wenn es einer der großen Marken ist. Unter Oban oder Talisker fange ich gar nicht erst an!"

Sie standen noch vor dem Haus des Sternguckers, als Kattenstrohts Handy bimmelte. Es war Beucking, und selbst aus der Distanz konnte Kathrin Eilers hören, dass die Stimme des Kollegen aufgeregt klang. „Augenblick“, sagte Kattenstroht, „ich stelle mal laut. Frau Eilers hört jetzt mit.“

Was Beucking zu vermelden hatte, klang tatsächlich bemerkenswert. Er hatte schon am frühen Montagmorgen per Mail verschiedene Kollegen im Bezirk über die Mordsache Flinker kurz unterrichtet und vor allem eine Detailaufnahme der Einstichwunde, die ihm inzwischen die Gerichtsmedizin zur Verfügung gestellt hatte, angehängt, verbunden mit der Bitte, ihm vergleichbare Verletzungen zu melden. Man könne sich noch kein genaues Bild von der Tatwaffe machen.

„Jetzt ruft mich gerade Velmerich aus Recklinghausen an. Die Verletzung unseres Opfers erinnere ihn fatal an Wunden, die in den letzten Jahren von irgendwelchen Bekloppten immer mal wieder Pferden auf den Sommerweiden verpasst worden seien. Erinnern Sie sich nicht an den Pferderipper, für den es im Bereich Arnsberg schon mal eine Sonderkommission gegeben hat?“

Kattenstroht war beeindruckt: „Konnten Sie denn Realaufnahmen vergleichen?“

„Ja sicher“, Beucking war schon im Stoff, „wir hatten selbst noch ein paar Vergleichsbilder parat. Dann ist einiges in der Literatur zu finden. Der erste Anschein ist verblüffend, die Wundkanäle erscheinen fast identisch. Übrigens hatte ja in einem Fall ein verletztes Pferd die Lanze des Rippers sozusagen mit sich gerissen und auf der dunklen Weide abgestreift. Der Täter fand seine Waffe dann nicht wieder. Wir kennen also die Technik: Es handelt sich um ein T-Eisen als Spitze einer selbst gebastelten Lanze, das etwas umgeschmiedet und rasiermesserscharf geschliffen worden ist. Sollte mich nicht wundern, wenn unser Opfer mit einem solchen Gerät ums Leben gebracht wurde.“

Der Kommissar schaute auf die Uhr: „Wie wäre folgender Vorschlag. Wir machen morgen um 8.30 Uhr eine große Lagebesprechung und holen Velmerich dazu. Der soll mal alle seine Akten mitbringen, und wir ziehen unsere alten Geschichten dazu. Das soll Mia Kunsleben regeln und auch die internen Berichte anderer Kommissariate dazunehmen.

Wir haben dann die Autopsie, die ersten Laborberichte und diese spezielle Spur." Kattenstroht hielt kurz inne. „Das reiterliche Umfeld könnte ja tatsächlich passen, denn die Flinker hatte selbst zwei Reitpferde. Müssen wir uns auch noch drum kümmern. Das wär's dann. Können Sie das bitte so weitergeben, Kollege Beucking?" Der bestätigte umgehend, und Kattenstroht schloss das Gespräch mit einem anerkennenden Gruß an den Münsteraner Spurensicherer und den Recklinghäuser Kollegen: „Gute Arbeit. Danke!"

„Wäre ja fast zu schön, wenn wir auf diesem Wege das Rätsel der Tatwaffe lösen könnten", kommentierte Kathrin Eilers das Telefonat. Kattenstroht nickte heftig, blieb jedoch zurückhaltend: „Bei Lösungsvorschlägen, die uns zeitig erreichen und die unheimlich passend erscheinen, bin ich immer etwas skeptisch. Die Wirklichkeit hat uns bei unseren Ermittlungen dann oft schnell eingeholt. Aber diese Spur klingt nun wirklich vielversprechend."

Sie fuhren zügig durch das Stockhemer Feld und das Dorf, passierten die Allee von Haus Stockhem und folgten einer langen Bruchsteinmauer, die die Straße nach Rodorp über mehrere hundert Meter begleitete. Endlich fand sich eine Auffahrt mit einem größeren Wendeplatz, an dessen Schmalseite ein hohes schmiedeeisernes Tor aufragte, das vom Wappen der Freiherren von Wolberg-Stockhem bekrönt war. Neben dem Torpfeiler waren ein Briefkasten und eine Gegensprechanlage einigermaßen diskret untergebracht. Kathrin Eilers läutete, und nach einigen Augenblicken ließ sich eine Stimme vernehmen. Da ihr Besuch inzwischen von Mia Kunsleben angekündigt worden war, öffnete sich das Tor, und Kattenstroht konnte den Wagen etwa hundert Meter über einen schmalen Weg um eine Baumgruppe herum auf einen kiesbestreuten Platz rollen lassen. Nun sahen sie, dass das malerische Gebäude, in dem der junge Baron Wolberg-Stockhem wohnte, auf einer leichten Anhöhe stand, von welcher aus sich eine weite Wiesenfläche gefällig zum Flüsschen und zu den großen Teichen des Herrenhauses erstreckte. In einiger Ferne war, halb verdeckt durch eine Waldinsel, das Haus Stockhem mit seinen Zinnen und Sandsteinmauern auszumachen.

Kattenstroht bekundete seinen Respekt. Das sei doch nun mal ein wirklich ernst zu nehmender Ansitz für einen Junggesellen. Der Kommissar bewunderte die Proportionen des Gebäudes, das offensichtlich in Backstein errichtet, verputzt und gelb und weiß getüncht worden war. Seine Bauzier in Ecksteinen, Tür- und Fensterlaibungen leuchtete jedoch in Baumberger Sandstein. Offensichtlich hatte man erst vor kurzer Zeit eine umfassende Restaurierung abgeschlossen.

Die Mitte der Anlage dominierte ein zweigeschossiger Rundbau, an den zwei niedrigere Flügel rechts und links angebaut waren. Die mit Schiefer gedeckte Kuppel des Rundbaus lief in einer Plattform aus, um die zur Sicherung ein filigranes Rokokogitter führte. In der Mitte der Rotunde befand sich der Eingang, zu dem drei Stufen hinaufführten. In der Tür stand der junge Baron, der eine Ähnlichkeit mit seiner Mutter nicht verleugnen konnte.

„Herr Kommissar Kattenstroht und Frau Eilers, vermute ich." Mit ausgesuchter Höflichkeit führte er seine beiden Gäste durch ein schmales Vestibül ins Haus und durch eine Seitentür in den großen Rundsaal, der sich mit fünf hohen Fenstern nach Süden öffnete und jetzt die immer noch kräftigen Strahlen der späten Nachmittagssonne abbekam. Der Blick schweifte durch den Südteil des Schlossgartens und lief in den Rodorper Bergen aus. Die Sonnenblenden waren ausgefahren. Den Fenstern gegenüber war ein großer Kamin angebracht. Zwei hohe, zweiflügelige Türen mit Sopraporten, die florale Stillleben aus Frühling und Sommer zeigten, führten offensichtlich nach links und rechts in die Seitenflügel. Der Fußboden war in verschiedenfarbigem Marmor gelegt und zeigte einen großen Stern. In der Mitte stand eine edle Sitzgruppe, über der ein Kronleuchter glänzte. Sechs Wandpaneele, die sich zwischen dem Kamin, den schmalen Vestibültüren, den großen Flügeltüren sowie dem Halbrund der vorderen Rotunde bildeten, waren in Stukkaturen gefasst und zeigten mittig lebhaft-bunte Darstellungen exotischer Pflanzen. Vor die Wandfelder waren offensichtlich auf Maß gearbeitete Kleinmöbel gestellt. Die Decke war flach und mit einem Götterhimmel ausgemalt, in dem offensichtlich Flora als Göttin der Natur das Regiment führte. Aus einer strahlenden Sonne hing der Kronleuchter herab.

Kattenstroht war beeindruckt: „Das also ist die berühmte Orangerie von Haus Stockhem?"

„Nur die Rotunde, nur die Rotunde, lieber Herr Kommissar", erläuterte der Hausherr. „Die beiden Flügel, wo ursprünglich die exotischen Pflanzen vom Lorbeer bis zu den Apfelsinenbäumchen standen, werden heute anders genutzt. Im rechten Flügel hat sich schon meine Frau Mama in den Siebzigerjahren ein Refugium eingerichtet: eine kleine Bibliothek und eine persönliche Sammlung von Kunstgegenständen; im linken Flügel residiere ich. Von außen ist nicht zu sehen, dass es eine neue Raumaufteilung gegeben hat: Eine Küche, ein kleiner Speiseraum, ein Arbeitszimmer, Schlafzimmer und Gästezimmer mit allen Erfordernissen sind in der zweiten Etage eingerichtet: Dort hat man einen herrlichen Rundblick über den Park und die nähere Umgebung."

Wozu denn der von einem Gitter gesäumte Balkon auf der Spitze des Rundturmes diene, wollte Kathrin Eilers wissen. „Das ist auch ein Relikt aus dem 18. Jahrhundert. Mein Vorfahr, der die Louisenburg bauen ließ, war der Beizjagd besonders zugetan. Von dort oben ließ er seine Falken starten und trainierte sie auch für den Einsatz im freien Gelände."

Auf freundlich angebotene Erfrischungen verzichteten die beiden Beamten. Man nahm auf den auserlesenen Sitzmöbeln Platz und eröffnete zügig das Gespräch. Kattenstroht, der die Uhr im Blick behielt, stellte kommentarlos sein kleines Tonbandgerät auf und ging ohne Umschweife in medias res: „Wann haben Sie eigentlich von Johanna Flinkers Tod erfahren, Herr Baron von Wolberg?"

„Den Baron können Sie meinetwegen weglassen. Die entsetzliche Nachricht habe ich am Samstagmittag von meinem Vater erhalten. Ich war in München, und er rief mich auf dem Handy an. Ich war am Samstagmorgen mit der Frühmaschine zu einem Treffen meiner Studentenverbindung dorthin geflogen, das ich mit einem wichtigen Termin heute Morgen verbinden wollte. So hatte ich zwei entspannende Tage bei guten Freunden und heute dann eine Verhandlung. Sie war für den Vormittag angesetzt. Mit Glück konnte ich dann eine Maschine um 13.00 Uhr erwischen und bin vor etwa einer halben Stunde hier angekommen. Mein Büro hatte mich im Vorfeld über die Notwendigkeit dieses Gespräches informiert."

Kattenstroht hatte aufmerksam zugehört. „Notwendig ist es, leider. Wir müssen von Ihnen, Herr von Wolberg, exakt und im Detail wissen, wie Sie den Freitagabend und den Samstagmorgen verbracht haben.“ Der junge Baron lehnte sich leicht zurück: „Da war nichts Spektakuläres. Ich bin um 18.45 Uhr zum Schloss rübergefahren und habe meine Eltern zum Ball abgeholt. Wir sind dann ins Dorf zum Festzelt gefahren und haben dort unsere Plätze eingenommen. Es gab noch die üblichen Präliminarien: Begrüßungen, Ehrungen, Tombola. Es war eigentlich ein schöner Abend.“

Kathrin Eilers klinkte sich ein: „Johanna Flinker kam alleine?“

Kattenstroht stand gelassen auf und wandte sich einem der Bilder auf den Wandpaneelen zur Rechten zu. Die Botschaft war klar: Kathrin Eilers sollte die Befragung allein weiterführen.

Baron von Wolberg räusperte sich: „Ja, sie kam alleine, sie wohnt ja auch alleine. Wir haben uns auf dem Ball getroffen und ein paarmal zusammen getanzt. Wir waren in der Sektbar, dort konnte ich aber nichts trinken, weil ich mit dem Auto gekommen war. Es war alles ganz normal, so, wie ein Ball bei uns auf dem Lande eben abläuft. Ach ja, und etwas Ordentliches zu essen gab es auch.“

„Und wie ging es zu Ende?“, wollte die junge Beamtin wissen.

„Gegen 22.30 Uhr wollten meine Eltern gerne fahren. Mir war das völlig recht, weil ich am frühen Samstagmorgen aufbrechen wollte. Ich habe meine Eltern aufs Schloss gebracht, bin hierhergefahren, habe meinen Koffer und meine Unterlagen noch einmal geprüft und bin dann ins Bett gegangen.“ Der Baron machte eine kurze Pause: „Sie brauchen gar nicht weiter zu fragen: Für die Zeit nach etwa 23.00 Uhr habe ich kein Alibi. Es war niemand hier, der bezeugen kann, dass ich allein war in der Louisenburg. Als Nächstes dürfte mich dann eine Kamera auf dem Flughafen Münster-Osnabrück wieder erfasst haben. Gegen 7.00 Uhr war das – auf dem Weg zum Einchecken für die Maschine nach München.“

Kattenstroht wandete sich einem neuen Wandbild zu und registrierte auf der Kommode darunter ein Bild im Silberrahmen: ein Farbfoto von Johanna Flinker, hinreißend fotografiert mit der Pracht ihrer roten Haare. Davor brannte in einem kristallenen Leuchter in Form einer Blüte ein einzelnes Teelicht. Der Kommissar ließ Kathrin Eilers weiter gewähren.

Diese zögerte etwas und holte dann aus ihrer Mappe einige Fotos heraus, die sie auf dem Tisch vor den Augen des Freiherrn ausbreitete: „Schauen wir uns doch mal diese Fotos an. Sie zeigen Sie, Frau Flinker, Herrn Veltbrügge und den Herrn Füchten in verschiedenen Situationen am Freitagabend. Ich will nicht behaupten, dass dies intime Aufnahmen sind. Aber wenn Sie genau hinschauen, dann erkennen Sie doch selbst, dass da mehr ist zwischen den Beteiligten. Sie kommen mir mit dem Hinweis: ‚Sie kommt alleine, denn sie wohnt ja auch alleine!' – Das überzeugt mich nicht. Außerdem haben wir auch schon mehr in Erfahrung gebracht!"

Von Wolberg schob sich in seinem Sessel zurecht und atmete tief durch: „Da haben Sie wohl schon ein eingehendes Gespräch mit Papa und Mama zum Thema gehabt! Ich hab's geahnt!"

Kathrin Eilers ging darauf nicht ein: „Wir wissen, dass Sie in einem engen Verhältnis zur Ermordeten standen. Es ist auch in Ordnung, dass Sie ihr Andenken ehren und ein Licht für sie aufgestellt haben." Sie deutete hinter sich zu dem Foto hinter ihr, das Kattenstroht erst kurz zuvor entdeckt hatte.

„Wissen Sie, Frau Eilers, meine Eltern, Teile meiner Familie, mein Freundeskreis, das halbe Dorf, der Reiterverein: Alle hätten sie eine zeitige Eheschließung von Johanna und mir gewiss begrüßt. Zu bestimmter Zeit ich übrigens auch. Aber große Erwartungen fordern irgendwann auch ihren Preis. Ich weiß heute nicht mal mehr, was schiefgelaufen ist. Wir haben uns gemocht, wir haben uns geliebt, und irgendwann ist uns unsere Liebe abhandengekommen. Leider. Ich glaube, wir sind an den großen Erwartungen gescheitert." Mit bitterem Ton fügte er hinzu: „Vor allem an den Erwartungen anderer."

Kattenstroht war inzwischen beim großen Kamin angekommen und bewunderte die marmorne Fassung mit ihrem reichen Schmuck. Über dem Kamin hing ein prächtiger Spiegel in einem Prunkrahmen, der offensichtlich dem Zwecke diente, die nur von einer Seite beleuchtete Rotunde weiter zu erhellen. Kathrin Eilers blieb ruhig und setzte nicht nach. Abwartend ließ sie dem jungen Mann Zeit durchzuatmen.

„Wissen Sie, Sie haben ja keine Vorstellung davon, was es heißt, als künftiger Majoratsherr auf Haus Stockhem groß zu werden. Meinetwegen, wirtschaftlich habe ich mit der Auswahl meiner Wiege vielleicht das große Los gezogen. Hier sind Besitz und altes Geld, die dank geschickter Politik zwei Weltkriege überstanden haben. Aber schon als Kind hatte ich im Dorf keine Chance, meiner Rolle zu entgehen. Ich war immer der junge Herr. So wurde ich angesprochen, so wurde ich eingeschätzt. Papa und Mama kamen mir immer mit dem Begriff der Verantwortung, von dem ich doch nichts verstand. Sie sprachen von Pflichten und Aufgaben, von unserer Rolle im Münsterland, in Westfalen, im Ritterorden, in der Germania Sacra." Von Wolberg stand auf, bat um Entschuldigung und empfahl sich kurz in die Küche, um eine Flasche Mineralwasser zu holen. Kathrin Eilers wandte sich mit fragendem Blick Kattenstroht zu, der ihr wortlos bestätigend und aufmunternd zunickte.

Der Freiherr kam mit einer gekühlten Flasche Mineralwasser zurück, holte drei Gläser aus einer der Kommoden und stellte sie in der Mitte auf dem Tisch ab. Dann schenkte er ein, nahm wieder Platz und fuhr fort:

„Aus ihrer Sicht haben meine Eltern es natürlich gut gemeint, als sie meinen Bruder und mich hier in Stockhem weiter zur Schule gehen ließen. So war ich bei den Kindern meines Alters, bei Lambert Füchten, bei Flinkers Kindern, bei den Jungs unseres Rentmeisters Bernzen: Alles wunderbar, aber ich war immer auf meine Rolle hier vor Ort festgelegt. Wäre ich im Internat gewesen, hätte sich das auf die Ferien beschränkt, und ich hätte ein Eigenleben führen können. Hier in Stockhem ging das nicht."

„Und als Sie erwachsen wurden?", gab Kathrin Eilers einen neuen Anstoß.

„Machte ich nach drei Jahren im Internat Abitur und habe dann zuerst wegen meiner Freunde und mit Mamas Unterstützung in München, dann auf Papas Drängen in Goslar studiert. Examen habe ich in Münster machen müssen. Papa wurde nämlich zwischendurch mal krank, und Mama brauchte mich vor Ort. Die Frage, ob ich Stockhem überhaupt haben wollte, wurde mir nie gestellt. Dann kam der hohe Gerichtshof meiner Tanten und fing an, sich nach einer Braut für mich umzugucken." Der junge Baron nahm einen tiefen Schluck, umklammerte sein Glas und füge dann traurig hinzu: „In dieser Zeit habe ich den Draht zu Johanna vertieft. Fast aus Protest, befürchte ich. Ich mache mir oft den Vorwurf, dass ich sie möglicherweise zu meiner“, er stockte, so als suche er nach dem richtigen Begriff, „zu meiner eigenen Selbstfindung missbraucht habe.“

„Und wie ging das Mädchen mit Ihrer Werbung um?“

„Nun ja, wir kannten uns, wir mochten uns eh, ich fand sie sehr attraktiv, und sie fand mich wenigstens nicht uninteressant. Wir wurden für einige Jahre ein Paar, auch in der Öffentlichkeit.“

„Kam denn da kein Einspruch vom – wie nannten Sie es doch gleich – vom hohen Gerichtshof Ihrer Tanten?“ Sensibel griff Kathrin Eilers die eigenen Worte des Freiherrn wieder auf.

Der lächelte nur: „Einige haben vor Zorn geschnaubt und getobt. Sie wollten natürlich eigene Töchter oder Nichten ins Rennen schicken. Andere bemühten sich auch, den Gotha, also den Adelskalender, herauf- und herunterzuklettern, um eine geeignete Partie für mich auszumachen, aber ich blieb erst mal bei Johanna.“

„Sie blieben bei Johanna!“ Kathrin Eilers wählte ihre Worte sorgsam: „Ohne Ihnen zu nahe treten zu wollen, muss für uns doch von Interesse sein, wie intensiv diese Beziehung denn gelebt wurde, gelebt werden konnte?“

Von Wolberg schaute sie an: „Sie wollen wissen, ob wir sexuellen Kontakt miteinander hatten?“ Kathrin Eilers war völlig verblüfft, fast überrumpelt, aber der Freiherr nutzte die Situation nicht weiter aus.

„Einmal haben wir es geschafft, diesem ganzen Umfeld zu entkommen. Ich hatte für einige Wochen in der Schweiz, in Luzern, zu tun. Johanna hatte Urlaub, und wir haben uns für zwei Wochen eine Ferienwohnung auf einem Bauernhof am Vierwaldstätter See gemietet. Das war die schönste Zeit unserer Beziehung. Vierzehn wunderbare Tage – und vierzehn wunderbare Nächte. Als es um eine offizielle Verlobung ging, hatte Johanna plötzlich das Gefühl, sie müsse immer mehr Leistung bringen. Sie fing das Reiten wieder an – und betrieb das fast im professionellen Stil, weil eine meiner Tanten sie einmal gefragt hatte, ob sie überhaupt ein Pferd führen könnte. Sie wollte und musste überall die Erste und die Beste sein. So entstand so etwas wie eine Konkurrenz zwischen uns beiden, und darüber ist unsere Liebe, so denke ich, abgekühlt und letztlich zerbrochen. Vor einem Jahr hat sie mir mein persönliches Geschenk, den Verlobungsring meiner Großmutter, mit Bedauern zurückgegeben.“

Es herrschte Stille im Raum. Kathrin Eilers schaltete das Tonbandgerät aus und schaute zu Kattenstroht, der fast unmerklich den Kopf schüttelte. „Nun gut, Herr von Wolberg, hier haben Sie unsere Visitenkarten. Wir müssen Sie bitten, sich zu unserer Verfügung zu halten. Ich bitte um Verständnis. Sie standen in einer engen Beziehung zum Opfer, Sie sind sich wenige Stunden vor der Tat noch begegnet, und Sie haben für die Tatzeit kein Alibi. Wir werden sehen, wie sich das weiterentwickelt.“

Der Hausherr wollte die beiden Beamten zur Tür geleiten, Kattenstroht stand jedoch noch immer vor dem Kamin und fragte in der ihm eigenen Art, wieso denn Aufbau und Fassung völlig neu seien. „Ist es eine Rekonstruktion?“ Der junge Freiherr war beeindruckt: „Das haben Sie gesehen, Respekt! Ursprünglich, Sie mögen es glauben oder nicht, war hier ein Brunnen, über den kühlendes Wasser lief, um im Sommer in der Rotunde bei weit geöffneten Fenstern der adeligen Gesellschaft bei ihrer heißen Schokolade etwas Abkühlung zu verschaffen. Das Haus war noch vor 30 Jahren völlig heruntergekommen, meine Mutter hat es gerettet. Es hat Unsummen von Geld gekostet, allein die Trockenlegung des Mauerwerks, die Isolierung, den Einbau einer Fußbodenheizung. Von diesem Kamin aus beziehungsweise einer Feuerung im Keller wird das ganze Haus beheizt. Heute ist die Louisenburg wieder ein Juwel und gewissermaßen der kleinere Juniorpartner von Haus Stockhem.“

„Weshalb ja auch der Junior hier wohnt“, beschloss Kattenstroht den Besuch.

Der Kommissar hielt den Wagen vor dem Tor an, das sich geräuschlos hinter ihnen schloss: „Dein Eindruck?“, fragte er unvermittelt seine Assistentin. „Genauer gefragt: dein Eindruck als Frau?“

Kathrin Eilers atmete laut und vernehmlich ein: „Ich würde alles gerne erst mal sacken lassen, mir das Gespräch vielleicht auch noch mal anhören. Die Darstellung erscheint mir schlüssig. Aber gib mir noch etwas Luft.“ Kattenstroht nickte zustimmend und erinnerte an das für den morgigen Vormittag geplante Lagegespräch.

„Und so vergeht Johanni, der Tag, an dem früher ganz Nordeuropa Mittsommer feierte und in der Nacht die Johannisfeuer abbrannte.“ Kathrin Eilers musste sich belehren lassen, dass der astronomische Termin von Mittsommer gar nicht so bekannt war, weshalb die Menschen allgemein den Johannistag als den Beginn des Sommers gefeiert hätten. „Heute kommen im Münsterland die ersten jungen Zwiebeln aus den Gärten, die Sünte-Jans-Sieppeln. Die geben allem Essen besondere Würze. Zudem sind Pflanzen, die in der Johannisnacht und am besten noch bei vollem Mond gepflückt werden, besonders heilkräftig!“

„Jetzt fällt mir das mit den Warzen wieder ein“, rief Kathrin und fischte aus der Brusttasche ihrer Bluse ein Zettelchen. „Du hattest doch mal den ekligen Vorschlag gemacht, man solle bei Vollmond eine Schnecke über Warzen laufen lassen, dann würde man sie los. Ich habe meinen Vater und auch meinen Onkel in Lahsum angerufen. Meine Oma hatte einen besseren Vorschlag: Man muss den Stängel des Schöllkrautes brechen und den austretenden milchigen Saft auf die Warze streichen, dann trocknet sie aus. Schöllkraut, ich habe sogar den lateinischen Namen: Chelidonium majus, wächst im Münsterland in jeder ordentlichen Hecke.“ Mit Stolz in der Stimme schloss sie: „Was sagst du nun?“

„In Lahsum herrscht, so scheint es mir, noch tiefes Mittelalter. Wahrscheinlich hat deine Tante in der letzten Nacht noch Johanniskraut gesammelt, um den Blitzschlag vom Erbhof der Große Eilers abzuwenden. Dabei gilt das Zeug heute als Antidepressivum. Und nicht unwahrscheinlich ist es, dass man dich als Säugling mindestens einmal bei einer schweren Erkrankung an einem Baum an einem Kreuzweg durch eine ypsilonförmige Astgabel gehoben hat, auf dass du gesund werden mögest!“

Jetzt war es an Kathrin Eilers, sich ins Grübeln zu begeben, denn sie erinnerte sich an eine entsprechende Erzählung ihrer Mutter. Das Grübeln hielt bei der jungen Frau an, bis sie und ihr Chef sich am Pendlerparkplatz an der Autobahn trennten. Kattenstroht strebte den heimischen Penaten zu, Kathrin freute sich auf den Abend mit Thomas im Forsthaus. Die Berichte des jungen Freiherrn hatten sie nachdenklich gemacht.

Die „Große Lage" war zwar erst für 8.30 Uhr angesetzt, aber Kattenstroht wollte sich vorher alle bereits eingegangenen Berichte ansehen und kam deswegen schon kurz nach 7.00 Uhr ins Büro. Zuhause war nur Durcheinander, da Betty an diesem Dienstag Zeugniskonferenzen hatte und auch schon ab 5.00 Uhr am frühen Morgen ihre Computerlisten noch einmal Fall für Fall überprüfte. Es war immer ihr Bestreben, auch „den letzten Hegel" über die Klippe der Versetzung zu bringen. „Wozu haben wir schließlich Förderkonzepte in der Schule?", hatte sie betont, während ihr Mann lästerte, über pubertierenden Jungs müsse gelegentlich eine harte Vaterhand walten! Über den besonderen Fortschritt in den Schulen, Zeugnisse per Computerdateien auszudrucken, freute sich auch der Gatte einer Oberstudienrätin, denn er erinnerte ungern die vielen Stunden, in denen Betty die Zeugnisse ihrer Schüler mit der Hand hatte ausfüllen und Kattenstroht dabei den Vorleser hatte mimen müssen.

Konzentriert las er alle Unterlagen, sprach sich gegen 8.00 Uhr mit Mia Kunsleben noch einmal über die Reihenfolge der Themenfelder ab und ließ sich von ihr kurz vor Beginn der Besprechung Frau Engler, die junge Staatsanwältin, vorstellen, die Stellmacher als Vertretung abgeordnet hatte.

Eine große Runde trat pünktlich im Besprechungsraum zusammen. Mehrere Laptops wurden mit dem internen Server verknüpft, so dass die einzelnen Berichterstatter Daten und Bilddateien problemlos für alle sichtbar projizieren konnten. Insgesamt konnte Mia Kunsleben, der Kattenstroht aus taktischen Gründen die Leitung der Besprechung übertragen hatte, zehn weitere Fachleute am Tisch begrüßen: Der Leiter der Spurensicherung, Beucking, hatte seinen Mitarbeiter Ternarde und aus dem Labor die Herren Fleck und Kottmann mitgebracht. Aus Recklinghausen war Velmerich erschienen; er wurde von den Münsteranern allseits herzlich begrüßt. Austrup und Pötter waren ebenso zugegen wie Kathrin Eilers. Kattenstroht suchte sich einen Platz am Rande aus. Er liebte es, fachliche Diskussionen aus der zweiten Reihe zu beobachten und dabei die Eingriffspunkte zu finden, die manchmal lösungsträchtig waren. Mia Kunsleben stellte der Runde zunächst die junge Mitarbeiterin der Staatsanwaltschaft vor, die mit freundlichem Klopfen auf den

Tisch begrüßt wurde. Sodann ließ sie per Beamer die geplante Tagesordnung aufleuchten und gab Velmerich, der als Einziger am Tisch fast keine Vorstellung von dem Fall hatte, in wenigen Sätzen eine Zusammenfassung. Gegen die Tagesordnung erhoben sich keine Einwände.

„Dann fangen wir also mit der Autopsie an. Der Bericht liegt vor. Die Todesursache ist eindeutig. Es handelt sich, wie unser Arzt schon vermutet hatte, um eine schwere Aortenruptur, verursacht durch eine massive Stichverletzung mit einer scharfen dreiklingigen Waffe." Auf der Leinwand tauchte eine Detailaufnahme der Einstichwunde auf. „Wir haben uns darüber ja schon den Kopf zerbrochen, und Kollege Velmerich wird dazu gleich etwas sagen. Dem Bericht von Frau Professor Schulze Natrup entnehmen wir aber noch einige weitere wertvolle Hinweise. Bei den Ausmaßen dieses dreischneidigen Gerätes ist es nicht ohne Tragik, dass der Täter wohl eher zufällig am Sternum, also dem Brustbein, vorbei genau zwischen zwei Rippen in den Brustraum stoßen konnte. Die Tiefe des Stichkanals lässt auf einen beachtlichen Krafteinsatz schließen." Die Kunsleben schob ihre Brille herunter. „Der massive Blutaustritt, den wir im Klohäuschen und im Bereich davor festgestellt haben, muss fast fontänenartig eingesetzt haben. Ich zitiere mal die Professorin: ‚Der Täter dürfte beim Zurückziehen der Waffe von einem Blutschwall getroffen worden sein. Spuren auf seiner Kleidung sind nahezu sicher und bei Möglichkeit fachlicher Analyse nachweisbar.' Das heißt ja wohl im Klartext: Bringen wir ihr den Anzug des Täters, weist sie uns seine Tat schon auf dem Wege nach."

Dann übernahm Beucking, der teilweise für seine Mitarbeiter sprach, ihnen aber auch Detailberichte überließ: „Unsere Bildreihen sind komplett, wir haben zusätzlich von Frau Wessling, einer Kindergärtnerin aus Stockhem, eine CD mit etwa 120 Bildern und sogar einen Videofilm aus der Vorwoche bekommen, die uns den Tatort in seiner Funktion als Waldkindergarten zeigen. Wir werten das Bild für Bild aus, haben diesbezüglich aber noch keine neuen Erkenntnisse. Bei dem Termin in der Nacht von Sonntag auf Montag haben wir die Lichtverhältnisse weitestgehend rekonstruieren können. Normalsichtige Augen, die sich an die Lichtverhältnisse in dieser Mondnacht gewöhnt hatten, konnten dort einigermaßen sicher agieren, für den engeren Bereich des Tatortes, also das Klohäuschen und seinen Vorplatz, gilt das nur eingeschränkt. Unser Physiker hat uns eine Lichtverteilungskarte erstellt, die auch den Wandel im Laufe der geschätzten Tatzeit rekonstruiert. Ich kann das mal abspielen lassen." Auf der Leinwand erschien eine genaue Kartierung der Lichtung, über die der wandernde Mond sein Licht warf, wobei eine Uhr am Rand den jeweils aktuellen Zeitpunkt anzeigte. „Sie sehen, dass sich die Schattenbereiche speziell am Waldrand schnell verschieben, der Bereich jenseits des Klohäuschens, also speziell das Vorfeld, wo der Täter agieren musste, stets im eigenen Schattenwurf bleibt. Das heißt im Klartext, dass unser Mann hier schlechte Lichtverhältnisse hatte, auch als er die Tür, die links angeschlagen ist, aufriss. Das Auge kann so schnell von halbdunkel auf stockdunkel nicht reagieren. Der Rückschluss ist für mich klar, die Tat hatte etwas Improvisiertes und das schreckliche Ergebnis etwas Zufälliges."

Fleck und Kottmann hatten sich mit dem Wagen von Johanna Flinker beschäftigt, der abgeschlossen am Weg gestanden hatte. Das hatte nichts Auffälliges ergeben. Dasselbe galt auch für die Handtasche und das Schlüsselbund. Von Bedeutung war jedoch, dass die Schlüssel durch die Ritze in den Sitzbohlen der Bank auf den Boden gefallen waren. „Wir vermuten, dass das Opfer mit dem Wagen flüchten wollte, aber die Schlüssel nicht wiederfand. Das Dixi-Klo war dann der letzte Zufluchtsort und zugleich die Todesfalle."

„Was war mit dem Champagner?", wollte die Kunsleben wissen. Kottmann nickte seinem Kollegen Fleck zu, und der übernahm: „Wir haben uns erst einmal auf die Fingerabdrücke konzentriert. Wir konnten zwar auch DNA-Spuren nehmen, aber schon das klassische Verfahren ist eindeutig. Auf der Champagnerflasche und auf beiden Gläsern sind Fingerabdrücke von Johanna Flinker. Zudem sind auf einem Glas, das in Blickrichtung von der Sitzbank rechts stand, die Fingerabdrücke von diesem Fredric Paul", er schaute etwas verunsichert hoch, „das ist wohl der junge Mann, der mit seiner Freundin die Sache entdeckt hat und den ihr erkennungsdienstlich behandelt habt?" Die Runde bestätigte seine Vermutung.

„Jede Menge Fingerabdrücke und DNA-Spuren haben wir an der Tür des Klohäuschens und speziell auf dem Türgriff. Das ist ein ziemliches

Durcheinander, und wir haben Probleme mit der Spurenabgrenzung. Übrigens haben wir das Häuschen heute noch mal kontrolliert und den Unternehmer informiert, dass es freigegeben ist und er es es jetzt abholen kann."

Kattenstroht räusperte sich aus dem Hintergrund: „Haben Sie denn alle Abteilungen dieser Einrichtung inspiziert?"

„Keine Sorge, Herr Kommissar", schaltete sich Ternarde wieder ein. „Wir haben auch die Lokalitäten untersucht, an die Sie denken. Aber der Klodeckel war heruntergeklappt, als das Opfer daraufsaß, und die Inhalte des Fäkalientanks waren, sagen wir mal, unauffällig, wenn auch unangenehm!" Zufrieden lehnte sich Kattenstroht wieder zurück.

Kottmann ging auf die feststellbaren Spuren bei Autos, Rädern und Motorrädern ein. „Wir haben nur eine gesicherte Spur, das ist die des Golfs von der Flinker. Alle anderen sind wegen der Witterung unscharf und nicht einmal vom Reifentyp klar zuzuweisen." Kathrin Eilers fragte nach Motorrad- oder Mopedspuren. Der Spurensicherer schüttelte den Kopf: „Schwierig, sehr schwierig. Zudem hatten die im Kindergarten eine junge Praktikantin, die da eine Woche lang mit einem italienischen Roller im Retro-Look angeknattert kam und ihr Modell natürlich am liebsten auf die Lichtung stellte. Die hat derart viele Spuren produziert, dass wir auch da Abgrenzungsprobleme haben. Also können wir diesbezüglich im Augenblick noch keine Lösungswege anbieten!"

Mia Kunsleben schaute in die Runde: „Noch weitere Fragen an die Spurensicherung?" Es herrschte Stille in der Runde. Fleck meldete sich noch einmal zu Wort: „In Sachen ‚Faserspuren' gibt es noch einen Hinweis. Das Labor untersucht Textilfasern, die sich unter den Fingernägeln der rechten Hand vom Opfer gefunden haben. Es hatte den Eindruck, dass die Frau sich irgendwo festgekrallt hatte; unter dem Daumennagel fanden sich die Fasern nicht. Die Kollegen versuchen, dort zurzeit noch eine direkte Zuweisung nach Typ und Farbe vorzunehmen."

Büroleiterin Kunsleben schaute auf ihre Unterlagen: „Dann kommen wir zu einem unserer Hauptprobleme: der Tatwaffe. Bisher haben wir nur ihre Spuren. Schücking hat soeben mitgeteilt, dass er heute Morgen 30 Polizeischüler für eine intensive Nachsuche zur Verfügung hat. Sie wollen diesen Busch und die umgebenden Flächen bis zum Naturschutzgebiet und auf der anderen Seite bis zur Landstraße durchkämmen. Wir können uns noch einmal die Bilder der Verletzung anschauen, die diese Waffe angerichtet hat. Dazu kann Kollege Velmerich noch mal etwas sagen." Sie startete per Tastendruck eine Präsentation, die etwa zwanzig Tatortaufnahmen und Aufnahmen aus der Gerichtsmedizin zum Inhalt hatte. Frau Engler, die Neue von der Staatsanwaltschaft, schaute betroffen zur Seite und griff nach einer Wasserflasche.

Velmerich schlug eine dicke Akte auf und setzte sich in seinem Sessel zurecht: „Das wird jetzt ein bisschen Zeit in Anspruch nehmen. Ich muss die hier Anwesenden über zum Teil 15 Jahre zurückführen, denn die Ähnlichkeit der Verletzungen brachte mich gestern, als Kollege Beucking seine Anfrage schickte, sofort auf den Pferderipper, den wir vergeblich in unserem Beritt gesucht haben. Aber der Reihe nach. Etwa seit Beginn der 1990er Jahre haben wir es bundesweit mit Verbrechen zu tun gekriegt, bei denen Täter in der Nacht frei auf den Weiden herumlaufende Pferde attackieren. Sie locken die meist vertrauensseligen Tiere an und verletzen sie dann gezielt mit den verschiedensten Waffen: mit Mistgabeln, lanzenartigen Waffen, mit langen Messern, sogar mit Skalpellen. Dabei hat es viele sexuell zu deutende Aktionen gegen Pferde gegeben: Kastrationen von Hengsten, Vaginalverletzungen bei Stuten, offensichtlich sodomitische Praktiken. Ein Pferderipper hat es in Norddeutschland wild getrieben, seinen Aktivitäten sind in den Jahren 1993 und 1994 mindestens 22 Tiere zum Opfer gefallen, die er übrigens samt und sonders mit einer Lanze abgestochen hat. Insgesamt hatten wir in dieser ersten Phase bis etwa 1998, über die das BKA seinerzeit alle Ämter und Kommissariate informierte, 320 gemeldete Angriffe auf Pferde, davon 90 mit tödlichem Ausgang."

Was denn neu an dieser Sache gewesen sei, wollte die Staatsanwältin wissen, die sich als aktive Reiterin bekannte. Velmerich wies auf die besondere Rolle des Tierschutzbundes und eine verbesserte Gesetzeslage hin: „Gewalt gegen Tiere hat es immer gegeben. Und Vorfälle dieser Art sind wahrscheinlich sehr oft vorgekommen, aber nie zentral erfasst worden. Juristisch gesehen handelte es sich ‚nur' um Sachbeschädigungen. Mit dem § 17 des novellierten Tierschutzgesetzes drohen demjenigen, der ein Wirbeltier ohne vernünftigen Grund tötet oder ihm aus Rohheit erhebliche Schmerzen oder Leiden zufügt, bis zu drei Jahren Freiheitsstrafe. Bei Serientätern ist die Strafbewehrung bis auf 15 Jahre ausgedehnt worden."

„Was sind das für Leute, die so etwas machen?", wollte Mia Kunsleben wissen.

„Es sind keineswegs nur perverse Lustmörder, die an einer Stute ihr krankes Verhältnis zum anderen Geschlecht ausleben wollen! Das wäre zu einfach." Velmerich öffnete ein weites Feld: „Leider lassen sich die Täter nicht so eindeutig typisieren. Wir haben unter denen, die geschnappt wurden, Kinder und Jugendliche, die ihren Frust abladen wollten. Eine Dreizehnjährige zum Beispiel hat ihr eigenes Hengstfohlen aufgeschlitzt. Die Tatmotive sind vielfältig: Es kann sich um Sadismus handeln, sexuelle Perversionen, gezielte Rache an einem Pferdebesitzer, Machtdemonstrationen, Mutproben in einer Jugendgruppe oder um makabre Rituale. Bei einigen Tätern ließ sich nachweisen, dass sie unter einem Affektstau litten, dessen sie sich mit einer durchbruchsartigen Entladung, eben der Attacke auf das Tier, entledigten. Da stecken tiefe Bilder, krankhafte Tagträume und atavistische Rollenmuster dahinter."

„Und warum gehen diese Leute immer auf Pferde los und nicht zum Beispiel auf Kühe?", hakte die Büroleiterin nach. „Die stehen doch in noch größerer Zahl auf den Weiden herum!"

„Aber verehrte Frau Kollegin Kunsleben", warf Kattenstroht ein, „schon bei Oma und Opa in Westerbauer hieß es immer: ‚Die Kuh ist die Frau vom Pferd.' Aus tiefenpsychologischer Sicht sind Pferde, egal ob männlich oder weiblich, eher ein Symbol für Männlichkeit. Die gestörte Persönlichkeit richtet sich also gegen das Pferd. Außerdem war das Pferd in den nördlicheren Gegenden Deutschlands mal was ganz Heiliges. Deshalb steht es ja auch noch im Landeswappen von Niedersachsen und Nordrhein-Westfalen."

In der Runde gab es ein verhaltenes Schmunzeln.

Verärgert drängte die Kunsleben Velmerich, seine Tatwaffentheorie darzulegen. Der berichtete, dass wohl auch durch die Aktivitäten des Tierschutzbundes für diese Art von Tierquälerei eine gewisse Öffentlichkeit geschaffen wurde. „Es gab eine beachtliche Belohnung für die Überführung von Tätern, die dann bekanntlich auch in mehreren Fällen geglückt ist. Etwa seit dem Jahr 2000 haben diese Fälle abgenommen. Wir aber hatten vor vier Jahren einen Mehrfachtäter im Kreis, den wir nicht überführen konnten. Wir konnten seine Spuren aber über die Tatwaffe nachweisen, in einem Fall haben wir das Ding, ein zur Lanzenspitze umgeschmiedetes T-Eisen, nach dem Angriff gefunden, weil das getroffene Pferd erschreckt ausriss und auf seiner großen Weide die Waffe abschütteln konnte. Möglicherweise fühlte sich der Täter auch beobachtet. Er konnte seine Waffe im Dunkeln nicht mehr finden und ist danach nicht mehr auffällig geworden. Hier zeige ich Ihnen einige Bilder von seinen Taten und den Verletzungen der Tiere."

Zügig erschien Bild um Bild, und jedem am Tisch war die verblüffende Ähnlichkeit der Einstichverletzung sofort offensichtlich. Velmerichs Hinweis war ohne Frage ein Treffer, sogar im Detail stimmten die Maße überein. Kathrin Eilers versuchte, die Dinge zusammenzubinden: „Nördlich von Brüggemanns Busch standen jedenfalls am Samstagmorgen, als wir dort eintrafen, noch drei Pferde auf der Weide. Könnte es so gewesen sein? Die Flinker hatte sich zu einem Rendezvous verabredet. Auf der Weide ist gerade der Pferderipper beschäftigt, und der fühlt sich beobachtet. Er schleicht durch den Busch zur Lichtung, überrumpelt unser Opfer und tötet es." Sie machte eine Pause und überlegte weiter: „Dann müssten wir also von drei Personen ausgehen, die am Tatort waren: Johanna Flinker, der Mörder und eine dritte Person, möglicherweise ihr Rendezvous-Partner. Das würde passen: Wolberg-Stockhem senior hat drei Bewegungen registriert: zwei Autos und – möglicherweise – ein Moped."

Kattenstroht grunzte aus der zweiten Reihe eine eingeschränkte Zustimmung. Das mit den drei Personen möchte ja passen, aber bei allem Respekt vor Velmerichs Aufmerksamkeit müsse man doch sehen, dass seit den letzten Taten des Rippers mit einer solchen Waffe, wie sie auch im vorliegenden Fall benutzt worden sei, mehrere Jahre verstrichen seien. Er habe im Internet nach Firmen gesucht, die derartige Halbzeuge anböten. „T-Eisen in diesen Größen sind massenhaft und in jedem Zuschnitt auf dem Markt. Aber immerhin", so räumte der Kommissar ein, „eine schwache Spur ist es. Ich denke, dass wir uns das reiterliche Umfeld der Flinker doch noch mal näher anschauen müssen."

„Dann, so denke ich, wenden wir uns jetzt den handelnden Personen zu!" Mia Kunsleben bat Kathrin Eilers, diesen Part zu übernehmen. Die zog die inzwischen breiter bestückte Pinnwand etwas näher heran und legte ohne Umschweife los: „Uns ist bei den ersten Gesprächen mit Personen im Umfeld der Johanna Flinker aufgefallen, dass sie einen über viele Jahre recht stabilen Freundeskreis hatte. Der bestand praktisch schon seit ihrer Kindheit. Wichtigste Person ist der junge Freiherr Ruppert von Wolberg-Stockhem. Wenn ich sage, unser Opfer hätte mit ihm eine Affäre gehabt, wäre das zu wenig. Sie waren stabil über Jahre ‚zusammen', wie das heute bei jungen Leuten heißt, und galten als Verlobte. Das Verlöbnis zerbrach. Kattenstroht hat schon am Sonntag mit den Eltern des jungen Barons gesprochen, wir beide dann am Montag mit Ruppert von Wolberg. Ich bin damit noch nicht fertig und blicke auch noch nicht durch, wie die bei den glänzenden äußeren Möglichkeiten auseinandergehen konnten. Denn eins ist mir klar: Ruppert von Wolberg hätte an dem Verlöbnis festgehalten."

Kattenstroht rezitierte aus der zweiten Reihe: „‚… und man kann sagen, sie kannten sich gut, kam ihre Liebe plötzlich abhanden, wie andern Leuten Stock oder Hut.' Rudolf Hagelstange sah das so – und ich sehe es genauso. Die junge Exzellenz sah zwar nicht richtig eifersüchtig aus, aber ich wette, dass ihm doch jemand seine rote Johanna ausgespannt hat."

Kathrin Eilers warf ihrem Chef einen giftigen Blick zu. „Das wissen wir nicht, das müssen wir erst noch sehen. Denn mit dem meiner Meinung nach wichtigsten Konkurrenten, wenn man von Konkurrenz sprechen kann, haben wir über dieses Thema noch nicht gesprochen: Bernd Veltbrügge nämlich, Geschäftsführer der Genossenschaft Brinkeland." Sie zeigte auf sein Bild an der Pinnwand und ließ eine Serie von Aufnahmen vom Genossenschaftsball auf die Leinwand projizieren: „Unsere welterfahrenen Herren Kattenstroht und Schücking haben noch am Samstag mit ihm in seinem Büro gesprochen. Der Mann ist demnach zutiefst verletzt und trauert nach Meinung unserer sensiblen Kommissare zutiefst."

Jetzt fühlte sich Kattenstroht unter Druck und erörterte etwas zu wortreich die Eindrücke, die er von Veltbrügge gewonnen hatte: „Ich sehe es tatsächlich so. Der Mann ist, denke ich, kein so guter Schauspieler, als dass er uns am Samstag die Trauer so hätte hinlegen können. Das war echt."

Kathrin Eilers nickte entschieden: „Also weiter. Der Dritte im Bunde möglicher Verehrer, mehrfach genannt und auf vielen Fotos vom Genossenschaftsball vertreten: Lambert Füchten, Sohn des örtlichen Tierarztes, Jugendfreund der Johanna Flinker, heute als Kaufmann in Münster tätig. Die Kollegen Austrup und Pötter haben sich gestern um ihn gekümmert."

„Na, dann lasst mal hören!", bat die Büroleiterin die beiden Kollegen um ihren Bericht.

„Füchten betreibt heute mit einem Freund und Geschäftspartner, den er wohl schon seit dem Studium kennt, eine Handelsgesellschaft in Münster. Wir haben uns den Laden angeguckt und mit beiden gesprochen. Die haben nach einem ausgiebigen Betriebswirtschaftsstudium damit begonnen, im großen Stil jahreszeitlich ausgerichtetes Deko-Material, Klimbim, Geschenkartikel und Werbegimmicks in China einzukaufen und auf den hiesigen Markt zu bringen. Mit dieser Geschäftsidee sind sie unglaublich erfolgreich. Dabei halten sie die Kosten klein, sie importieren nur per Container und Terminabruf aus dem Freihafen Hamburg. In einer Halle, die in einem Industriegebiet an der Autobahn in Münster liegt, packen sie mit einigen Hilfskräften die Ware um und lassen sie dann von Subunternehmern ausliefern. Ladentheke ist gewissermaßen das Internet, zudem sind sie auf einigen Branchenmessen vertreten. Das Konzept liegt auf der Hand: wenig Personal, geringer Aufwand, überwiegend niedrigpreisige Ware, hoher Umsatz und entsprechend stolzer Ertrag. Lambert Füchten selbst wohnt offiziell noch bei seinen Eltern, hat aber auch eine Wohnung in Münster, natürlich in bester Lage im Kreuzviertel. Er war am Freitag auf dem Ball, ist nach eigener Aussage von dort gegen 1.30 Uhr aufgebrochen, hat dafür aber kein Alibi. Seine Freundschaft mit Johanna Flinker bezeichnet er als eng. Sie seien auch eine längere Zeit zusammen gewesen." Pötter schaute von seinem Material auf. „Die haben als 16-Jährige einen Tanzkurs besucht und waren dann befreundet, wie man halt in dem Alter so befreundet ist." Kattenstroht warf ein: „Das muss zu der Zeit gewesen sein, als der Junge von Wolberg im Internat gewesen ist. Und sonst? Welchen Eindruck macht er auf Sie?"

Austrup war um ein vorsichtiges Urteil bemüht: „Das sind in meinen Augen fixe Jungs, die sich an der Globalisierung gesundstoßen wollen. Also, ganz seriös kam mir das alles nicht vor."

„Unseriös ist dieser Füchten, wie man schon an seinen gegelten Haaren sieht. Wer kommt zudem auf den Genossenschaftsball seines Dorfes mit einem Dreitagebart und in einem weißen Anzug?", lästerte Kattenstroht herum, musste sich aber von Kathrin Eilers sagen lassen, auch ihr Thomas mache sich gelegentlich mit Haargel schön: „Inzwischen haben wir sogar einen Bundesminister mit solchermaßen geschönter Haarpracht!"

Kattenstroht war perplex und schwieg.

Kathrin Eilers fasste zusammen: „Nach unserem bisherigen Kenntnisstand bilden die Personen Johanna Flinker, Ruppert von Wolberg und Lambert Füchten die Achse aus Jugendzeiten. Bernd Veltbrügge kam vor drei Jahren hinzu. Alle vier waren am Tatabend auf dem Ball. Von den Herren von Wolberg junior und Füchten wissen wir, dass sie für die fragliche Tatzeit kein Alibi haben. Das geben sie auch unumwunden zu. Veltbrügge wurde diesbezüglich noch nicht befragt, was umgehend nachzuholen ist. Wir haben jetzt zwei Optionen: Wir folgen einmal der Spur Velmerich und kümmern uns um das reiterliche Umfeld. Dann müssen wir eine Beziehungstat in Betracht ziehen. Beide Optionen sehe ich im Augenblick gleichrangig."

Kattenstroht war zwar anderer Meinung, sagte aber nichts. Mia Kunsleben koordinierte die Aufgaben für den Rest des Tages. Kattenstroht und Eilers würden wieder den Außendienst übernehmen: sich in Stockhem um Bernd Veltbrügge von der Genossenschaft kümmern und auch dem Reitstall einen Besuch abstatten, wo Johanna Flinker ihre Pferde untergebracht hatte.

„Wenn's denn recht ist, Frau Büroleiterin, werde ich zuvor mein Bild von unserem Opfer noch vertiefen und mich bei ihrem Prüfungsverband umsehen. Und wenn Frau Kollegin Eilers mich begleiten dürfte?" Kattenstroht mimte den Unterwürfigen.

Man bedankte sich für die Zusammenarbeit, verabschiedete sich für den Tag und hoffte gemeinsam auf Fortschritte in diesem unglückseligen Fall.

Beim Hinausgehen fragte der Kommissar seine Assistentin, ob ihr denn klar sei, worin der Unterschied zwischen dem Westfalen-Ross und dem Niedersachsen-Ross im jeweiligen Landeswappen bestünde. „Ebenso unwillig wie unwissend schüttelte Kathrin Eilers ihre blonden Locken.

„Ist doch ganz einfach: Beim Westfalen-Ross steht die Schwanzspitze stolz nach oben! Beim Niedersachsen-Ross dagegen …“ Kattenstroht wedelte despektierlich mit der Hand und schmärgelte vor sich hin.

Die Tagesplanung ließ den Schluss zu, dass Kattenstroht und Eilers sich am Nachmittag in Stockhem trennen würden. Also brachen sie auch getrennt voneinander auf, um sich auf einem Parkplatz am Südufer des Aasees wieder zu treffen. Von dort sollte es nach dem Gespräch beim Prüfungsverband wieder in getrennten Wagen über die Autobahn zu dem Pendlerparkplatz im Brinketal gehen. Kattenstroht hatte noch einige Minuten auf seine Assistentin warten müssen, aber jetzt überquerten sie gemeinsam die belebte Straße, an der die großen Baulichkeiten des Genossenschaftsverbandes lagen. Sie meldeten sich im Foyer des Hauptgebäudes an, und ihr Gesprächspartner, Abteilungsleiter Rasmus Hütten, holte sie persönlich ab und führte sie in sein Büro. Vom Besprechungstisch aus hatte man einen wunderbaren Ausblick über den Aasee und die Wiesen bis zum Münsteraner Zoo. Über den Wäldern schwebten wieder einige Störche, die sich im Laufe der letzten Jahre aus dem Zoo ausgewildert hatten. „Ich genieße dieses Bild auch!", bestätigte Hütten, während er Kaffee und Wasser kommen ließ. „Nur ist leider unser Thema heute nicht so friedlich und angenehm. Die Ermordung von Frau Flinker hat bis in unser Haus hohe Wellen geschlagen. Sie war in unseren Kreisen schon eine bekannte Persönlichkeit."

Kathrin Eilers fasste gleich nach: „Mal ganz ehrlich, Herr Hütten, ich habe keine richtige Vorstellung von dem, was Sie hier tun und wen Sie eigentlich vertreten. Wer sind denn ‚unsere Kreise', die Sie gerade erwähnt haben?"

Hütten lächelte verbindlich: „Das ist völlig in Ordnung. Ich habe schon Behördenpräsidenten und Bundestagsabgeordnete dieser Fragen unkundig erlebt, aber wir sind nun mal ein Verband, der von sich nicht so viel Aufhebens macht. Wir sind in hohem Maße von unseren Mitgliedern abhängig. Unsere Mitglieder sind die Genossenschaften in Westfalen und im Rheinland, die ihrerseits weitgehend unabhängig sind und unsere Gremien besetzen, die wir andererseits aber nach den diversen Gesetzen prüfen müssen und fachlich beraten sollen. Nun haben die lokalen Größen immer ihren eigenen Kopf und sind manchmal auch beratungsresistent. Es ist ein fein austariertes Machtspiel. Wir können viel, aber unsere Mitglieder können auch viel. Es geht manchmal hoch diplomatisch zu."

Der Kommissar zeigte sich interessiert: „Gibt es Zahlen?"

Hütten lächelte: „Damit können wir durchaus prunken, auch in schlechter Wirtschaftslage. Wir haben mehr als 600 Mitgliedsgenossenschaften mit rund 2,8 Millionen Mitgliedern. Es gibt, schlicht gesagt, drei große Sparten: Einmal die Kreditgenossenschaften, das sind die Volks- und Raiffeisenbanken und diverse Spar- und Darlehenskassen, die unterschiedlichen Ursprungs sind. Das sind zurzeit 220 unabhängige Institute. An Bäuerlichen Bezugs- und Absatzgenossenschaften, die also den klassischen Landhandel betreiben und heute zusätzlich die Gartencenter, haben wir ziemlich genau 200, und weitere 188 gewerbliche Genossenschaften gehören zu unserem Verband, Molkereien zum Beispiel. In den uns angeschlossenen Betrieben arbeiten immerhin 43.000 Mitarbeiterinnen und Mitarbeiter. Wir betreuen von hier aus eine breite Palette: Zentrale Einkäufe, Versicherungen, Sparvereine, eines der größten Rechenzentren in Norddeutschland, eine eigene Werbeagentur." Dem Abteilungsleiter machte es sichtlich Spaß: „Wir haben einen der buntesten Läden hier und immerhin 180 professionelle Prüfer, die unseren Mitgliedern draußen auf die Finger schauen müssen. Natürlich gibt es immer mal Ärger."

Kattenstroht sah seine Chance, aus dem Werbevortrag auszubrechen: „Und den gab es ja auch wohl im Brinkeland!"

„Sicher, großen Ärger!", bestätigte Hütten, „Wir standen dort vor etwa fünf Jahren vor der Aufgabe, sieben verschiedene Genossenschaften zu einer effizienten Einheit zusammenzuschweißen. Sehen Sie mal, wir haben ein schlimmes Höfesterben in allen Bereichen Westfalens und des Rheinlandes. Die übrig bleibenden Agrarbetriebe, in einzelnen Bauerschaften sind das im Vergleich zu 1950 vielleicht mal fünf bis zehn Prozent, sind im eigentlichen Sinne Großunternehmen, nicht nur nach der Hektarzahl. Die müssen von top ausgebildeten Agrar-Fachleuten mit kaufmännischem Verstand geführt werden. Leisten die sich nur ein verfehltes Wirtschaftsjahr, geht der Betrieb leicht unter. Diesen wirklich quicken und großräumig denkenden Landwirten müssen wir einen adäquaten Service gegenüberstellen. Das muss man vielen Genossen, denen die Mitbestimmung in ihrer Versammlung oder als Delegierter sehr wichtig ist, erst einmal klarmachen. Es ist nun mal

Tradition, dass man einmal im Jahr zur Genossenschaft geht, Berichte hört, abnickt, neu wählt und ein Schinkenschnittchen mit Ei plus ein schönes Werbegeschenk bekommt. Die gemütlichen Zeiten sind aber vorbei."

„Auch im Brinketal!", hielt Kattenstroht Kurs.

„Es war ein ziemlicher Kampf mit vielen Rückschlägen. Alles hing an Personen und Mentalitäten. Wir haben seinerzeit dafür gesorgt, dass mit Bernd Veltbrügge ein Spitzenmann nach Stockhem kam. Seine Position wurde unterbaut durch Frau Cremers als altgedientes Schlachtross gewissermaßen. Das ist eine hinreißende Dame, von wegen Bürokraft oder Sekretärin! Dann hatten wir für den frischen Wind Frau Flinker aufgebaut. Im Hintergrund agierte unser Freiherr von Wolberg-Stockhem, der Land und Leute kennt, die ganze Brinke rauf und runter. Der geht mit Jan und Allemann zur Jagd." Hütten grinste breit: „Einige unserer Streitgenossen hätte er von mir aus schon auf einer Diplomatenjagd erledigen können, aber wir haben es auch so geschafft. Heute gibt es die Genossenschaft Brinkeland mit Sitz in Stockhem, und wir haben den ganzen Beritt wohlgeordnet mit positiven Ergebnissen!" Der Spitzengenosse stutzte einen Augenblick: „Hab' ich wirklich gesagt, der Baron Wolberg hätte Streitgenossen erschießen sollen?" Kattenstroht nickte mit ernstem Blick.

Hütten war selbst etwas betroffen: „Ich bitte um Entschuldigung für diesen Ausrutscher. Sie sehen, wie einen die Arbeit auf dem Lande bei selbständigen und frei denkenden Menschen mitnehmen kann." Er holte etwas Luft. „Und gerade im Zusammenhang mit unserem eigentlichen Thema: Johanna Flinker. Sie war eine unserer ganz großen Hoffnungen. Es kommt bei uns wie bei jedem Großunternehmen darauf an, eine kluge Personalentwicklung zu betreiben. Wir holen uns immer wieder fachlich versierte Leute aus den Hochschulen, wir haben zum Beispiel ein eigenes Forschungsinstitut an der hiesigen Uni und durchaus auch Seiteneinsteiger aus anderen Bundesländern. Wir benötigen auf der anderen Seite der Waagschale aber auch Spitzenkräfte, die Land und Leute wirklich kennen und die die genossenschaftliche Mentalität verinnerlicht haben. Zu dieser Gruppe zählte Frau Flinker." Er griff nachdenklich zu seinem Wasserglas. „Sie fiel mir vor etwa zehn Jahren das erste Mal auf, als sie in unserer Akademie an einem längeren Lehrgang teilnahm, der auch die Wochenenden beanspruchte."

„Sie fiel Ihnen wegen ihrer roten Haare auf, stimmt's?" Der Kommissar blieb sichtlich ernst.

Hütten lächelte wehmütig: „Stimmt. Aber sofort danach wegen einer Kette von gescheiten Fragen und Hinweisen. Die junge Frau war einfach blitzgescheit, und sie kam völlig aus unserer Denke. Die kriegte sofort den berühmten roten Reiter auf die Personalakte gesetzt, und wir haben sie nicht wieder aus den Augen verloren. Nachdem sie im Team mit Frau Cremers und Veltbrügge in einer hervorragenden Zusammenarbeit mit unserer Stabsabteilung die ‚Genossenschaft Brinkeland' auf die Beine gestellt hatte, war uns klar, dass sie weitergehen musste. Sie stand auf Platz eins einer Zweierliste für eine große Einrichtung im Westmünsterland und hätte ziemlich sicher dort im Herbst angefangen. Wir mussten nur noch den formellen Gremienbeschluss bekommen, der erst nach den Sommerferien fallen sollte." Hütten stockte etwas: „Es gab aber noch einen Aspekt, den ich nicht unerwähnt lassen sollte. Ich bitte um Verständnis, dass ich meine Worte besonders sorgfältig wähle. Einmal war sie dem Haus Wolberg-Stockhem sehr eng verbunden, sodann hatte sich eine gewisse Nähe zu ihrem Chef, Bernd Veltbrügge, entwickelt. Wir haben das speziell im letzten Jahr beobachten können. Bei den ländlichen Genossenschaften Westfalens gilt seit Jahrhunderten das Mehraugenprinzip. Es ist unserer Sache aber nicht dienlich, wenn sich Verantwortungs- und Entscheidungsträger zu nahestehen. Sie verstehen?"

„Wenn Sie damit andeuten wollen, dass Frau Flinker und Herr Veltbrügge ein Krösken miteinander begonnen hatten, dann haben wir Sie verstanden. Aber das hatten wir auch schon bemerkt", erwiderte der Kommissar gelassen.

„Da war aber noch etwas, worauf ich Sie hinweisen muss. Frau Flinker war in der vorigen Woche noch einmal hier." Hütten wandte sich mit seinem hochmodernen Rollensessel dem Schreibtisch zu und überprüfte seinen elektronischen Kalender: „Am Mittwochmorgen, zwischen zehn und elf Uhr. Wesentlicher Punkt des Gespräches war die neue Position, für die wir sie in Vorschlag gebracht hatten. Sie hat mir am

Schluss unseres Gespräches eher beiläufig berichtet, dass sie einer Unregelmäßigkeit in ihrem Hause auf der Spur wäre und Ungemach befürchte. Ich habe sie um Vertrauen und weitere Informationen gebeten, aber sie war mit ihren Nachforschungen angeblich noch nicht weit genug und sich ihrer Sache noch nicht völlig sicher. Da wurde mir übrigens wieder eine ihrer wesentlichen Stärken klar: Sie hatte ein Auge für Abläufe und Zahlen, konnte vernetzt denken und war ein Ass im Controlling. Sie hatte ein unglaubliches Vorstellungsvermögen und Visionen." Hütten schüttelte bedauernd seinen Kopf: „Es ist jammerschade!"

Der Kommissar bemäkelte, er halte von dem Begriff Visionen nicht so viel. Es komme doch mehr auf die reale Welt an, und schließlich habe ein bedeutender Politiker erst vor einigen Jahren gesagt, wer Visionen hätte, der möge sich umgehend in ärztliche Behandlung begeben! „Ihr Bedauern über diesen Verlust kann ich jedoch nachvollziehen!"

Hütten begleitete seine Gäste wieder persönlich hinunter in die Halle und verabschiedete sich dort von den Polizeibeamten. Kattenstroht und Eilers gingen nachdenklich zu ihren Autos. Der Kommissar warf einen Blick auf seine Uhr: „Bald Mittag! Sollten wir uns nicht ein bisschen sammeln und einmal um den oberen Aasee laufen? Mir liegt diese ‚heilige Johanna der Gartencenter' immer schwerer im Magen." Kathrin Eilers war sofort einverstanden und nahm aus ihrem Wagen noch einen Hefter mit, den sie in ihre kleine Ledermappe steckte: „Den hat mir Ternarde eben noch mitgegeben. Das sind die Auswertung der Handydaten und eine erste Einschätzung der Dateien auf dem Laptop. Zudem haben auch Kottmann und Fleck die Wohnung visitiert."

Der Spaziergang tat den beiden Ermittlern gut. Auf einer Parkbank mit herrlichem Blick über das Aatal, den See und die in der Ferne liegende Altstadt Münsters studierten sie zunächst die Unterlagen Ternardes. Schon die erste Seite barg eine Überraschung: Das Handy der Flinker, welches in der Tatnacht in ihrer Wohnung verblieben war, hatte in der Zeit zwischen 0.45 Uhr und 2.45 Uhr zwölf Anrufe in Abwesenheit verzeichnet, die alle von demselben Mobiltelefon kamen, dessen Nummer nicht unterdrückt worden war. „Und der Anrufer ist identifiziert?", wollte Kattenstroht wissen. Kathrin Eilers wies mit ihrem gelben Marker auf einen am Rand notierten Namen hin: „Dunnerkiel!“, entfuhr es dem Kommissar. „Da liegen wir ja mal wieder richtig im Wind!“ Kathrin Eilers blätterte die Akte weiter auf: „Und hier hast du die Mitschriften der Mailbox!“

Kattenstroht verschlug es die Sprache.

Das Eingangspasswort des Computers war von Ternardes Computerspezialist leicht zu umgehen gewesen, den Schutz eines größeren Teils der Dateien hatte er aber nicht knacken können. Die offen erreichbaren Dateien war ein wohlgeordnetes Kaleidoskop des Lebens der Johanna Flinker: eigener Haushalt, Briefe, Reisen, Fortbildung, Pferde. Für ihre persönlichen Finanzen führte sie ein Haushaltsbuch, dessen Zugang auch verschlüsselt war. „Ternarde meinte, dass der Zugang problematisch wäre. Sie versuchen es aber noch weiter.“

„Hat die Wohnung noch mehr hergegeben?“, wollte Kattenstroht wissen. Kathrin Eilers schüttelte den Kopf: „Kottmann sagte mir im Weggehen, für einen zusammenhängenden Bericht habe es bis heute Morgen ja noch nicht gereicht. Sie hätten nichts spontan Verwertbares gefunden. Deswegen hätte er es in der Besprechung auch gar nicht erwähnt.“

„Wenn wir mit uns und unserer Arbeit ehrlich sind, müssen wir feststellen, dass wir auch am vierten Tag nach dem Mord noch immer nicht wissen, was um Gottes willen diese schöne Frau in jener herrlichen Mondnacht in das düstere Holz getrieben hat.“ Kattenstroht war nachdenklich aufgestanden und ging nun vor der Parkbank hin und her. „Dabei denke ich an etwas, das du – glaube ich – gestern mal erwähnt hast: Die Johanna Flinker kann einem Angst machen, weil sie eben so perfekt ist, weil sie keine Fehler macht, weil sie so klar und entschieden im Aufmaß ist. Meine Erfahrung aber sagt mir, dass jeder Mensch seine Abgründe und Schwachpunkte hat und lernen muss, damit umzugehen. – Wir werden sehen, lass uns mal zurückgehen und dann vor Ort stöbern.“

Kathrin Eilers bestätigte den Gesprächstermin mit Veltbrügge für 14.00 Uhr. „Dann lass uns noch einmal eine Runde laufen, dann kommen die besten Gedanken. So tippelten die Eilers und ihr Chef noch eine Strecke in Richtung Stadt, überquerten die Torminbrücke und nahmen den Weg zum Parkplatz am südlichen Seeufer. Dort kamen sie an der Terrasse der Gastronomie eines Segelclubs vorbei.

Unweit der Terrassenkante und nahe am Weg saß ein schmales Herrchen im Sportdress an einem Tisch und winkte ihnen freundlich zu: „Herrje, Dr. Petry, und ich dachte, Sie wären im Urlaub! Jedenfalls hat mir das gestern Ihr Anrufbeantworter zum Besten gegeben." Die Eilers freute sich über die Begegnung mit dem Psychiater, der sich in letzter Zeit immer mal wieder als kluger Berater erwiesen hatte. Kattenstroht guckte auf seine Uhr, entschied im Stillen, die Mittagspause vor Ort abzuhalten, und fragte den „Seelenklempner" sicherheitshalber, ob zwei Polizisten an seinem Tisch willkommen seien. Dr. Petry hatte damit selbstverständlich kein Problem. Er erklärte, dass er drei Wochen seine Praxis geschlossen habe, die letzte Woche vor den Ferien zu Abschlussarbeiten in der Praxis nutzen wolle und dann nach Italien aufbrechen werde. „Ansonsten trainiere ich derzeit für meinen nächsten Halbmarathon. Inzwischen zolle auch ich dem Alter Tribut. Die volle Distanz von 42 Kilometern wird auch für mich schwieriger."

Kommissar und Assistentin hatten sich für Suppe und Salatteller entschieden. Während sie auf den Service warteten, kamen sie fast zwangsläufig in ein auch offiziell als dienstlich bezeichnetes Gespräch. Kathrin Eilers übernahm es, ein Bild der Johanna Flinker zu zeichnen, in deren Leben alles so perfekt gelaufen war: „Kindheit, Jugend, Ausbildung, Beruf, Karriere: Und dann hat sie die Chance für die Partie ihres Lebens und verweigert vor dem letzten Hindernis. Gibt es dafür eine logische Erklärung?"

Der Psychiater lächelte und strich über seinen schütteren Kinnbart: „Eines wollen wir mal klar sehen: Es liegt hier keine solide Anamnese vor, ich kenne Ihr Opfer nicht, und die familiären Entwicklungsumstände liegen für uns alle hier im Dunkeln. Zudem, und das werden Sie, liebe Frau Eilers, aus eigener Lebenserfahrung wissen, ist die Liebe ein höchst diffiziles Erfahrungsfeld. Wir verbinden uns mit einem anderen Menschen eben doch noch mit unserem Herzen, will sagen auf dem Weg über unsere Gefühle. Dann gibt es noch subkutane Prägungen, derer wir uns gar nicht bewusst sind. Warum denn nur", er warf Kattenstroht unbemerkt einen heiteren Blick zu, „schauen einzelne Männer zwanghaft hinter jeder Rothaarigen her? Bei Partnerwechseln stellen wir immer wieder fest, dass der oder die Neue dem Vorgänger oder der Vorgängerin im Phänotyp völlig gleicht. Und so weiter! Diese unterschwelligen Prägungen lassen sich bekanntlich nicht steuern. Wir lieben – oder wir lieben nicht. Manche Leute sehen sich einmal, gucken sich an und haben lebenslang ein Problem. That's life!"

„Also ich sehe bei Johanna Flinker eine ausgeprägte Bindungsangst!", verteidigte Katrin Eilers ihren Standpunkt.

Der Psychiater räumte ein, dass dies möglich sei. „Dahinter steckt möglicherweise die ‚Vermeidung des Schemas Verlassenheit'. Man geht eine Verbindung gar nicht erst ein, weil man Angst hat, von dem eigentlich begehrten Partner wieder verlassen zu werden. Man gibt also dem Neuen gar nicht erst die Chance, um nicht eine Enttäuschung zu erleiden." Er unterbrach seinen Gedankengang. „Bedenken Sie aber bitte immer, dass wir der Seele dunkle Pfade immer nur in Abschnitten oder Bruchstücken erhellen können. Alles, was uns von außen furchtbar richtig und völlig logisch erscheint, kann in Wirklichkeit ganz anders und total daneben sein. So wie ja auch Diäten oder Medikationen für jeden Patienten individuell erfolgreich oder vergeblich, will sagen, in jedem Falle anders wirken können und somit ad personam differenziert entwickelt werden müssen."

„Siehst du, Kathrin, hat sich was mit exakter Wissenschaft! Dunkel, Rätsel und Fragen bleiben!", wollte Kattenstroht den Diskurs beenden.

Doch der Psychiater blieb dran. „Wenn man sich der Unzulänglichkeit und Unsicherheit dauernd bewusst ist, der man in solchen Analysen ausgesetzt ist, mag das angehen. Ob das allerdings so weit gehen muss, wie ich neulich bei einer Psychotherapeuten-Ausbildung gesehen habe, mag auch offenbleiben. Die jungen Leute eines ganzen Kurses haben hier auf dem Aasee japanische Wunschboote ausgesetzt, in denen kleine Kerzen brannten. Und vor dem Aussetzen auf die stürmischen Fluten dieses Binnengewässers haben sie den Schiffchen mit ihren Seidenpapiersegeln leise ihre geheimsten Wünsche zugeflüstert. Man durfte sie angeblich auch draufschreiben. Und dann dümpelten die Lichter im Winde auf den Wogen des Sees hinaus." Petry schüttelte den Kopf. „Ich denke, dass die selbst verantworteten Entscheidungsräume erwachsener Menschen größer sind. Und – unsere Arbeit ist generell kein Rätselraten."

„Basta! Ich habe für Betty und mich in eine alte Buche ein Herz mit unseren Anfangsbuchstaben geschnitzt! Und wenn wir im Sommer in den Baumbergen spazieren gehen, können wir das noch bewundern!", war sich der Kommissar seiner Sache mal wieder völlig sicher.

Dr. Petry lächelte feinsinnig: „Es sind aber auch schon viele Herzen in den Sand gezeichnet worden. Gewähr der Dauer ist uns jedenfalls auf diesem Feld nicht gegeben! Das Meiste, denke ich, ist ein Geschenk!"

Sie kamen mehr als eine Viertelstunde früher als geplant auf der Genossenschaft an. Veltbrügge war nicht zugegen. „Der Chef ist noch zu Tisch!", erklärte Agnes Cremers, hieß die beiden Polizeibeamten jedoch herzlich willkommen, führte sie selbstbewusst in Veltbrügges Büro und offerierte am Besprechungstisch schon mal einen ersten Kaffee. „Er wird jeden Augenblick kommen!", meinte sie und wollte sich schon zurückziehen, als Kattenstroht sie bat, doch noch zu bleiben. „Wenn Sie gestatten, möchten wir die Gelegenheit nutzen, auch Ihnen einige Fragen zu stellen." Agnes Cremers zögerte etwas, setzte sich dann aber doch.

Auf einen verdeckten Wink ihres Chefs übernahm es Kathrin Eilers, das Gespräch zu eröffnen: „Wie gehen Sie eigentlich jetzt mit dem Geschehenen um? Johanna Flinker lebt nicht mehr, und wir wissen, dass Sie ein besonders gutes Verhältnis zu ihr hatten. Vielleicht können Sie uns darüber etwas sagen?"

Agnes Cremers zeigte sich traurig berührt: „Das sind jetzt etwa 14 Jahre, dass wir ständig miteinander zu tun hatten. Natürlich kannte ich sie auch schon von früher, die Flinkers waren bei uns schon immer Genossen, und ihr Vater saß jahrelang in verschiedenen Gremien. Schon als Kind kam sie mit ihm ab und an aufs Büro oder auch in den Laden. Man kennt ja doch viele Kinder aus dem Dorf oder aus den Bauerschaften. Als dann klar war, dass sie bei uns die Lehre machen würde, habe ich mich gefreut und sie auch lange Zeit hier im Betrieb betreut. Sie machte dann ihre Ausbildungsschleifen, Abitur an der Abendschule, später das berufsbegleitende Studium. Sie war auch immer mal wieder blockweise zu Lehrgängen weg. Der Kontakt aber blieb bestehen." Die Frau war bewegt. ihre Stimme wurde brüchig. „Sie kam immer wieder rein, und wir standen uns eben sehr, sehr nahe. Dann kam sie ja vor drei Jahren ganz zurück ins Haus."

„Dann kennen Sie bestimmt ihre persönliche Entwicklung ganz gut." Kathrin Eilers war um eine vorsichtige Wortwahl bemüht. „Darf ich Sie mal fragen, wie Sie Johannas Kontakte im Freundeskreis und speziell zu ihren, na sagen wir mal, zu ihren Verehrern gesehen haben und bewerten?"

„Johanna und die Jungs, das ist ein ganz spezielles Thema." Die Cremers lächelte wehmütig. „Sie war natürlich außerordentlich attraktiv. Manche Männer scheinen sich für Rothaarige besonders zu interessieren. Aber sie war auch auf ihre eigene Art spröde. Ein Junge, der was von ihr wollte, musste schon was in die Milch zu brocken haben. Ich meine das nicht ausschließlich materiell, aber auch in Liebesdingen hatte sie ihre rationale Betrachtungsweise."

Kattenstroht wurde lebhaft: „Wieso ging denn das Verlöbnis mit dem jungen Herrn Baron in die Brüche? Hätte das denn nicht in jeder Beziehung gepasst? Zudem waren alle einverstanden, ganz Stockhem hätte applaudiert und in Sankt Nikolaus die Hochzeit des Jahrzehnts gefeiert."

„War das ein Verlöbnis?", zeigte sich die Cremers skeptisch. „Der junge Herr und auch seine Familie haben es wahrscheinlich so gesehen, und ich habe Johanna immer geraten, sich da deutlicher zu zeigen, in der einen oder anderen Richtung. Aber hier hat sie zu lange gezögert und konnte sich nicht entscheiden. So verfing sie sich mehr und mehr in den Verhältnissen dort."

„Aber das waren doch große Erwartungen und glänzende Aussichten, Stolz und Vorurteil spielten keine Rolle. Warum sollten denn Sinn und Sinnlichkeit nicht zusammengehen und die Hochzeitsglocken für die Tochter des Zimmermanns und den Freiherren erschallen?" Kattenstroht zeigte ziemliches Unverständnis.

„Stolz und Vorurteil! Ja, da ist was dran. Ich glaube, sie hätte nicht so leben können, wie das Umfeld von Haus Stockhem es von ihr erwartet hätte. Sie sehen von außen kaum, was der alte Baron alles kann und tut. Nur wenige wissen, wie das Haus Stockhem wirtschaftlich verbandelt ist und welche Beziehungen dort gepflegt werden. Oben auf dem Schloss sind schon oft Entscheidungen mit richtig dicken Folgen für sehr viele Menschen gefällt worden. Da wird eine eigene Politik gemacht, weit über Stockhem und das Brinketal hinaus. Ganz still und ganz diskret geht das ab." Agnes Cremers spielte mit einem Zuckerstückchen, das neben der Tasse liegen geblieben war. „Johanna wollte, glaube ich, die Rolle nicht, die sie hätte spielen müssen. Ihren Ruppert hätte sie gerne gehabt, aber bitte ohne den vergoldeten Rahmen. Da sind ja auch hier und da Holzwürmer drin. Wissen Sie, was die Louisenburg ist?"

Der Kommissar erwähnte kurz, dass man dem jungen Baron einen Besuch in der früheren Orangerie abgestattet habe: „Ein wunderschönes Gebäude!"

Die Cremers wiederholte: „Ein wunderschönes Gebäude. Die Frau Baronin hat das Haus vor etwa 25 oder 30 Jahren in Eigenregie renovieren lassen und hat, vor allem als ihre Söhne im Internat waren, mehrere Jahre immer mal wieder über Monate allein dort gewohnt, wenn sie das ganze Treiben auf dem Schloss leid war. Sie nannte die Louisenburg ihr ‚Sorgenfrei'. Übrigens hat sie das gegenüber der Öffentlichkeit nie herausposaunt, sie hat alle repräsentativen Pflichten an der Seite des Herrn Baron erfüllt und war weiterhin Herrin auf Haus Stockhem. Aber sie brauchte doch immer wieder die Distanz. Ein solches Versteckspiel, so glaube ich, wollte Johanna nicht mitmachen. Wir haben in dem Zusammenhang einmal über ein chinesisches Sprichwort diskutiert. ‚Erfülle deinem Mann alle seine Wünsche – und werde Herrin in seinem Haus!'" Die Cremers schüttelte den Kopf und lächelte: „Johanna ist fast ausgerastet. Sie war in jeder Hinsicht eine auf Ehrlichkeit, Klarheit und Wahrheit angelegte Frau und dabei sehr rational. Ich gebe gerne zu: Es wäre vielleicht besser für sie gewesen, wenn sie ihren Gefühlen gelegentlich mehr Raum gelassen hätte."

„Aber auf dem Lande? Ich kann gut nachvollziehen, wie unangenehm es ist, ständig überwacht und kontrolliert zu werden. Vor allem, wenn die ganze Bauerschaft von jungen Leuten Entscheidungen erwartet", wandte Kathrin Eilers mit einigem Verständnis ein.

Kattenstroht meinte, man müsse sich dann wehren. Er kenne eine Geschichte aus einem Dorf, wo eine ältere Dame alle Tage das Leben und Treiben der jungen Leute aus dem Nachbarhaus durch ihr Küchenfenster beobachtet und kleinklein den Eltern weitererzählt habe: „Eines Nachts haben die Brüder das Fenster mit einer schwarzen Asphaltfarbe zugestrichen! Die Alte hat's kapiert, aber die Reinigung des Fensters war ein unglaublicher Aufwand."

Im Vorraum kam Bewegung auf, und Bernd Veltbrügge erschien auf der Bildfläche. Er fand die Besprechung in seinem Zimmer völlig in Ordnung, ließ sich Kathrin Eilers als Mitarbeiterin der Kripo Münster vorstellen und bat überraschend Agnes Cremers, bei dem folgenden Gespräch doch bitte dabeizubleiben.

„Wir wollten aber nur Ihnen zunächst einige Fragen stellen!“, zeigte sich Kathrin Eilers verwundert.

„Ich wollte Ihnen jedoch einige Erklärungen abgeben, zu denen ich am Samstag beim Besuch von Herrn Kommissar Kattenstroht und seinem Kollegen noch nicht in der Lage war!“, blieb der Geschäftsführer hartnäckig. „Bitte geben Sie mir die Gelegenheit!“

Kattenstroht, der bei Veltbrügge eine erhebliche Nervosität und Fahrigkeit registrierte, nickte nur stumm und lehnte sich zurück. Er vergaß aber nicht, demonstrativ sein kleines Aufnahmegerät auf den Tisch zu stellen. Der Geschäftsführer stutzte, und seine Nervosität schien noch zuzunehmen.

„Herr Kommissar, Frau Eilers, ich will es möglichst kurz machen. Ich war am Samstag und am Sonntag nicht in der Lage, einen klaren Gedanken zu fassen. Gestern fiel hier alles über mich her. Ich habe mich dann gestern Nachmittag mit meinem Anwalt besprochen, der mir riet, Ihnen gegenüber mit offenen Karten zu spielen. Ich war in der Nacht von Freitag auf Samstag circa gegen 1.00 Uhr für etwa 20 oder 25 Minuten am Tatort in Brüggemanns Busch. Johanna und ich hatten uns dort spontan verabredet, nachdem wir uns auf dem Ball völlig entspannt vergnügt hatten. Wir wollten es uns auch mal nett machen, das dachte ich jedenfalls. Der Hintergrund sei Ihnen auch erläutert: Ich habe Johanna auf ihrem Geburtstag vor einigen Wochen einen Heiratsantrag gemacht. Sie hat ihn angenommen, und mit Glück hätten wir im Herbst geheiratet. Und nun ...?“ Veltbrügge lehnte sich zwar traurig, aber auch fast erleichtert zurück. Er schaute auf die beiden Polizeibeamten und wunderte sich, dass die in ihren Reaktionen gleichmütig blieben.

Tatsächlich wandte sich Kathrin Eilers zunächst Frau Cremers zu, die fast atemlos zugehört hatte. „War Ihnen das mit der geplanten Hochzeit bekannt?“

Die ältere Dame nickte fast unmerklich: „Ja sicher, dass die beiden ein Paar wurden, hat fast jeder hier gemerkt. Nur von dem Stelldichein in Brüggemanns Büschken, davon wusste ich natürlich nichts.“

„Um auch unsererseits die Karten offen zu spielen, Herr Veltbrügge: Wir sind Ihnen dankbar, dass Sie diese Erklärung abgegeben haben. Möglicherweise hätte ich Sie sonst noch heute verhaftet.“ Kattenstroht zog Kathrin Eilers' Mappe zu sich herüber. „Zunächst aber würde ich Ihren Bericht gerne weiterhören."

„Da gibt es nicht viel zu erzählen. Auf dem Ball wurde es schon vor Mitternacht bollerig. Man begann, erheblich zu trinken, und das ist für Johanna und mich nie was gewesen. Also wollten wir uns davonschleichen, aber so, dass es nicht jeder merken konnte. Sie war irgendwie unternehmungslustig und hat dann vorgeschlagen, wir möchten uns in Gittis Waldkindergarten einen Schampus zu zweit genehmigen. Sie wollte schon vorfahren, ich sollte 20 Minuten oder eine halbe Stunde später nachkommen. So ist es dann auch passiert. Sie fuhr als Erste los, weil sie zu Hause noch einen Schampus stehen hatte, den sie mitnehmen wollte. Ich bin dann gegen 0.15 Uhr still weggegangen, habe meinen Wagen genommen und bin auch ins Stockhemer Feld rausgefahren. Ich kannte den Platz, weil wir zur Eröffnung des Waldkindergartens mit Presse da waren, denn wir haben bisher in jedem Jahr dieses Projekt gesponsert. Ich habe Johannas Wagen gesehen, habe dahinter geparkt und bin dann auf die Lichtung. Johanna war aber nicht da. Ich habe nach ihr gerufen, habe nach einiger Zeit auf ihrem Handy angerufen und habe etwas länger als 20 Minuten gewartet. Natürlich war ich in Sorge. Im Mondschein habe ich den Schampus stehen sehen und mir gedacht, sie macht wieder einen ihrer Streiche. Ich bin dann sehr beunruhigt zum Festzelt zurückgefahren und habe in den folgenden zwei Stunden immer wieder, bestimmt zehnmal, bei ihr angerufen. Sie hat sich aber nicht gemeldet." Veltbrügge schluckte schwer. „Dabei muss sie zu diesem Zeitpunkt schon tot auf dem Dixi-Klo gesessen haben."

„Und auf dem Festzelt, wie ging's da weiter?", ermunterte der Kommissar den Geschäftsführer fortzufahren.

„Wie das so ist! Man ist durcheinander, ein Freund schüttet einem einen Schnaps ein. Man kippt einen hinterher. Ich war auf Johanna irgendwie sauer, weil ich mich von ihr veräppelt fühlte. Dabei war sie tot." Veltbrügge schluckte und war jetzt ziemlich aus der Spur. „Das Ergebnis war ein heftiges Besäufnis. Ist mit dem heutigen Wissen unverständlich, tragisch. Aber was hätte ich machen sollen? An alles Mögliche hätte ich gedacht, aber doch nicht daran, dass sie einer auf der Lichtung im Mondschein absticht. Ich konnte doch nicht auf dem Festzelt zu einer öffentlichen Suchaktion aufrufen. Die hätten mich doch alle für spinnert erklärt."

„Na ja, ein Zeichen wäre es schon gewesen, und wir hätten möglicherweise die Tat früher entdeckt und die Spuren verfolgen können. Wenigstens sind Sie uns jetzt ehrlich begegnet, denn wir wussten von Ihrem Aufenthalt am Tatort." Veltbrügge schaute völlig perplex drein, Kattenstroht schlug die Mappe mit den Telefondaten auf. „Wir haben das Handy von Johanna Flinker untersucht. Es lag offen in ihrer Wohnung. Sie haben in der Zeit zwischen 0.50 Uhr und 2.55 Uhr insgesamt 14-mal versucht, sie zu erreichen. Das Handy hat die Daten treu und brav gespeichert, natürlich auch Ihre Nummer, sogar mit Bildchen. Sie haben achtmal auf ihre Mailbox gesprochen. Die Wortprotokolle zeigen uns einmal, dass Sie ihr um 0.50 Uhr mitgeteilt haben, Sie seien jetzt an Ort und Stelle und warteten; in einer weiteren Ansage etwas später benennen Sie sogar Brüggemanns Busch, ein andermal den Kindergarten als Wartepunkt. Dabei haben Sie ihr – ziemlich ernüchtert – noch gesagt, sie solle bitte selbst keinen Kindergarten veranstalten und endlich herauskommen. Später werden die Botschaften unklarer, und die Kollegen konnten sie wegen starker Hintergrundgeräusche nicht mehr in allen Einzelheiten verstehen. Insofern ist Ihre Darstellung schlüssig und nachvollziehbar." Kattenstroht klappte die Mappe zu und schob sie zu Kathrin Eilers.

„Dennoch gehören Sie für uns weiter zu den Verdächtigen, trotz dieser Erklärungen, die auf den letzten Drücker kamen. Wir müssen Sie bitten, sich zu unserer Verfügung zu halten." Die Assistentin äußerte sich knapp, amtlich und unmissverständlich.

„So ist es!", bestätigte der Kommissar mit Nachdruck. „Aber zwei Fragen habe ich da noch. Erste Frage: Haben Sie in der Zeit, in der Sie auf der Lichtung warteten, ein weiteres Motorengeräusch im Stockhemer Feld wahrgenommen?"

Veltbrügge nickte: „Ja doch, als ich ankam, da meinte ich, ich hätte ein Geräusch von einem Moped oder einem Motorrad gehört. Ich kenne mich da aber nicht so gut aus. Das kann auch von der Kreisstraße her gekommen sein. Ich hatte natürlich nur Johanna im Kopf. Wissen, Sie, wenn man mein Alter hat, dann sind solche Abenteuer nicht mehr selbstverständlich. Und es war eine prachtvolle Mondnacht, in die ich viele Hoffnungen gesetzt hatte. Um ehrlich zu sein, wir sind zwar mehr als ein Jahr umeinander gestrichen und hatten uns erst vor einigen Tagen gegenseitig erklärt. In Liebesdingen war da noch nicht viel passiert, wirklich nicht. Wir waren beide vom Charakter her zurückhaltend. Zudem schaute jeder von uns hier auf das Umfeld und sah zu, dass die Leute in Stockhem nichts mitbekamen."

„Und Sie, Frau Cremers, Sie haben auch nichts mitbekommen?", hakte Kathrin Eilers nach.

Die räusperte sich: „Natürlich wusste ich davon. Einmal habe ich, ich bitte um Verzeihung, Herr Veltbrügge, Augen im Kopf. Dann hat Johanna sich mir vor einigen Wochen anvertraut und um meinen Rat gebeten. Ich habe mich für sie gefreut. Sie hat auch auf mich gehört und etwas später Münster kontaktiert. Das Gespräch beim Verband war am letzten Mittwoch, und es hätte eben bedeutet, dass sie von Stockhem wieder weggegangen wäre."

Veltbrügge fuhr sichtlich bewegt fort: „Wir hatten überlegt, uns im Herbst in Münster eine gemeinsame Wohnung zu nehmen, dann hätten wir unsere Arbeitsplätze in etwa gleicher Distanz gehabt. – Vorbei, alles vorbei."

„Meine zweite Frage", kam Kattenstroht wieder auf seine Linie zurück, „geht dahin, ob Johanna Flinker innerhalb der hiesigen Genossenschaft an einem besonderen Projekt gearbeitet hat. Sie machte doch Controlling und dergleichen."

Agnes Cremers und Bernd Veltbrügge schauten sich fragend an, dann antwortete der Geschäftsführer: „Ein besonderes Projekt? Eigentlich nicht. Wir hatten mit der Verschmelzung der sieben Genossenschaften im letzten Jahr viel zu tun. Manche Prüfung musste noch abgerundet werden. Aber ein eigentlich großes Projekt habe ich jetzt nicht wahrgenommen. Sie etwa, Frau Cremers?"

„Höchstens, dass sie sich in den letzten Wochen noch einmal die Fahrtenbücher und Abrechnungen des gesamten fahrenden Materials vorgenommen hatte. Da konnte sie ja wirklich pingelig werden. Da war sie ganz Vaters Nachlass. Das liegt aber alles noch bei ihr im Büro. Wenn ich sie richtig verstanden habe, hat sie aber außer den üb-

lichen Schlörereien unserer Männer nichts Besonderes gefunden."
„Dann habe ich doch noch eine dritte Frage: „Haben Frau Flinker, Sie oder die Vorstände von Brinkeland sich mit der Fusion im letzten Jahr vielleicht derart Feinde gemacht, so dass vorstellbar wäre, einer der traditionsbewussten Genossen würde vor Verärgerung ausrasten, gewalttätig werden und Ihnen wirklich schaden wollen?"

„Wir sind hier doch keine Hooligans wie beim Fußball!" Veltbrügge war entgeistert. „Eine solche Reaktion entspräche nicht der Mentalität der Menschen hier. Natürlich haben wir nicht nur Zustimmung für unsere Politik bekommen. Es hieß immer mal wieder: Die machen nur, was Münster will. So etwas ist fast schon ein Todesurteil für unabhängige Münsterländer. Die Tatsache, dass die Vorstandsmehrheit der neuen Genossenschaft mit Leuten aus Stockhem besetzt ist, hat die Brinkbergener zum Beispiel schwer verärgert. Die haben selbstverständlich Einfluss und Zugriffsmöglichkeiten verloren, also fürchten sie auch ein wenig um ihre Geschäfte. Da können wir uns auf eine lebhafte Delegiertenversammlung im nächsten Jahr vorbereiten. Jetzt wird ein Jahr nicht drüber geredet, und dann versuchen die, eine Mehrheit zu organisieren und dem neuen Vorstand eine deutliche Klatsche zu verpassen. So läuft das hier im Brinketal. Ist in Ordnung und Teil des Geschäftes. Wir versuchen natürlich von hier aus, diesen Rierckels das Geschäft so schwer wie möglich zu machen. Was wollen Sie machen, die Brinkbergener haben früher auf jedem Schützenfest in Stockhem die Tische im Bierzelt gerade gesetzt, übrigens die Stockhemer vice versa. So was sitzt in den Pösten. Aber gegen Menschen selbst, gegen einzelne Persönlichkeiten, hat sich das nie gerichtet."

„Also gut, kommen wir zum Schluss." Kattenstroht erhob sich und packte seine Sachen zusammen. „Was Frau Eilers in punkto Verfügbarkeit gesagt hat, wollen Sie bitte unbedingt beachten. Sie sind Verdächtiger und müssen Ihre Aussage noch zu Protokoll geben. Da wird Ihnen einer meiner Kollegen noch einen Termin geben, zu dem Sie erscheinen müssen."

Kommissar und Assistentin standen auf dem Hof der Genossenschaft und beobachteten das lebhafte Treiben in den Lagerhallen und im Gartenmarkt. Kattenstroht zeigte sich empfindsam: „Blaise Pascal soll mal die Frage gestellt haben, wie man den lieben Gott zum Lachen bringen kann. Kennst du die Antwort, Kathrin?"

Die Eilers schüttelte verneinend den Kopf und erklärte, sie sei in philosophischen Fragen leider weitgehend unbewandert.

„Das ist aber manchmal ganz nützlich. Schau dir diesen Mann hier und sein Umfeld an. Die Geschichte ist doch nicht ohne Tragik. Da wird dieser Veltbrügge fast 40 Jahre alt, findet möglicherweise nach längeren Leiden die Frau seines Lebens, und sie wird offensichtlich direkt vor seiner Nase erstochen. Die junge Frau ihrerseits hampelt zehn Jahre mit einer Liebschaft herum, die sie nicht rund bekommt, um endlich in einer wunderbaren Mondesmärchenpracht statt ihres Liebhabers einem gewalttätigen Mörder zu begegnen."

Kattenstroht machte eine kleine Pause: „Um den lieben Gott zum Lachen zu bringen, so meint Pascal, musst du ihm nur deine Pläne erzählen!"

Kapitel 14

Noch im Wagen telefonierten sie ausgiebig mit Austrup und Pötter, die sich um die Ripper-Spur hatten kümmern sollen. In den Akten, die sie seit dem Morgen studiert hatten, waren aus den letzten vier Jahren knapp 20 Fälle verzeichnet worden, die sich ziemlich gleichmäßig über die Münsterlandkreise verteilten. Die den Pferden zugefügten Wunden ließen sich auf Forken, spitze Gegenstände und Messer zurückführen. Ein Wundbild wie bei Velmerichs Fällen oder wie bei der Ermordung der Johanna Flinker war in den Akten nirgends dokumentiert. Von einer Tatserie konnte auch keine Rede sein. „Das waren wahrscheinlich alles Einzeltäter“, hatte Austrup die ersten Ergebnisse zusammengefasst.

„Ich befürchte, bei aller verblüffenden Ähnlichkeit der zugefügten Verletzungen führt uns das doch ziemlich in die Irre“, hatte Kattenstroht resignierend gemeint, „faktisch sehen wir immer noch nicht klar.“

„Sollen wir denn das ganze reiterliche Umfeld aufgeben?“, hatte Kathrin Eilers daraufhin gefragt. Der Kommissar hatte nach einigem Überlegen den Kopf geschüttelt. „Wir müssen Leben und Alltag der Flinker weiter aufdröseln, um dem Tatmotiv näher zu kommen. Im Grunde sind wir, was das betrifft, nicht weiter als am Samstagmittag. Wir haben zum einen, das bleibt auch stehen, das mögliche Motiv männlicher Eifersucht. Ein positiv gestimmtes Bauchgefühl säuselt mir zwar milde zu, dass der junge Baron, der ja einen ersten Anspruch auf Eifersucht hätte, als Täter kaum in Frage kommen dürfte. An den Veltbrügge als Täter mag ich noch gar nicht denken. Ich mag mich irren, aber beiden traue ich eine solche Tat nicht zu. Über den dritten Verehrer aus der Jugendzeit wissen wir noch zu wenig, was Austrup und Pötter berichten, liegt lange zurück. Über Tanzstundeneifersüchteleien kommt es nicht nach mehr als zehn Jahren zu einer solchen Tat. Zu dem Füchten müssen wir aber vielleicht selbst noch mal hin. Dass zweitens ein verrückt gewordener autonomer Terrorist mit genossenschaftlicher Wurzel aus dem Brinketal die rote Johanna meuchelt, entzieht sich meiner Vorstellungskraft. Das wäre nicht münsterländisch, das ist nicht typisch für diese Region. Blenden wir damit die Fusionsschlachten der bäuerlichen Streithähne im Brinketal also auch aus. Möglich bleibt drittens, dass Johanna

Flinkers Karriere und ihre Arbeit jemandem heftige Kopfschmerzen bereitet haben. Da haben wir aber noch keinen zündenden Hinweis. Wahrscheinlich müssen wir diesbezüglich einige Wirtschaftsprüfer ansetzen und den Prüfungsverband um Rat bitten. Vorstellen kann ich mir schon, dass eine Frau wie die Flinker irgendwelchen Kunden oder Mitarbeitern gehörig auf den Zwirn gehen konnte. Schließlich sind viertens noch die Zossen da, mit denen sie sich ihre Freizeit vertrieb. Wenn ich mich an die Lieblingsbücher und die Ferien meiner Schwester recht erinnere, sind reiterliche Vereinigungen oft reine Schlangengruben und Ponyhöfe ein Abgrund an jugendlicher Missgunst und vor allem – verzeih bitte, liebe Kathrin – mädchenhaftem Neid." Der Kommissar sah seine Assistentin fragend an: „Was bleibt uns also anderes übrig, als unser Interesse ebendiesen Gäulen und ihrem Umfeld zuzuwenden?" Kathrin Eilers hatte dem nichts entgegenzusetzen. Ihr letztes Ziel an diesem Nachmittag war somit der Reiterhof Schulte Ewert am Fuß der Rodorper Berge.

Von der Kreisstraße nach Rodorp führte eine etwa 200 Meter lange Lindenallee hinauf zur Hofstelle, die als recht einheitliches Konglomerat inmitten grüner Wiesen und Weiden auf einer leichten Anhöhe lag. Kattenstroht pfiff durch die Zähne, das sei doch mal wieder ein Kotten, der sich sehen lassen könne, als er den Wagen auf die Einfahrt des Hofes lenkte. „Und das in diesem Licht. Was haben wir ein Glück mit dem Wetter diese Woche. Hätten wir nicht die Pflicht, eine abscheuliche Tat aufzuklären, müssten wir fast Vergnügungssteuer für das Privileg bezahlen, jeden Tag so schöne Höfe im Münsterland besichtigen zu dürfen."

Tatsächlich vermochte sich der Reiterhof von seiner besten Seite zu zeigen. Fuhr man die von gleichmäßig gewachsenen, etwa 60 Jahre alten Linden gesäumte Allee hinauf, passierte man ein weiß gestrichenes Hoftor, um dann auf den sauber gepflasterten Vorplatz zu gelangen, der gegen die Wiesen mit einer etwa 1,20 Meter hohen Mauer abgesetzt war. Die Gebäude der Hofanlage, das stattliche Haupthaus auf der Linken, die rückwärtig angesetzten Stallungen und die Scheunen auf der Rechten, umbauten mit gleicher Firsthöhe dreiseitig den zentralen Platz, in dessen Mitte auf einer abgezirkelten Grünfläche eine stattliche Eiche emporragte. Kattenstroht fiel auf, dass diese Hauptgebäude wohl aus einem Guss stammten und am Ende des 19. Jahrhunderts in rotem Backstein mit zahlreichen Zierformen errichtet worden waren. Im Giebel stand segnend der heilige Josef mit dem Jesuskind auf dem Arm.

Ein wenig aus der Reihe fielen zwei Neubauten, die sich seitlich in die Wiesen gesetzt hatten: Ein recht modernes Wohnhaus links und rechts, im Anschluss an die Scheunen, eine moderne Reithalle, zu der ein überdachter Flachbau aus den Scheunen führte.

Das alte Haupthaus diente jetzt, wie verschiedene Schilder verkündeten, als Zentrale des Reiterhofes mit Büros und einer Cafeteria. In der großen Küche begrüßte sie prompt eine recht patente Dame, die sich als die junge Bäuerin von Schulte Ewerts Hof vorstellte. Kattenstroht und Eilers machten sich dienstlich bekannt und wollten gleich beginnen, Einzelheiten über Johanna Flinker und ihre Zusammenarbeit mit dem Reiterhof zu erfragen. Es blieb jedoch bei dem Versuch: „Mein Mann ist jetzt nicht da, der ist im Dorf zu einem Termin. Ich selbst bin erst seit einem Jahr hier die Meirsche, wie man so sagt, ich kann Ihnen leider nicht viel weiterhelfen." Die junge Frau war jedoch hilfsbereit und wies auf ihren Friedrich-Wilhelm hin, den alten Rittmeister; der sei noch vor einer knappen Viertelstunde in der Sattelkammer beschäftigt gewesen. Ohne weiteres Federlesen führte sie den Besuch über den Hof in die gegenüberliegenden Scheunen, die sich als sauber ausgebaute Stallungen entpuppten. „Wir haben selbst ein knappes Dutzend Pferde eigen, aber fast 50 Pensionspferde unterzubringen und zu betreuen. Da haben wir auch die alten Scheunen umbauen müssen."

Sie betraten den Stallbereich, und Kathrin Eilers erfreute sich an dem Bild, das sich ihnen bot; auch der Kommissar war nun doch merklich interessiert an den erst vor einer Viertelstunde so abfällig geschmähten „Gäulen und Zossen", die in dieser sauberen Anlage ihre Boxen hatten. Beiderseits des breiten Ganges hatte man in der alten Längsscheune Pferdeställe angelegt, die im unteren Bereich, vom Boden bis auf eine Höhe von etwa 1,50 Metern, aus dicken Bohlen in festen Eisenrahmen bestanden und mit senkrechten massiven Gittern in Gusseisen versehen waren. Ganz offensichtlich waren diese Boxen antiken Ursprungs und hier erneut verbaut worden, denn auf den Ecken erhoben sich gusseiserne Spitzen und anderer Zierrat. Alle Türen, die zu den einzelnen Ställen führten, wurden von einem schmiedeeisernen Bogen mit Rankenwerk bekrönt, das je eine Nummer und ein Namensschild für die jeweiligen Bewohner trug. Schmiedeeiserne Raufen fürs Heu waren an den Rückwänden angebracht, die Tröge für Hafer und Wasser an der Gangseite. Die Türen konnten in zwei Abschnitten geöffnet werden, und aus vielen Boxen wandten sich Pferdeköpfe mit großen neugierigen Augen den unbekannten Besuchern zu. Einige Tiere schüttelten ihre Mähnen, schnaubten vor sich hin und zeigten auch mit munterem Spiel der Ohren Neugierde und Empfindsamkeit.

An der Stirnseite des Ganges, der mit einem speziellen Belag aus Hartholz gepflastert war, stand ein Pferd angebunden, das gerade von einem jungen Mädchen geputzt wurde. „Hallo, Tanja, ist Friedrich-Wilhelm noch in der Sattelkammer?“, fragte die Bäuerin, und als die junge Amazone bestätigend nickte: „Gerade war die alte Knurrbuxe noch da!“, führte Frau Schulte Ewert die Polizisten durch eine Seitentür in einen langen Raum, an dessen Wänden auf Halterungen jede Menge Sättel und Zaumzeuge hingen. In der Mitte stand ein stabiler Tisch, an dem ein älterer Mann mit der Pflege eines Sattels und des Zubehörs beschäftigt war. Tücher, Bürsten, eine Dose mit Lederfett: Alle nötigen Utensilien lagen auf der Tischfläche herum. Der Alte schien irgendwie missgestimmt zu sein.

Seine junge Chefin begrüßte ihn kurz und stellte die Polizeibeamten vor: „Der Herr Kommissar und seine Assistentin wollen was über die Johanna Flinker wissen.“ Der alte Mann richtete sich auf und musterte Kattenstroht und Eilers kritisch vom Kopf bis zu den Füßen. „Das ist wieder so eine Figur, wie man sie nur noch bei uns findet!“, schoss es dem Kommissar durch den Kopf. Friedrich-Wilhelm, sein Hausname lautete Könecke, was Kathrin Eilers eifrig mit notierte, mochte um die siebzig sein, war höchsten 1,60 Meter groß und hatte ein rundes, deutlich gerötetes Gesicht. Er trug eine klassische Dienstmütze in dunklem Grün mit schwarzem Schirm, an der Stirnseite durch ein springendes Ross in Gold verziert. Über einem grün-grauen Hemd trugen breite, rotweiß gestreifte Hosenträger eine grüne Reithose, die in derben Reitstiefeln steckte. Köneckes erkennbare Beleibtheit verhieß nicht automatisch Trägheit oder Kraftlosigkeit; tatsächlich war er trotz seines Alters ein ganzer Kerl und strotzte vor Energie.

„Ist doch wahr, Chefin, immer muss ich dahintersitzen, dass die jungen Leute nicht nur die Pferde versorgen, sondern auch Sättel und Zaumzeuge in Ordnung halten und putzen. Diese Racker, man sollte sie mit der Schwieppe übern Hof jagen!" Könecke ließ erst mal Dampf ab. Dann schaute er kritisch auf Kattenstroht und Eilers: „Von der Johanna wollen Sie was wissen? Dem armen Mädchen?" Er schüttelte den Kopf, schnappte mit einigem Aufwand den schweren Sattel und legte ihn in die dafür vorgesehene Halterung an der Wand. „Die Satteldecke ist natürlich auch durchgeschwitzt, die muss erst zum Trocknen raus. Das vergessen die kleinen Biester immer!" Sorgsam ordnete er die Riemen des Zaumzeuges an den Haken, wandte sich dann wieder den Besuchern zu, zog ein großes Taschentuch aus der Hosentasche, schnäuzte sich vernehmlich und setzte sich endlich mit einigem Ächzen rücklings auf den großen Tisch. „Was soll ich Ihnen denn erzählen, was wollen Sie wissen?"

Kattenstroht lächelte den Alten an: „Zum Beispiel möchten wir wissen, ob Sie auch die Johanna Flinker, wie die anderen jungen Biester, am liebsten mit der Peitsche über den Hof gejagt hätten?"

Könecke lachte verhalten auf, setzte seine Schirmmütze ab, legte sie neben sich auf den Tisch und fuhr sich durch seine schütteren Haare. „Die Johanna, die hätt' ich nicht zu treiben brauchen. Die fiel nicht über die Arbeit, die roch sie richtig und hat unsern Mädchen hier wirklich Ordnung beigebracht. Nee, nee, mit der Schwieppe musste ich der nicht kommen." Und als Kattenstroht aufmunternd nickte, holte der Alte etwas weiter aus:

„Ich kannte Johanna schon über ihre Familie, den Zimmermann Flinker. Meine Leute sind ja aus Ostpreußen, und mein Vater selig war schon vorm Krieg Rittmeister und hatte viel mit Trakehnen zu tun. 1946 sind wir ins Münsterland gekommen. Witzig, nicht wahr, wir haben die ersten Wochen in Pferdeboxen im Landgestüt Warendorf gewohnt. Dann kamen wir zusammen mit einigen anderen Familien hier nach Stockhem. Was der alte Baron war, der Vater vom jetzigen gnädigen Herrn, der hat nach dem Krieg versucht, wieder eine Pferdezucht auf dem Schloss zu haben. Mein Vater hat dann den Posten als Rittmeister übernommen. So blieben wir bei den Pferden. Ich selbst habe erst auf Hufschmied gemacht und in Münster gelernt. Als aber mit den Pferden immer weniger zu tun war, bin ich auf die Schlosserei umgestiegen und habe hier und da auf den Hengststationen, bei den Reitern und den Reitervereinen ausgeholfen. Bis dann eines Tages hier Schulte Ewert den Reiterhof losmachte, da musste ich auf meine alten Tage wieder ran, um mich mit den jungen Dingern hier abzuärgern!" Könecke suchte die Putzsachen zusammen und schob sie in eine Schublade unter der Tischfläche, die er lautstark zudonnerte.

„Hör auf zu schandudeln, Friedrich-Wilhelm!", lachte die junge Bäuerin. „Das machste doch viel zu gerne, ewig mit den jungen Wichterkes rumdettken!"

Der Alte grinste breit: „Aber über Johanna habe ich mich nie geärgert – und ich habe sie auch nie geärgert. Sie hat zwei Vollblüter hier stehen gehabt; was heißt gehabt? Sie sind ja noch da. Eine Stute und ein Wallach. Sie hat vor etwa sieben Jahren hier bei uns mit dem Reiten wieder angefangen. Sie war ja einige Jahre weg wegen Ausbildung und Studium. Ab dann kam sie regelmäßig, hat viel trainiert und ist immer besser geworden. Bald kamen die eigenen Pferde. Die Turniere wurden schwerer und die Preise immer besser. Sie können sich ja die Schleifensammlung an den Boxen anschauen, das sind die Nummern 34 und 35: Batman und Passepartout. Im Herbst wäre sie beim ‚Turnier der Sieger' in Münster angetreten." Der Alte schaute bedauernd auf: „Tja, aus und vorbei."

„Hatte Johanna eigentlich so etwas wie Feinde hier auf dem Hof, Menschen vielleicht, die ihr nicht grün waren?", wollte Kathrin Eilers wissen.

„Feinde? Johanna und Feinde?" Der alte Rittmeister schüttelte heftig seinen Kopf. „Meinetwegen, auf einem Kotten wie diesem kommt es schon zu Neidgeschichten. Was willste gegen so dumme Mädchen machen, die der Konkurrentin die Satteldecke in den Regen rauslegen, um ihr Schwierigkeiten zu machen. Zum Glück haben wir so etwas wie Vergiftungen und Verwundungen der Pferde oder Beschädigungen an Sätteln oder Zaumzeug nie gehabt. Hier auf Schulte Ewerts Hof herrscht

Ordnung. Selbst Diebstähle in den Umkleiden hat es bisher nicht gegeben. Wer uns nicht so astrein kommt, kriegt irgendwann ganz schnell seinen Passierschein. Johanna hatte auch dafür einen Blick. Sie können das an einer kleinen Geschichte sehen. Wir haben hier ja viele Pensionspferde, die gehören den verschiedensten Leuten, die oft nicht so viel Zeit haben. Um unsern Hof kreisen Dutzende von jungen Leuten, vor allem von hennigen Mädchen, die ganz in Pferde und Reiterei verknallt sind. Die übernehmen gerne ein Pflegepferd, das sie unter der Woche betreuen, bewegen und auch reiten dürfen. Die Besitzer haben ja höchstens an den Wochenenden und am Abend Zeit. Jedenfalls geht das so, dass die jungen Dinger die Arbeit umsonst machen, Striegel, Bürsten und das weitere Material selbst kaufen und dann das Vergnügen mit den Pferden haben. Johanna war, soweit ich sehen kann, die erste Pferdebesitzerin hier, die den Mädchen für die Stunden mit ihren Pferden etwas bezahlte. Sie ließ sie kleine Stundenzettel ausfüllen, und am Ende des Monats gab es einen Fuffi oder so was.“ Er wiegte seinen schweren Kopf. „Ich fand das fair, und imponiert hat es mir. Da gibt es so manchen reichen Doktor oder Rechtsanwalt, der da nur kleinlich ist und den Geizhals macht.“

Kattenstroht und Eilers stellten noch weitere Fragen nach besonderen Vorfällen auf dem Reiterhof, aber weder der alte Könecke noch seine Chefin konnten weiterführende Hinweise geben. Im Büro trafen sie später noch den Hofbesitzer, der ihnen aber auch nicht weiterhelfen konnte. Bald verabschiedeten sich die beiden und fuhren schweigend durch Stockhem zum Pendlerparkplatz an der Autobahn.

Kattenstroht und Eilers waren ziemlich ratlos.

Die Kunsleben war erstaunt, dass auf ihr Klopfzeichen an Kattenstrohts Tür keinerlei Reaktion erfolgte. Sie öffnete die Tür, lugte durch den Türschlitz, ließ sich von einem Schwall klassischer Musik beschallen und registrierte, dass ihr Chef weit zurückgelehnt in seinem Sessel lag, die Beine auf dem Schreibtisch platziert hatte und zu meditieren schien. Der Kommissar blickte gelassen auf, griff zu seiner Fernbedienung, die Musik wurde leiser: „Gustav Holst: Die Planeten – Jupiter. Ich brauche heute Morgen eine geradezu himmlische Eingebung aus dem Universum! Wir kommen nicht weiter in dieser wüsten Schweinemond-Sache. Haben Sie die Morgenpresse schon gesehen?"

Die Büroleiterin nickte und wedelte mit einer Mappe: „Der Pressesprecher hat auch schon angerufen, der Chef will um zehn Uhr ausführlichen Bericht zum Stand der Ermittlungen, und Stellmacher fängt auch zu nerven an. Er hat uns mit seiner Neuen, der Engler, eine richtige Laus in den Pelz gesetzt. Weiter: Beucking hat eben angerufen: Er möchte umgehend eine Besprechung mit uns allen. Er tat irgendwie geheimnisvoll und wichtig, aber auch so, als hätten er und seine Leute ein schlechtes Gewissen."

„Genau das brauchen die auch, dann arbeiten sie besser. 8.30 Uhr bei denen?" Kattenstroht zog die Beine vom Schreibtisch, bat seine Mia Kunsleben formvollendet um Entschuldigung und kam überraschend schwungvoll auf die Füße. Die registrierte kopfschüttelnd die Auferstehung ihres Kommissars und verwies auf den eigenen großen Besprechungsraum, da Beucking gerne die gesamte Technik der Mordkommission mit zwei Projektoren nutzen wollte.

„Also gut, lassen wir uns mal überraschen", meinte Kattenstroht und wandte sich den Presseberichten zu.

Beucking kam pünktlich, also fünf Minuten früher, und brachte auch Fleck und Kottmann mit. Sie schoben ihre USB-Sticks in die Computer, legten eine DVD ein und fuhren die beiden großen Beamer hoch. Kottmann schloss die Vorhänge, um die Leuchtkraft der Bilder zu verbessern.

Aus Kattenstrohts Kommissariat waren noch Kathrin Eilers, Mia Kunsleben, Austrup und Pötter anwesend. Beucking begann und druckste etwas herum, dass es im Fall Johanna Flinker wirklich eine Fülle von Daten und Informationen gebe und just heute Morgen Fleck eine Beobachtung gemacht habe, die doch so beeindruckend sei, dass man unmittelbar darüber reden müsse. Fleck übernahm und stellte eine Reihe von Bildern vor: „Hierbei handelt es sich um Aufnahmen, die uns eine der Kindergärtnerinnen, Frau Wessling, und die Schwester des Opfers, Brigitte Flinker, zur Verfügung gestellt haben. Die Bilder stammen einmal von einer kleinen Digitalkamera, dann von einem Handy und haben nicht die Qualität unserer eigenen Aufnahmen. Zudem gibt es noch, da schauen wir dann anschließend mal rein, einen Videofilm. Fangen wir einfach mal an!“

Bunte Bilder leuchteten auf und zeigten den Waldkindergarten in Funktion. Fröhliche Kinder lachten in die Kameras und zeigten ihre Zahnlücken, kleine Grüppchen standen zusammen am Frühstückstisch, bastelten an der Werkbank vor einem der Bauwagen oder stellten sich zur Toilette an. Im Hintergrund war das Klohäuschen zu erkennen, vier Kinder bildeten eine Reihe und stellten sich vor einem Schild auf, das einen fetten roten Punkt und eine bunte Reihe von fünf wartenden Kindern davor zeigte. „Es ist dieses Schild, das mich vor etwa einer Stunde aufgeschreckt hat!“, sagte Fleck und zoomte die Zeichnung und ihre Halterung näher heran.

Kattenstroht schaltete schnell und stand langsam auf: „Verflixt noch mal! Wie ist das Schild da befestigt?“

„Das war genau die Frage, die wir uns gestellt haben“, bemerkte Kottmann. „Nach diesem Bild ist das Schild an einer Art von Eisenstange aufgehängt. Wir haben sofort die Frau Wessling angerufen. Sie hat heute Morgen wieder Dienst im Kindergarten in Stockhem. Sie sagt, dass man aus Sicherheitsgründen und um Ärger vor der Toilette zu vermeiden, einen Treffpunkt eingerichtet hatte, etwa zwei Meter vor dem Häuschen, wo sich die Kinder im Bedarfsfalle anstellen sollten. Deshalb das Schild, deshalb musste auch eine Aufsicht den Punkt immer im Auge haben. Das hat meist die Praktikantin gemacht. Die Halterung für das Schild ist eine Konstruktion, die ihr Nachbar, ein Rentner namens Theo Lenz, für sie gebaut hat. Sie sagt, das sei so eine Art Eisenstange, die man in den Boden gerammt habe.“

„Eisenstange? Hat die denn keine Augen im Kopf?“ Kattenstroht wirkte nahezu ungeduldig. „Sieht das nicht aus wie ein T-Eisen?“ Im Besprechungsraum herrschte absolute Stille. Alle starrten auf die Bilder.

Der Kommissar flüsterte es fast: „Es ist ein T-Eisen!“ Dann klatschte er euphorisiert in die Hände: „Hol mich doch der Teufel, wenn das nicht unsere Mordwaffe ist!“

Kottmann nickte nur: „Die Möglichkeit sehen wir auch. Hier haben wir Bilder aus einer anderen Perspektive: Das ist die Vergrößerung.“ Er klickte weiter: „Ich habe auch noch eine Handyaufnahme aus einer anderen Richtung gefunden. Die ist zwar unscharf, zeigt die Konstruktion aber von der Rückseite.“

Es war deutlich zu erkennen, dass offensichtlich ein Eisen in den Boden gerammt worden war, an dessen oberer Spitze insgesamt vier schmale Quereisen angeschweißt waren, so dass man passend ein Schild etwa im DIN-A4-Format daran befestigen konnte. Das Eisen war leuchtend rot gestrichen.

„Wie zeigen unsere Tatortbilder genau diese Stelle?“, wollte Kathrin Eilers wissen.

Fleck hatte mit dieser Frage gerechnet und zeigte über den zweiten Beamer eine Parallelaufnahme: „Hier bitte, fast dieselbe Perspektive in einem unserer Tatortfotos. Das Eisen fehlt, da ist auch auf den ersten Blick im höher gewachsenen Gras kein Loch auszumachen. Wir müssen natürlich jetzt noch mal raus.“ Dann projizierte er eine der hervorragenden Tatortübersichten: „Eine mögliche Erklärung: Der junge Mann, der die Leiche gefunden hat, ist genau von dem Tisch hier, wo der Champagner stand, auf das Klohäuschen zugegangen. Diese Linie, ich zeichne sie mal mit dem Mauszeiger nach, ist der wahrscheinliche Weg, den auch seine Freundin genommen hat. Es ist nicht auszuschließen, dass einer von ihnen, alle beide – oder – im Laufe der ersten Ermittlung – jemand anderer unbewusst die Bodennarbe zugetreten hat. Dass das Schild fehlte, ist bei der Tatortbetrachtung nicht einer von den aufgeweckten Kindergärtnerinnen aufgefallen. Jedenfalls haben sie am Samstag einstimmig festgestellt, es gebe auf der Lichtung keine wesentlichen Veränderungen gegenüber dem Zustand vom Freitagnachmittag bei Feierabend.“

„Ein simples T-Eisen, das in den Boden gerammt war. Der Mörder reißt es heraus, und es wird zur Stichwaffe. Daher der Satz im Sektionsprotokoll, dass an den Wundrändern in geringerer Menge Erde anhaftend gewesen sei!“ Kattenstroht haderte mit sich selbst: „Ich werde alt! Das habe ich übersehen. Aber meine Damen und Herren: Wir haben Mittwochmorgen! Die Tat wurde am vergangenen Samstag entdeckt. Vier Tage lang suchen wir nach der Mordwaffe und spüren sie wahrscheinlich bei einer reinen Routinebetrachtung an einem unserer Bildschirme auf: Danke, Kollege Fleck. Danke! Aber wäre das nicht eher zu machen gewesen?“

Beucking stellte sich vor seinen Mann: „Bitte fair bleiben, Herr Kattenstroht: Wir haben diese Aufnahmen erst seit Montagnachmittag zur Verfügung. Wir haben uns gestern nach Absprache ausgiebig mit dem Pferderipper auseinandersetzen müssen. Es ist des Teufels, aber auch das ist Ermittlungsarbeit. Ich darf Sie an Ihre eigenen Worte erinnern: Dieser Fund ist das Ergebnis einer reinen Routinebetrachtung. Wie sagen Sie selbst immer: Jede Spur und jede Spuren-Akte lieber noch ein fünftes Mal umdrehen, bis das Ergebnis kommt!“

Der Kommissar, wieder versöhnlicher gestimmt, nickte dem Laborchef zu: „Gratuliere, Beucking! Somit sind jetzt Sie dran, drei Euro ins Phrasen-Schwein zu werfen! – Was richtig ist, bleibt allerdings zweifelsohne richtig, auch wenn es ein Kattenstroht sagt!“

Sie sahen sich noch gemeinsam den angekündigten Videofilm an, auf dem der Treffpunkt vor dem Klohäuschen ebenfalls aus mehreren Perspektiven klar zu erkennen war. Fleck spielte die Aufnahmen mehrfach vor- und zurück, stellte auf Einzelbildschaltung und zoomte aus den verschiedensten Winkeln. Die Bilder ließen eigentlich nur einen Rückschluss zu.

Kattenstroht fasste zusammen: „Wir haben also jetzt eine belastbare Theorie über die mutmaßliche Tatwaffe. Das Ding selbst fehlt uns noch. Klären müssen wir auch, wo das Schild geblieben ist, denn es taucht auf keinem unserer Tatortfotos auf.“ Er blickte in die Runde: „Wie geht's jetzt weiter?“

Eine lebhafte Diskussion setzte sein. Kattenstroht sah die absolut erste Priorität in der exakten Definition und Ortung der Tatwaffe. Hier sei dank der Aufmerksamkeit des Kollegen Fleck ein wichtiger Aspekt eröffnet worden. Für die eigentliche Aufklärungsarbeit im Detail wolle er sich natürlich selbst opfern. Kathrin Eilers flüsterte ihm ironisch-heiter zu: „Und so killst du den Termin beim Chef! Welch ein Pech aber auch!“

Kaum eine halbe Stunde später saßen die beiden im Wagen und brausten hinaus ins sonnige Münsterland. Die resolute Kunsleben hatte es nach einigem protestierenden Knurren übernommen, gemeinsam mit Beucking den Polizeipräsidenten zu informieren. Von den Bildern aus der Fleck-Sammlung hatten sie noch schnell eine Reihe von Abzügen ausdrucken lassen. Sie hatten sich ebenso fix mit Schücking abgestimmt und wollten sich mit ihm bei dem Rentner Theo Lenz in Stockhem treffen.

Aufgrund ihres Besuches bei der Kindergärtnerin Wessling am vergangenen Samstag hatte Kathrin Eilers keine Probleme, im Dorf sofort das richtige Wohngebiet und die Straße zu finden. Die Familie Lenz teilte sich mit den Wesslings die Garagenauffahrt. Der ehemalige Schlosser stand schon mit Schücking an der Straße und wartete auf den ungewöhnlichen Besuch aus Münster. Theo Lenz war ein kleiner, schon fast schmächtiger Mann um die siebzig mit eisgrauem Haar, das kurzgeschnitten war, stoppelartig hoch stand und ihn jünger erscheinen ließ. Lebhafte Augen in einem interessanten Gesicht ließen auf eine wache Person schließen. Er führte seine drei Gäste in seine Werkstatt, die an die hintere Seite der Garage angebaut war und eine zwar kleine, aber doch gut eingerichtete Schlosserei mit vielerlei Werkzeug beherbergte.

Kattenstroht zeigte dem alten Herrn die Fotos von der Eisenhalterung für das Kindergartenschild, und Lenz kam schnell zur Sache. „Klar, die Arbeit ist von mir. Hatte die Heidi mich drum gebeten. Die weiß natürlich, dass ich in Eisen fast alles machen kann, was bestimmte Größen nicht überschreitet. Und bei dieser Sache hatte sie die Idee von einigen Eisen genommen, die ich für unsere Nachbarn mal geschweißt habe. Wissen Sie, es finden in den letzten Jahren viele Jubiläen, Hochzeiten und Kinderkommunionen statt. Da schmücken die Nachbarn gerne mit Maibäumen, also Birkenzweigen, in die sie die weißen oder bunten Blumen, die Silber- oder Goldrosen binden. Die

Nachbarn hatten immer Schwierigkeiten, die Maien aufzustellen. Da kam einer auf die Idee: ‚Theo, schweiß uns doch mal so ein paar Halterungen!'" Der Mann griff unter seine Werkbank und holte ein Eisen hervor, ungefähr 80 Zentimeter hoch, an dessen Seite drei Rundösen angeschweißt waren: „Das war der Anfang. Ich habe normales T-Eisen genommen, das eine Ende über die drei Flächen spitz zugesägt und scharf geschliffen, das andere mit einer kleinen Platte zugeschweißt und dann die drei großen Ösen drangemacht. Man haut die Dinger meinetwegen 30 oder 40 Zentimeter in den Gartenboden vor der Haustür, und schon kann man die Maien reinstecken und festkeilen. Geht natürlich nicht, wenn der Weg gepflastert, kein Beet mehr da oder die Straße geteert ist. Dann müssen sie eben doch große Eimer mit Sand aufstellen."

Kattenstroht betrachtete interessiert die saubere Arbeit: „Sogar angestrichen sind die Dinger!"

„Ja sicher!" Lenz schien fast in seiner Handwerkerehre getroffen. „Sauber abgestrahlt, dann mit Rostschutz drauf und schließlich schön schwarz gestrichen, dass es nach was aussieht. Das Dingen für den Kindergarten habe ich rot gemacht. War der Wunsch von Heidi, dass die Kinder es sehen und da nicht drüberbaseln."

„Haben Sie denn in dieser Art nur ein einziges Exemplar für den Kindergarten gemacht?", wollte Kathrin Eilers wissen.

Lenz nickte: „Ja, das war so ein Versuch. Die Heidi kam auch spät damit an, gerade mal vor zwei Wochen. Wir haben zusammen überlegt, alle Schilder für den Waldkindergarten in der richtigen Höhe für die Kinder auf solchen Eisen zu befestigen. Vier kleine Quereisen oben dran, dann kann man das Schild mit Tesa drankleben und von oben eine Plastikhülle im richtigen Format drüberschieben. Man kann's dann unten noch einmal verkleben. Die haben dann aber im Kindergarten die Schilder, wie heißt das doch gleich, so in Folien eingeschweißt."

„Laminiert!", half Kattenstroht aus.

„Richtig, laminiert. Da wollten sie sie erst mit Magneten am Eisen festmachen, haben aber hinterher doch Tesa genommen. Für das kommende Jahr wollten wir uns dann so eine Klammer überlegen, die die

Schilder ruck, zuck einklemmen und festhalten kann. Für dies Jahr war's ja erst mal nur ein Versuch. Wer weiß denn, ob das überhaupt weitergeht mit dem Waldkindergarten?"

Theo Lenz schaute in der hinteren Ecke seiner Werkstatt nach und brachte ein weiteres Eisen zum Vorschein: „Das war sozusagen der Prototyp. Die Größe ist dieselbe gewesen, nur hier hatte ich zuerst ein Blech als Unterlage für die Schilder aufgeschweißt. Das war aber keine gute Lösung. Also kamen im Zweitversuch die vier Quereisen."

„Darf ich mal?", fragte der Kommissar und nahm dann vom Schlosser das etwa 1,20 Meter lange Eisen entgegen. Er wog es in der Hand, schwang es ein wenig und prüfte, wie es zu führen war.

„Seien Sie bitte vorsichtig, das Ende ist geschliffen!", warnte ihn Lenz. Der Kommissar hielt inne, stellte den Schildhalter auf dem Kopf auf die Erde und prüfte die Schärfe der Spitze. Sein Zeigefinger glitt über die geschliffenen, pfeilförmig zugeschnittenen drei Stege.

Fragend blickte Kattenstroht seine Assistentin und den Kollegen Schücking an. Der sagte nur ein Wort: „Passt!" Was mit seiner Arbeit in Brüggemanns Busch passiert war, banden sie dem ideenreichen Schlosser vorerst mal nicht auf die Nase.

Man erbat sich das Eisenteil als Beweismittel. Schücking sollte es zunächst in seine Obhut nehmen und den Polizeischülern, die ihm am nächsten Tag noch einmal zur Verfügung standen, als Anschauungsobjekt bei der Suche präsentieren. Dann sollte es nach Münster verbracht werden. Die Polizeibeamten bedankten sich bei Lenz, der seine Gäste zu den Autos zurückbrachte. Gerade wollten die ihre Wagen besteigen, als Kattenstrohts Handy bimmelte. Der Kommissar war überrascht, denn am anderen Ende war der alte Baron von Wolberg-Stockhem, der ihn einlud: Ob der Herr Kommissar kurzfristig die Möglichkeit zu einem persönlichen Gespräch sähe. Es sei da doch noch etwas zu besprechen.

Der Kommissar verwies auf den glücklichen Umstand, dass er gerade in Stockhem sei und in weniger als zehn Minuten seine Aufwartung auf dem Schloss machen könne. Allerdings sei es ihm ein Herzensanliegen, auch seine Assistentin, Frau Kathrin Eilers, mitbringen und dem Herrn Baron vorstellen zu dürfen.

Kathrin Eilers, die dem Telefonat zumindest in groben Zügen folgen konnte, drohte fast zu platzen. „Was sagt ein Mann mit diesem Hintergrund eigentlich zu so einem dummen Gerede?“, wollte sie wissen, als der Wagen anfuhr.

Kattenstroht wirkte etwas belämmert: „Seine Gnaden haben nur gelacht. Nach dem, was er von verschiedenen Seiten über mich und meinen Unterhaltungswert erfahren habe, dürfte ich jeden auf sein Schloss mitbringen, den ich wollte!“

Kapitel 16

Bei strahlendem Sonnenschein fuhren sie die Allee nach Haus Stockhem hinauf. Kathrin Eilers konnte sich kaum sattsehen an all den Eindrücken, mit denen der alte Adelssitz inmitten seines Parks und seiner Wasserflächen aufzuwarten wusste. Mehrfach bat sie den Kommissar, er möchte doch etwas langsamer fahren oder an der einen oder anderen Stelle kurz anhalten. „Zieh dein Handy wieder ein, meine Liebe! Fotografieren ist hier unerwünscht!", mimte der Kommissar den Ordnungshüter; er selbst hatte jedoch seinen Spaß daran, wieder schwungvoll in den Bereich der Vorburg einzulaufen, um in einem stilistisch hochwertigen Ambiente zu parken, wie er es auszudrückte.

Frau Jansing empfing sie an der Tür, wies jedoch gleich darauf hin, dass der Herr Baron im Garten arbeite und sie gebeten worden sei, die Gäste dorthin zu führen. Sie lotste Kattenstroht und Eilers durch die Halle und durch einen mit alten Sandsteinplatten belegten Flur, an dessen Ende sie eine schwere Eichentür öffnete. Die Sonne strahlte. Vor ihnen lag der inselartige Privatgarten der Familie von Wolberg-Stockhem. Unmittelbar aus der Tür führte eine Brücke über die rückwärtige Gräfte des barocken Herrenhauses zum Garten, in den man auf einigen Stufen hinunterstieg. Allseits umgaben Wasserflächen diesen separaten Teil des Parks, an dessen Ende ein Gartenhaus mit einem kleinen Mansarddach stand. Die zweiflügelige Mitteltür war weit geöffnet. Gerade kam der alte Baron aus der Tür und zog sich ein Jackett an, um seinen Besuchern entgegenzugehen und sie stilgerecht zu empfangen. Zwei Wege, die sich am Fuß der Brücke teilten und auf dem Vorplatz des Gartenhauses wieder zusammenfanden, führten über den in der Länge rechteckigen Inselgarten. In der Mitte erstreckte sich ein Rosenbeet, in dem die Baronin gerade mit dem Rosenschnitt beschäftigt war. „Ist das nicht fast so schön hier wie in schlechten Fernsehfilmen?", knurrte Kattenstroht seiner Assistentin zu, die allerdings von dem malerischen Bild sehr gefangen war.

Man begegnete sich auf der Hälfte der Wegstrecke und begrüßte sich freundlich. Der Kommissar stellte Kathrin Eilers vor. Auch die Baronin von Wolberg trat hinzu, streifte ihre Arbeitshandschuhe ab und nahm gern die Komplimente für ihre Rosen entgegen. Der Freiherr ging voran und führte Kattenstroht und Eilers zum Gartenhaus, aus dem sich nun der Blick auf die Rückfront von Haus Stockhem eröffnete. Der Kommissar war beeindruckt und pfiff durch die Zähne: „Du Vaterhaus mit deinen Türmen, im stillen Weiher eingewiegt! – Was für ein herrlicher Anblick!“

„Gewiss! Wo ich in meinen Lebensstürmen gekämpft, verloren und gesiegt! Respekt, Herr Kattenstroht, wer zitiert heute noch die Droste? Das Haus ist wunderschön, stellt meiner Familie aber Generation um Generation seine besonderen Aufgaben. Links sehen Sie den Rest der Ringmantelburg aus dem Jahre 1271; das etwas wilde Mauerwerk hebt sich ja deutlich ab von dem barocken Flügel rechts aus dem Jahre 1714. Das Ganze ist verbunden durch den Treppenturm am Schnittpunkt beider Gebäude. Muss ich Ihnen erzählen, wie das mit Baumaterialien ist, mit verschiedenen Höhen, mit Verschleiß, mit Feuchtigkeit und Regen? Allein die Dachflächen machen viel Arbeit und verschlingen jedes Jahr viel Geld.“

„Aber es lohnt sich, ein prachtvoller Anblick!“, beharrte der Kommissar auf seinem Urteil. „Allein das Zusammenspiel von Gebäuden, Wasser und Grün ist unglaublich harmonisch!“

Der alte Baron lächelte: „Sagen wir mal so. Haus Stockhem ist ein Juwel. Meine Familie will das Erbe unterhalten und, das ist ganz wesentlich, sie kann es sich wirtschaftlich auch leisten. Jedenfalls in dieser Generation ist das noch so. Wir haben nämlich bei den alteingesessenen Familien im Münsterland Probleme wie alle anderen Leute: Was ist, wenn die Kinder das Erbe gar nicht antreten wollen? Oder wenn sie das Metier nicht beherrschen? Wenn die Wirtschaftslage sich nachhaltig verschlechtert? Täuschen Sie sich nicht: Die Probleme sind überall recht ähnlich.“

Sie nahmen am Tisch im kleinen Gartenhaus Platz, und Frau Jansing fragte nach den Erfrischungswünschen der Gäste. Da man nicht lange zu bleiben gedachte und der Mittag langsam näher kam, verständigte man sich auf Mineralwasser. Kattenstroht speicherte für sich die Arbeitsmaterialien, die wohlgeordnet auf dem Tisch lagen: der Wirtschaftsteil einer Frankfurter Zeitung mit aufgeschlagenem Börsenteil, ein kleiner Notizblock, ein Bleistift, drei verschiedenfarbige Marker, ein Taschenrechner und das Mobiltelefon.

„Ich bat Sie um das Gespräch, da mich ein Mitarbeiter der Genossenschaft gestern am Abend aufsuchte und mit der Bitte um Vermittlung einige Informationen an mich weitergab.“ Wolberg-Stockhem war anzumerken, dass er ganz vorsichtig zu Werke gehen wollte. „Der Mann heißt Henrich Beumer, ist seit fast 50 Jahren bei der Bäuerlichen hier vor Ort tätig und kennt wirklich alles in dem einfachen operativen Geschäft. Er ist zuverlässig und vertrauenswürdig. Wie gesagt, er stand gestern Abend bei mir in der Halle, wie stets die Mütze in der Hand, und berichtete mir von Unregelmäßigkeiten im Wagenpark unserer Genossenschaft. Ich habe ihn nicht weiter befragt und sofort zugesagt, Sie miteinander in Kontakt zu bringen. Das ist hiermit geschehen. Ich habe Name und Adresse notiert. Telefon hat er auch, sogar ein Handy nennt unser Henrich sein Eigen.“ Der alte Baron schob ein Blatt Papier zu Kattenstroht herüber, der die Notiz kurz las, das Blatt langsam faltete und es nachdenklich in seine Brieftasche steckte.

Der Kommissar ärgerte sich über den Aufwand dieses Besuches: „Sagen Sie mal, Herr Baron, da steht seit Tagen jede Kontaktnummer meines Kommissariats in der hiesigen Zeitung; den Kollegen Ritzmann kennt jeder vor Ort. Ihr Henrich Beumer hier rührt sich aber keineswegs bei uns, er geht zu Ihnen. Können Sie mir erklären, warum das so ist? Ist der Mann Ihnen irgendwie hörig?“

„Hörig?“ Der Baron schmunzelte. „Die Hörigkeit ist seit dem Martinstag 1810 im Münsterland abgeschafft, und zwar als Ergebnis der Entscheidungen des Kaisers Napoleon, vor dem alte Bauern noch heute den Hut ziehen.“ Er schüttelte vehement den Kopf, dass seine weißen Haare ein wenig wehten. „Nein, hörig ist er nicht, aber er gehört zum Haus und sieht mich als seinen Patron an, unter dessen Schutz er steht. Wissen Sie, Herr Kattenstroht, Frau Eilers, bei uns hier in Stockhem gibt es tatsächlich noch eine lebhafte Verbindung vom Schloss zum Dorf und in die Bauernschaften. Das sind Verhältnisse, die in Jahrhunderten gewachsen sind und von vielen Familien verinnerlicht wurden. Beumers haben über viele Jahrzehnte bei uns gearbeitet. Henrich gehört zum Haus dazu.“

„Haben denn die Leute von Stockhem zu Zeiten der Revolution nicht auch das Schloss gestürmt? 1789, 1848 oder 1918?“, glänzte Kattenstroht provokativ mit seinem geschichtlichen Wissen. „Fragen Sie allen Ernstes an, ob einer meiner Vorfahren hier guillotiniert oder füsiliert wurde?“ Jetzt grinste der alte Patriarch breit. „Ich kann Sie da völlig beruhigen. Das hat es in Stockhem wie in ganz Westfalen nicht gegeben, weil die Erbuntertänigkeit der Bauern hier einen ganz anderen Charakter hatte als im Süddeutschen oder erst recht bei den Junkern in Ostdeutschland. Haben Sie vielleicht noch Zeit für eine kleine Information?“ Er schaute vorsichtig zum Haupthaus, vor dem seine Frau noch in den Rosen tätig war: „Sie sind zwar im Dienst, aber dies ist die wohlschmeckende Stunde: Campari? Martini? Wie wäre es mit einem kleinen Sherry?“ Kathrin Eilers lehnte schnell und entschieden ab; Kattenstroht wog angesichts der Umstände die Dienstvorschriften gegen allgemein übliche und erwartete Höflichkeit ab und stimmte einem trockenen Sherry zu. Der alte Baron bestellte per Haustelefon bei Frau Jansing: „Bitte einen trockenen Sherry für den Herrn Kommissar und noch ein Wasser für mich, diesmal mit was drin.“ Die Frau Baronin müsse ja nicht alles wissen, ergänzte er vergnügt.

„Zurück zur Historie. Ich will's auch nur in groben Zügen versuchen. In der Feudalgesellschaft hängen Land und Herrschaft unverbrüchlich zusammen. Irgendwann in grauer Vorzeit siedeln hier im Brinketal meine Vorfahren. Zunächst sind das Bauern, ganz schlichte Bauern, wenn auch mit Anspruch auf eine große Fläche Landes. Sie sind innerhalb der frühmittelalterlichen Gesellschaft aufgrund ihres Reichtums und ihrer Beziehungen als Edelherren angesehen, verfügen über weitreichende Kontakte und bilden mächtige Gefolgschaften. Dann zerfällt im 12. Jahrhundert das Herzogtum Sachsen, und der Bischof von Münster errichtet sein eigenes Territorium. Da bauen seine Dienstmannen weitere Burgen, meist auf ursprünglich großen Gräftenhöfen. Und – sehr wichtig: Unsere Burgen im Tiefland sind immer zugleich auch Wirtschaftsbetriebe, große Gutshöfe. Genau deshalb sind sie ja, wenn auch vielfach umgebaut, als Landsitze erhalten geblieben. Eigentlich alle Höhenburgen, die nur Festungscharakter hatten, sind aufgegeben und ruiniert worden. Man brauchte sie wirklich nicht mehr! Sie waren im eigentlichen Sinne nutzlos geworden.“ Der Baron fischte aus seinem Jackett eine kleine Holzschachtel und entnahm nach einer höflichen

Geste Kathrin Eilers gegenüber ein kleines Zigarillo. Da er das Interesse des Kommissars an der edlen niederländischen Ware doch bemerkt hatte, offerierte er auch Kattenstroht „ein Rauchopfer“, wie er es nannte. Bald stiegen blaue Dampfwölkchen auf und zogen durch die weit geöffneten Flügeltüren hinaus in den Garten, um sich dort mit dem alles überlagernden Rosenduft zu vermischen.

Der Baron fuhr fort: „Wie ich eben sagte, gehörten Land und Herrschaft immer zusammen. Der Edelherr gibt auch Land im Obereigentum an Bauern aus, die in der Folge dann über Jahrhunderte fest zu seinem Haus gehört haben. Bauern unterstellen sich aber auch aus eigenem Willen seinem Schutz und Obereigentum. Die Menschen auf den Höfen hier bei uns sind dabei keine Leibeigene gewesen. Sie haben eigene, fest verschriebene Rechte und sind rechtsfähige Subjekte. Das will manch einer bei seinem schiefen Geschichtsbild nicht zur Kenntnis nehmen. So aber war es, denn zur Herrschaft gehört klassisch auch immer die Genossenschaft: Der Herr hat für seinen Mann und seine Familie mit zu sorgen und ist ihm in dem einen oder anderen Rechtsbereich sogar gleichgestellter Genosse.“

Kathrin Eilers unterbrach: „Das verstehe ich nicht ganz. Können Sie das mal an einem Beispiel erläutern?“

„Gerne!“, nickte von Wolberg und wartete noch etwas ab, bis Frau Jansing ihm „Wasser mit was drin“ und Kattenstroht den kleinen Sherry kredenzt hatte. „Sie kennen aufgrund der traurigen Geschehnisse das Stockhemer Feld. Dieses war bis 1835 eine Allmende, ein Genossenschaftsland, bei dem die einzelnen Markgenossen verschiedene Anrechte hatten: Eintrieb von Vieh, Holzeinschlag und Düngergewinnung. Die Anteile waren detailliert ausgerechnet, und mein Haus Stockhem war zunächst nur ein Genosse von etwa sechzig, auch wenn der Majoratsherr hier Vorsitzender des Markengerichtes war und einen beachtlichen Anteil hatte. Sehen Sie, an die laufenden Akten und das Archiv kam er trotz seines Amtes alleine nicht heran. Der Archivschrank der Genossenschaft ist jetzt im Museum. Drei komplizierte Schlösser gibt es für diesen Schrank, und die sind so angebracht, dass einer der drei Vorsteher allein nichts bewirken konnte. Es galt mindestens das Vieraugenprinzip, denn die feinen Schlüssel, es sind Meisterwerke der

Schmiedekunst, sind auf drei Stellen verteilt gewesen: Der erste hier auf dem Haus, den zweiten Schlüssel hatte immer der Schulte Ewert, den dritten der Schulte Niehoff im Dorf. Sie sehen: Herrschaft und Genossenschaft hängen zusammen."

Kattenstroht hatte seine Bedenken: „Ich bin ja gewiss kein Revoluzzer, aber zeichnen Sie das nicht alles etwas zu friedlich? Die Bauernbefreiung war doch notwendig, und wer will schon patriarchalische Strukturen? Sie selbst wahrscheinlich doch auch nicht? Genau deswegen verstehe ich Ihren Beumer ja nicht."

„Ich wiederhole noch mal: Der gesellschaftliche Fortschritt war notwendig und ist unumkehrbar. Es geht nicht um mehr rechtliche Abhängigkeit von Menschen, es geht auf eine gewisse Weise noch um Anhänglichkeit. Haus Stockhem gehört zum Dorf dazu. Dabei sind verschiedene Dinge bei uns so selbstverständlich, dass ich sie fast nicht erwähnen möchte: Natürlich geht die Große Prozession in jedem Jahr an Fronleichnam durch unseren Park, und die Segensstation ist hier im Schlosshof. Natürlich stellen die Schützen noch heute ihren neuen König, wie es so schön heißt ‚der geistlichen und weltlichen' Obrigkeit vor. Die geistliche Obrigkeit ist der Pastor, natürlich. Aber die weltliche wird immer noch hier auf dem Schloss geehrt. Ich füge allerdings hinzu, dass ich jedes Mal den gewählten Bürgermeister dazu einlade. Ich sitze, wie Sie wissen, ebenso selbstverständlich im Vorstand der Genossenschaft, der Kirchengemeinde, im Trägerverein des Krankenhauses und zweier lokaler Stiftungen. Ich will gar nicht alles aufzählen. Von den Spenden, die man von mir erwartet – und auch erhält –, rede ich auch nicht. So viel darf ich – mit Stolz und Selbstbewusstsein, wenn Sie gestatten – doch sagen: Ohne die Familie von Wolberg sähe Stockhem anders aus, ohne seine alten Adelsfamilien sähe das Münsterland anders aus."

„Jetzt kommt die Geschichte mit den Kastanienbäumen, die die Adeligen aus Italien und Frankreich mitgebracht haben, und der Ordnung der Beete im münsterländischen Bauerngarten, die dem französischen Park nachempfunden ist. Oder sollte ich mich da irren?" Kattenstroht war anscheinend auf historischen Krawall gebürstet, was Kathrin Eilers allmählich unangenehm wurde.

Die Blicke des Freiherrn von Wolberg ruhten geradezu wohlwollend auf dem Kommissar aus Münster, und er bemerkte dann, ihm sei ja schon lange kein Diskutant dieser Altersstufe mehr begegnet, der solche Detailkenntnisse vorweisen könne: „Sie müssen korrekterweise immer die historischen Gegebenheiten in Betracht ziehen. Sie brauchen heute eine knappe Stunde, um mit dem Auto von Münster hierherzufahren. Stellen Sie sich die Möglichkeiten des Menschen auf dem Lande im 18. Jahrhundert vor. Der geht zu Fuß, der Vornehme reist in der Postkutsche. Annette von Droste-Hülshoff schreibt in der ‚Judenbuche', dass jemand auf dem Land als Ulixes der Gegend, also als weit gereist gegolten habe, wenn er 30 Meilen fortgekommen sei. Im Rittersaal zeige ich Ihnen gerne das Porträt eines Vorfahren, der als junger Mann auf seiner Kavalierstour um 1660 in Wien am Kaiserhof angelangt war und von dort die Einladung bekam, an einer Gesandtschaft zur Hohen Pforte teilzunehmen, also nach Konstantinopel, ins heutige Istanbul zu reisen. Das Ganze auf dem Rücken der Pferde. Er war ein Jahr unterwegs. Es war die Reise seines Lebens. Rom als Studienort war über Generationen völlig selbstverständlich, so wie es Paris für die Ausbildung des künftigen Majoratsherren auch war. Meine Urgroßmutter, die in der zweiten Hälfte des 19. Jahrhunderts hier schaltete und waltete, sprach innerhalb der Familie nur französisch. Aber, das ist wesentlich, mit den Leuten in Küche und Garten nur plattdeutsch! Ob Rechtswesen, Kunst, Kultur, Musik: Vieles haben unsere Leute in der Fremde studiert und erlernt. Ihr Wissen ist später aus unseren Wasserschlössern in die Landschaft geflossen. Natürlich sind wir bis heute Patrone von Sankt Nikolaus. Haus Stockhem hat die erste Orgel in der Kirche gestiftet und das Kapital für ein regelmäßiges Einkommen des Organisten bereitgestellt, der hier zugleich Schulmeister war. Das Schulpatronat wurde übrigens erst um 1910 abgelöst. Sie sehen, der Aspekte sind so viele, dass ich um eine genaue Betrachtung und ein faires Urteil bitten möchte. Das adelige Haus Stockhem war zwar immer Herrschaft und wirtschaftlich besser gestellt, aber es hat gleichwohl auch immer gegeben." Er zog nachdrücklich an seinem Zigarillo und griff versonnen zum Wasserglas: „Man sieht leicht die Vorteile der Herrschaft, es gibt aber auch Pflichten und Verantwortung. Ist beides sinnvoll austariert, geht es allen Seiten gut. Eines liegt in der Natur der Sache: Es hängt am Menschen, und der kann irren. Schauen Sie sich die Vertreter des Adels in den bunten Gazetten an: schrecklich. Mein lieber Kommissar, sind Sie bitte gnädig! Wie mein alter Rentmeister Bernzen immer sagte: Einen Idioten gibt es auf jeder Baustelle!"

Mittlerweile waren sie aufgestanden und bummelten nun durch den Rosengarten zurück zum Schloss. Den Kommissar trieb es aber weiter um: „Geben kann aber nur der, der hat. Die Landwirtschaft gibt doch angeblich nicht mehr so viel her, und der Aufwand, den Sie betreiben müssen, ist doch beachtlich."

Der Baron nickte bestätigend: „Mit der Landwirtschaft à la 1950 wären wir heute und hier chancenlos. Es war schon meine selige Frau Mutter, die unsere Wirtschaft auf ganz andere Füße gestellt hat. Ich bitte, mir zu verzeihen, dass ich auf Details verzichte, denn wir sind nicht zur Offenlegung unserer Bilanzen verpflichtet. Wir haben unser Vermögen stets sicher angelegt, und meine Tätigkeit an jedem Morgen besteht darin, die Portfolios zu kontrollieren. Sehen Sie, wir haben früh die Häuser und Hausstätten unserer alten Höfe verkauft und das Land behalten. Die Agrarflächen sind heute meist verpachtet, die Wälder verwalte ich noch selbst. Vielfach übersehen die Leute, dass ein Landsitz hier und ein Stadtpalais in Münster zusammengehören. Wir wohnen heute ganzjährig auf Haus Stockhem. Noch meine Eltern haben in jedem Herbst um Martini das Haus hier in den Winterschlaf versetzt, Überzüge auf die Möbel geworfen, die Fenster verschalt und vernagelt. Wir waren vom November bis Ostern immer in der Stadt. Wo sollte man denn sonst den Karneval feiern? Und schließlich hatten wir bis 1802 noch Anteil an der Regierung. Meine Vorfahren saßen kraft Geburt im Landtag des Hochstifts Münster."

Der Kommissar eierte etwas rum, wie Kathrin Eilers das zu nennen pflegt: „Ohne penetrant wirken zu wollen: Wovon lebt denn heute die Wirtschaft Ihrer Familie?"

Von Wolberg senior lächelte feinsinnig. „Wie gesagt, ich verzichte auf Details. So viel nur: Wir halten Beteiligungen in der Industrie, vor allem in der agrarnahen Landtechnik. Wir nehmen ein bisschen Geld ein über Landpachten und auch Erbbaurechte am Stadtrand Münsters. Wir haben sogar einiges an eigenem Wohnungsbestand. Landwirtschaft betreibe ich noch in den USA, in Wisconsin und Iowa auf zwei sehr großen Farmen: Weizen, Mais und vor allem Soja. Ich bin an einer Importfirma in Antwerpen beteiligt. So führe ich Futtermittel in die EU ein. Wir haben diversifiziert, denn anders ist es nicht zu machen. Einer meiner Vettern hat viele Jahre als Produzent jener braunen Brause aus den USA Geld verdient, andere haben wunderschöne Brauereien oder betreiben Hotels mit Golfplätzen. Alle arbeiten, denn wer sich nicht regt, hat schon verloren! Ein Titel ohne Mittel macht keinen Sinn, und was hilft es, sich in einer Fernsehshow als gräflicher Bräutigam anzubieten, weil man außer dem schönen Namensbestandteil nichts mehr in die Milch zu brocken hat." Der Baron war jetzt richtig in Fahrt und lud Kattenstroht und seine Assistentin zu einer kurzen Besichtigung des Rittersaales ein, der von einem wunderbaren Renaissance-Kamin aus Baumberger Sandstein dominiert wurde. „Den hat mein Vater kurz vor dem Zweiten Weltkrieg aus unserem Stadtpalais in Münster hierher versetzen lassen. Er wäre, wie unser ganzer Hof dort, sonst vernichtet worden."

Die Besucher schauten sich beeindruckt in dem großen Saal mit seiner dunklen Decke aus mächtigen Eichenbalken und verzierten Bohlen um. Sechs große Fenster, jetzt mit lichtdämpfenden Vorhängen versehen, bildeten die eine Längsseite, während der gewaltige Kamin eine der Schmalseiten fast zur Gänze einnahm. Von der gegenüberliegenden zweiten Schmalseite blickten auf alten Porträts verschiedene geistliche und weltliche Herren in prächtigen Gewändern in den Saal hinab. Altertümliche Möbel standen zu Gruppen geordnet im Saal, jede Kleinigkeit auf den Tischen und Möbeln schien seinen festen Platz zu haben. Von Wolberg stellte seinen Gästen die wichtigsten Fürstbischöfe von Münster des 17. und 18. Jahrhunderts und ihre besonderen Leistungen vor, vergaß auch nicht die Verbindungen zur Familie von Stockhem und die Rolle, die sie im damaligen Landtag gespielt hatte. „Nicht zu vergessen: Der Fürstbischof hatte die Entscheidung bei Steuererhebungen. Er konnte eben nicht machen, was er wollte. 1732 wurde unter Mitwirkung meines Vorfahren auf diesem Wege sogar ein Kriegszug verhindert."

„Und wie sieht die Beziehung zur Kirche heute aus?", hakte Kathrin Eilers nach.

„Eine gute Frage!", nickte der alte Freiherr. „Unsere Familie hat zu allen Zeiten dem jeweiligen Bischof von Münster gedient. Wir haben im Kulturkampf um 1880 den emigrierten Bischof Brinkmann unterstützt und in der Zeit der Nationalsozialisten Clemens-August von Galen gestärkt. Heute sind wir natürlich in den diversen kirchlichen Hilfswerken, zum Beispiel bei den Maltesern, engagiert. Wir auf Stockhem sind zwar nicht Inhaber eines der alten Erbämter, aber die gibt es noch, und der jeweilige Bischof von Münster hat noch heute die Ehrenpflicht, die Majoratsherren dieser Häuser, also den Erbdrosten, den Erbkämmerer, den Erbschenken und so weiter, feierlich zu Grabe zu tragen. Das hat doch auch was!"

Kattenstroht bat den Baron, Kathrin Eilers auch einmal einen Blick in die Bibliothek zu gestatten. Von Wolberg kam diesem Wunsch gerne nach und wies mit gewissem Stolz auf den Bücherbestand aus Jahrhunderten und die Beziehungen der Familie zu Persönlichkeiten der Kulturgeschichte hin. Plötzlich überlegte er einen Augenblick und bat um wenige Minuten Geduld. Er wolle seinen Besuchern doch noch etwas präsentieren. Bald kehrte der alte Baron zurück und legte vorsichtig ein großes Etui in dunklem geprägten Leder auf den Tisch. Er nestelte an den altertümlichen Verschlüssen herum und klappte den Deckel vorsichtig auf. Kathrin Eilers stieß einen kleinen Ruf der Überraschung aus. Auf rotem Samt lag ein hammerartiges Utensil, mit Gold und Silber geschmückt und mit Diamanten übersät. Feinste Ziselierungen zeigten fremdartige Schriftzeichen und Symbole.

„Das ist, liebe Frau Eilers, lieber Herr Kattenstroht, ein Streitkolben, eine Ritualwaffe, die bei den Osmanen hohen Offizieren als Symbol ihrer Macht übergeben wurde. Dieses Stück erhielt mein Vorfahr, der an der Schlacht am Kalenberg teilgenommen hatte, aus der so genannten Türkenbeute. Überreicht haben es ihm gemeinsam Jan Sobieski, der Polenkönig, und Max Emanuel von Wittelsbach, der Blaue Kurfürst. Das waren Großvater und Vater unseres späteren Landesherrn Clemens August, der uns zwischen 1719 und 1761 im Münsterland regiert hat. Von jenem 12. September 1683 gibt es bis heute direkte Linien zu uns." Der alte Mann schaute fast liebevoll auf die Prunkwaffe: „Das gute Stück heißt bei uns ‚Das Glück von Haus Stockhem'. Es hat seit 1683 unsere Familie nie mehr und unser Haus nur zu wenigen internationalen Kunstausstellungen diskret verlassen. Wenn dieser Streitkolben ausgestellt wird, stehen in der Vitrine weder Provenienz noch Leihgeber dran. Bei uns gehört Protzen eben nicht zum Geschäft." Wolberg-Stockhem sah seine Besucher freundlich an und schloss: „Vielleicht verstehen Sie jetzt ein wenig mehr, wie wir uns verstehen, wenn ich sage, dass unsere Familien und unsere Häuser einen der Wesenskerne des Münsterlandes bilden. "

Es war an Klaus Kattenstroht und Kathrin Eilers, beeindruckt zu sein und sich herzlich zu bedanken. In der Halle nahm man Abschied voneinander.

Am Wagen meinte Kattenstroht nachdenklich: „Ein Stück aus der Türkenbeute von 1683! Es ist bemerkenswert, welche Angst die Menschen vor den Muselmanen damals hatten. Meine Oma in Westerbauer schimpfte immer, wenn wir Jungs rumtobten: ‚Ihr benehmt euch wie die Säbel-Türken!', ein Relikt des alten Feindbildes. Dann fahr heute mal, liebe Kathrin, mit Velmerich durch Recklinghausen-Süd und besuche unsere Mitbürger mit Zuwanderungsgeschichte! So wandeln sich die Zeiten." Er wies mit dem Daumen auf das Schloss: „Ob der alte Herr das wohl auf seinem Schirm hat?"

Sie erreichten Beumer tatsächlich über sein Handy. Der Mann war zu Auslieferungen auf irgendwelchen Höfen in den Rodorper Bergen unterwegs und zu einem Gespräch sofort bereit, nachdem Kattenstroht den Baron als seinen Hinweisgeber benannt hatte. Der Kommissar runzelte indes die Stirn, als Henrich Beumer auf seinen Vorschlag, sich bei der Genossenschaft in Stockhem zu treffen, überhaupt nicht einging. Er müsse sowieso zunächst zu Hause vorbei und schlage deshalb ein Treffen in einer Stunde auf dem Pendlerparkplatz jenseits des Dorfes an der Autobahn vor. Da mache er ohnehin fast regelmäßig Pause.

Kathrin Eilers brummte, dann hätte sie ja auch ihren Wagen am Vormittag mitnehmen können. So müsse sie noch mit nach Münster zurückfahren und verliere fast anderthalb Stunden. Einen Nachmittagskaffee mit ihrem Thomas habe sie seit Wochen nicht mehr trinken können. Der Kommissar tröstete seine Assistentin und lud sie großherzig zu einer „Schlemmerplatte Rot-Weiß" im nächsten Schnellimbiss ein. Tatsächlich stand der Dienstwagen der Münsteraner Mordkommission schon fast eine halbe Stunde am angegebenen Ort, als endlich ein heller Sprinter mit Schwung auf den Parkplatz gefahren kam. Vorne hinter der Scheibe war das Standardschild mit dem Vornamen des Fahrers angebracht: „Henrich".

„Das ist unser Mann!", meinte Kattenstroht und stieg aus, aber Beumer fuhr seinen Wagen ganz ans Ende des Parkplatzes, wo hohe Büsche Sichtschutz gewährten. Dort stieg er aus und wartete, bis Kattenstroht reichlich genervt mit dem Dienstwagen nachgefahren kam. Genervt wirkte auch der Fahrer, der sich als Henrich Beumer vorstellte, etwas unsicher um sich blickte und vorschlug, sich doch in einen der Wagen zu setzen.

„Machen wir doch alles. Kathrin, setze du dich doch bitte auf den Rücksitz, Sie, Herr Beumer, nehmen den Beifahrersitz, und dann wollen wir mal hören, was Sie uns denn zu berichten haben." Schon saßen sie zusammen, und Kathrin Eilers zückte Notizblock und Stift.

„Nun sagen Sie mir doch mal, wie Sie auf die Idee kommen, auf diesem indirekten Weg Verbindung zu uns aufzunehmen. Unsere Telefonnummern stehen in jeder Zeitung. Sie haben Ihren Chef, Herrn Veltbrügge, der uns auch kennt. Wir verstehen nicht ganz, was das soll."

Der Alte erwies sich trotz deftiger Aussprache und schlichter Wortwahl durchaus als redegewandt: „Herr Kommissar, das alles ist mir zu gefährlich. Johanna ist tot. Ich werde das Gefühl nicht los, es hat was mit Sachen zu tun, die ich Ihnen erzählen wollte. Mit den Autos nämlich."

Kattenstroht stutzte und erinnerte sich an das Gespräch mit dem Geschäftsführer der Genossenschaft und seiner Büroleitung. „Und warum sind Sie dann nicht auf Herrn Veltbrügge zugegangen?"

„Ach der", Beumer, machte eine abschätzige Handbewegung, „dat is doch auch so'n Süßen! Am Montag hatten wir schon Betriebsversammlung, mit Gedenkminute und stillem Gebet. Natürlich hat er da auch schon gesagt, wir sollten alle Möglichkeiten im Betrieb überdenken. Bei der Geschichte, die mich betrifft, hängt er doch selber drin. Also hab ich mir das noch mal überlegt und bin gestern am Abend mit dem Rad nach Haus Stockhem gefahren."

Kattenstroht und Eilers schauten sich kurz an: „Also gut, ich fasse mal zusammen", fuhr der Kommissar fort: „Sie wollen uns etwas berichten, was Sie auf der Genossenschaft nicht erzählt hätten. Denn Sie haben zur Geschäftsführung dort kein Vertrauen. Haben wir das richtig verstanden?"

Beumer nickte und kratzte sich seinen nahezu haarlosen Kopf unter dem kleinen Hut, den er trotz der sommerlichen Wärme trug. „Ich erzähl 's mal am besten ganz von vorne. Der Sprinter da, der gehört unserer Bäuerlichen in Stockhem, aber eigentlich ist das mein Wagen. Ich fahre den immer, ich gucke den nach, tanke und pflege den und juckel damit auch rum. Einfache Reparaturen mache ich auch und halte ihn sauber. Vor ein paar Wochen kam Johanna mal zu mir aufs Lager und fragte nach dem Einsatz unserer Wagen. Sie hatte da so allerhand lange Listen, Rechnungen, Fahrtenbücher und solche Angaben. Sie war dabei, den ganzen Fuhrpark zu untersuchen. Das alles zu kontrollieren, das war ihr Job auf der Bäuerlichen. Sie hat mich dann auch gefragt, weil ich sie ja auch von Kind auf kenne, ob ich irgendwo Unregelmäßigkeiten sehe. Sie hatte Vertrauen zu mir und mochte mich auch wohl. Und da habe ich ihr von meinem Ärger mit den Lankers-Jungs erzählt.

Sie hat sich das angehört, hat sich alles angeguckt, was ich da hatte, und hat angefangen, die Sache unauffällig zu untersuchen. Sie musste dabei aber aufpassen, denn der Veltbrügge hat den Lankers-Jungs ja nie Steine in den Weg gelegt. Nur ich, ich hatte den Ärger mit dem Sprinter!"

Der Kommissar unterbrach: „Mal langsam, Herr Beumer, mal sachte. Sie haben also Ärger mit diesen Jungs von Lankers?"

„Ja, von Lankers, Marc und Thorsten, beides Idioten, aber Veltbrügge hat die dabei immer unterstützt!" Der alte Fahrer wirkte aufgeregt.

„Was machten die denn eigentlich, die bösen Lankers-Jungs?", bohrte Kattenstroht nach.

„Die holen sich regelmäßig für die Samstage meinen Sprinter ab, um damit Umzüge zu machen. So sagen sie. In diesem Jahr allein schon sechsmal. Dabei haben die die Karre immer schon am Freitagabend abgeholt und sie erst am Samstag ganz spät wieder hingestellt. Angeblich machen sie Umzüge und Kleintransporte damit und verdienen sich etwas Geld dazu. Und weil die bei uns auch Genossen sind, schon vom Vater her, der hatte so 'n kleines Putzgeschäft, konnte oder wollte Veltbrügge da nicht nein sagen. Man kann sich nämlich, Herr Kommissar, bei uns den Sprinter mal leihen. Der ist wirklich für Umzüge und solche Arbeiten prima geeignet. Ich hab sogar eine Menge Ladegurte dabei, und mich kann man auch dazukriegen. Ich fahre dann und helfe den Leuten. Abends müssen die den Sprinter wieder volltanken, zahlen eine Gebühr von 25 Euro oder so wegen der Versicherung, ich kriege auch was ab, und gut is!"

„Und die Lankers-Jungs haben Ihnen das Geschäft kaputt gemacht?" Der Kommissar lehnte sich erwartungsvoll in seinem Sitz zurück.

„Erst mal wollten die mich nie dabeihaben. Ich konnte den Wagen abgeben, kriegte ihn oft ungewaschen zurück und hatte nichts davon. Dann fiel mir im letzten Herbst mal auf, dass die Lankers ziemlich viele Kilometer an einem Wochenende fuhren und dass ich den Wagen im Dorf oder in der Umgebung nie sah. War also nix mit Umzug in der Nachbarschaft. Dann hab' ich mir was überlegt."

„ … und Sie haben die Gebrüder beschattet und sind mal hinterhergefahren! Da waren die aber überrascht, oder?" Kattenstroht sah in den Berichten des alten Beumer kein Land.

„Viel besser, Herr Kommissar: Der Sprinter hat noch einen alten Tacho mit Nadelschreiber für Papier-Scheiben. Der wird zwar bei uns nicht mehr gebraucht, aber er war noch gut in Schuss, und die Uhr läuft auch noch picobello. Da sonst bei uns niemand mehr darauf achtet, habe ich seit Februar an den Wochenenden, wo die Lankers den Wagen mal wieder bekamen, immer stickum eine Scheibe eingelegt und beide Schlüssel an mich genommen. Selbst wenn die was geahnt hätten, hätten sie ohne Schaden die Scheibe nicht herausbekommen. Und dann wäre die Sache für die auch gelaufen gewesen."

Jetzt hörten Kattenstroht und Eilers doch interessierter zu. Kathrin Eilers hob ihren Blick vom Block: „Was verraten denn die Tachoscheiben?"

Jetzt war Beumer an der Reihe, sich gelassen zurückzulehnen: „Erstens machen die mit dem Sprinter keine nahen Umzüge oder Nachbarschaftshilfen. Die fahren sich an jedem dieser Freitage und Samstage rund 500 bis 520 Kilometer zusammen. Es sind übrigens immer dieselben Zeiten und dieselben Strecken. Ich habe auch eine Kilometerliste angelegt. Die können Sie von mir kriegen. Eins ist für mich klar, die Lankers drehen da an einem größeren Rad als an Nachbarschaftshilfe. Warum immer der Freitag und der Samstag, warum immer Nachtfahrten dabei, warum die langen, weiten Strecken? Und jedes Mal sind die Bilder auf der Tachoscheibe wahnsinnig ähnlich."

„Kein Fehler im Tacho?", fragte Kattenstroht vorsichtig und erntete sofort den Protest des alten Fahrers: „Ich habe selbst Probefahrten damit gemacht. Der Tacho ist in Ordnung, die Uhr geht genau, und die Nadeln stehen richtig."

„Ich verstehe also richtig, dass Sie ein geheimes Fahrtenbuch geführt und genauso heimlich Tachoscheiben haben mitlaufen lassen. Wer wusste in der Leitung der Bäuerlichen davon?", wollte Kathrin wissen.

„Ich weiß, ich bin ein alter Mann und gehe den Leuten auf die Nerven. Wissen Sie, Herr Kommissar und Frau Kommissarin, ich bin nun seit 49 Jahren bei der Bäuerlichen in Stockhem. Ein Jahr will ich noch machen: Runde 50 sollen es werden. Ich weiß doch genau, dass der Veltbrügge froh wäre, wenn er mich loswerden könnte. Je eher, desto lieber. Aber der Herr Baron hält seine Hand über mich. Und das ärgert den Veltbrügge. Agnes Cremers, da hätte ich ja noch Vertrauen zu, aber der habe ich es auch nicht erzählt. Nur Johanna hab ich alles gezeigt, vor etwa vierzehn Tagen." Beumer machte eine Pause und schaute den Kommissar aus seinen wässerigen hellblauen Augen an: „Und Johanna haben sie ermordet. Wegen meiner Geschichte – vielleicht?"

„Sie haben also Frau Flinker die Unterlagen gezeigt. Gezeigt oder gegeben? Wo sind die Sachen denn jetzt?", wollte Kathrin Eilers wissen.

„Johanna hat sich Kopien gemacht. Die Scheiben sollte ich bei mir zu Hause sicher verwahren, hat sie gesagt. Ich bin extra deswegen noch zu Hause vorbeigefahren, um sie zu holen. Ich habe alles da im Wagen liegen." Beumer zeigte durch das Fenster auf den Transporter. „Sie können alles haben. Aber sehen Sie bitte zu, dass mir nicht auch noch was passiert."

„Wenn wir, für ergänzende Fragen zum Beispiel, jemanden ins Vertrauen ziehen müssten, sind Sie damit einverstanden, dass wir den Herrn Baron oder Frau Cremers ansprechen?", wollte Kathrin Eilers wissen.

Henrich Beumer nickte: „Die beiden, meinetwegen, ja!" Dann stieg er aus, ging zu seinem Sprinter und kehrte mit einem brauen DIN-A4-Umschlag zurück: „Hier ist alles drin. Und sind Sie bitte so nett, und rufen mich höchstens auf dem Handy an. Bitte nicht auf dem Büro anrufen, und bitte nicht nach mir fragen."

Zum Abschied winkte er Kattenstroht und Eilers kurz zu, bestieg seinen Sprinter und brauste davon.

Der Kommissar schaute nachdenklich hinterher: „Dem sitzt aber wirklich der Gottseibeiuns im Nacken." Und zu seiner Assistentin gewandt: „Was machen wir denn jetzt damit?"

Kathrin Eilers zeigte sich handlungs- und entschlussfreudig: „Mein lieber Klaus: Der Mann roch nach Angst. Die Sache kommt mir mindestens so spanisch vor wie dir, aber es ist der erste konkrete Hinweis, den wir aus der Firma der Ermordeten bekommen haben. Wir stochern zwar immer noch im Nebel, haben aber zum ersten Mal was in der Hand. Mein Vorschlag: Beucking anrufen, die Sache schildern und ihn um Überstunden bitten, nach Münster fahren und die Scheiben sofort zur Analyse ins Labor bringen. Ich weiß aber gar nicht, ob die das bei uns überhaupt können. Je schneller wir übrigens fahren, desto eher habe ich auch mal Feierabend."

Kattenstroht nickte, denn er sah keine Alternativen zu dem Vorschlag seiner Assistentin. Somit gab er sich servil und dienstwillig: „Dein Wunsch ist mir wie stets Befehl!"

An der Ausfahrt des Pendlerparkplatzes besann der Kommissar sich jedoch und brachte die Idee auf, zunächst bei der Genossenschaft anzurufen und die Möglichkeit zu eruieren, die Cremers allein zu sprechen. Kathrin Eilers war mit Blick auf die ersehnte Freizeit etwas geknickt, hatte jedoch keinen weiteren Einwand: „Wir sind nicht wirklich weit gekommen in dieser Sache." Sie wählte die zentrale Nummer der Bäuerlichen in Stockhem und fragte nach dem Geschäftsführer. Prompt bekam sie zu hören, Herr Veltbrügge sei zu einem Termin ganztägig außer Haus. Ob man die Anruferin mit Frau Cremers verbinden solle. Man sollte – und Kathrin Eilers vereinbarte unmittelbar ein Gespräch, das nur wenige Minuten später beginnen konnte.

Einführend bat Kattenstroht die Büroleiterin um Vertraulichkeit: „Ich muss Sie auch bitten, gegenüber Herrn Veltbrügge zunächst zu schweigen!" Agnes Cremers nickte zustimmend und sagte völlige Diskretion zu. Dann trug Kathrin Eilers die wesentlichen Fakten des Berichtes von Henrich Beumer vor. Wie mit Kattenstroht auf der Herfahrt verabredet, verschwieg sie jedoch die Existenz der Tachoscheiben und die schon bekannten Daten und Termine, bezog sich nur auf die Kilometerlisten. Agnes Cremers hörte aufmerksam zu, lächelte gelegentlich und meinte dann, das sei doch so ein typisches Verhalten von Henrich: „Wissen Sie, der Sprinter ist sein Ein und Alles, und er nervt jeden hier mit der Karre. Der Wagen ist bei uns längst abgeschrieben, und er läuft nur noch für wenige Gelegenheitsfahrten. Tatsächlich ist es ein kleiner Service für unsere Genossen, dass sie sich den Transporter leihen können. Das tun viele, viele holen ihn auch für Freunde und Bekannte ab. Das Auto läuft fast an jedem Wochenende. Herr Veltbrügge kann aber unmöglich auch noch für die Nebeneinnahmen von Henrich Beumer sorgen. Wissen Sie, der könnte ja schon in Rente gehen. Er will aber die 50 Jahre vollmachen. Da er die damals noch übliche achtjährige Volksschule besucht hat und als Lehrling bei uns eingestiegen ist, schafft er das Jubiläum, wenn er denn gesund bleibt, kriegt die in solchen Fällen übliche Verdienstmedaille und bestimmt noch eine goldene Nadel unseres Verbandes. Wir sind uns hier alle einig: Wenn Henrich dann geht, schenken wir ihm den Wagen dazu. Dann hat die liebe Seele Ruh! Dass das aber auch klar ist: Er ist ein netter Kerl mit einem goldenen Herzen. Sie können jeden Gefallen von ihm kriegen."

Deckt Ihr Chef denn diese, wie heißen sie doch, diese Lankers-Jungs? Wie sehen Sie das?", wollte der Kommissar von Agnes Cremers abschließend wissen.

„Ach, die Lankers, das sind halt so gewöhnliche Leute." Agnes Cremers schüttelte kritisch ihren grauen Kopf. „Es sind aber auch Genossen und Kunden. Deshalb müssen wir schon darauf achten, dass wir die Leute im Brinketal, speziell unsere Mitglieder, gleich behandeln. Das gilt auch für die Ausleihe von dem alten Sprinter. Da mag Henrich meinetwegen unseren Aufsichtsrat Baron von Wolberg in die Schlacht werfen. Der bedeutet ihm wirklich viel. Dennoch geht der Betrieb vor."

„Na gut!", schloss Kattenstroht. „Belassen wir es mal dabei. Sie haben wirklich markante Kerls und verrückte Köpfe hier im Brinketal, auf dem Schloss wie auf dem Kornlager."

Agnes Cremers stand auf und lächelte beim Abschied heiter in sich hinein: „ Kerls und Köpfe, da ist was dran. Henrich Beumer trägt immer eine Mütze oder einen Hut; seine oberste Pläte ist nämlich schwer vernarbt und sieht schrecklich aus. Wie kommt der Kerl zu dieser Krone? Vor vielen Jahren steht er in der Küche vom Schloss und flirtet mit dem Küchenpüngel, der gerade Kartoffelpfannkuchen backt. Beumer fischt sich dreist ein Reibeplätzchen aus der brüllend heißen Fettpfanne, was mit seinen schwieligen Händen wohl angehen mochte, und will es verzehren. Da kommt überraschend die alte Baronin rein, und Beumer zieht zum Gruß seine Mütze. Er mogelt den gestohlenen Pfannkuchen in die Mütze. Die Freifrau bittet ihn prompt, die Mütze wieder aufzusetzen, und verwickelt ihn in ein längeres Gespräch. Da stand unser Henrich nicht auf heißen Kohlen, er trug sie auf dem Kopf. Er hat stillgehalten, bis die alte Dame ging. Natürlich hat er sich die Kopfhaut verbrannt. – Auch das ist so eine Geschichte aus Herrlichkeit und Dorf Stockhem!"

Kapitel 18

Sie trafen nach zwei längeren Autobahnstaus erst gegen 17.00 Uhr in Münster wieder ein, und Kathrin Eilers verabschiedete sich nach einem kurzen Kontrollblick auf ihren Schreibtisch. Sie habe eine Reihe von häuslichen Pflichten zu erledigen und zudem noch einen lieben Mann, der ihr wichtig sei. Sie machte den Eindruck, dass der Fall Johanna Flinker ihr auf die Nerven ging. Kattenstroht ging es nicht viel anders, allerdings wollte er mit Blick auf seinen bevorstehenden Urlaub und Bettys Ferien die Sache doch möglichst weit vorantreiben.

Also bat er Beucking zu sich, der schon auf die Tachoscheiben aus Stockhem gewartet hatte, und gab ihm eine kurze Einführung, wie sie an diese Quelle herangekommen waren. Der Herr der Kriminaltechnischen Untersuchungen wollte sich umgehend um eine erste Inaugenscheinnahme bemühen, die in Verbindung mit den Aufzeichnungen und Kilometerlisten des Henrich Beumer schon erfolgreich sein könnte. „Aber vergessen Sie nicht, lieber Kattenstroht, dass wir nur vorläufige Aussagen machen können. Eine genaue Analyse nimmt das Landeskriminalamt vor. Wenn es knifflig wird, können wir sogar ein Speziallabor der Herstellerfirma ansprechen. Die sind sogar in der Lage, mehrfach überschriebene Tachoscheiben zu rekonstruieren." Der Laborchef zog mit den Unterlagen ab.

Kattenstroht hängte sich ans Telefon und erreichte den Stockhemer Dorfpolizisten Ritzmann, bei dem er sich nach den Gebrüdern Marc und Thorsten Lankers erkundigte. Mit dieser Anfrage sorgte der Münsteraner für große Verwunderung: „Was wollen Sie denn von denen?"

Der Kommissar berichtete, er habe einen bemerkenswerten Hinweis auf beide Männer bekommen und erbitte sich nur eine erste Einschätzung aus lokaler Sicht.

Natürlich kannte Ritzmann die beiden: „Die sind Kunden von mir, seit Jahren, aber nur auf niedrigem Niveau. Dieses Gebrüderpaar stellt gewissermaßen die Powenz-Bande von Stockhem dar: laut, lärmend, geschmacklos, etwas unterbelichtet, immer am Rande des guten Benehmens, gelegentlich am Rande der Legalität und auf jeder Katzenkirmes anzutreffen."

Kattenstroht wollte mehr wissen, und sein Kollege vom Dorf führte weiter aus: „Die Lankers sind so eine typische Familie aus kleinen Verhältnissen. Der Vater war ganz fleißig und hatte ein kleines Baugeschäft: Putzen, Fenster einsetzen, Reparaturen. Das war keine unternehmerische Tätigkeit im eigentlichen Sinne, er wurstelte immer so im Klein-Klein herum. Die Mutter Lankers ist eine patente Frau und hat den Laden zusammengehalten. Wenn es mal wieder gerumst hat, muss ich mit ihr sprechen, denn die setzt ihre beiden Jungs heute noch regelmäßig auf den Pott!"

Wie er sich denn diese idealen Wunschkinder vorstellen müsse, wollte Kattenstroht wissen. Man hörte Ritzmann durch den Hörer grinsen: „Zwei große, bullige Jungs: Muskelpakete, so richtige Kleiderschränke. Ich weiß gar nicht, wie Mutter Lankers die satt kriegt. Man trägt vorzugsweise bei jeder Witterung Achselhemden und Shorts, goldene Ohrringe, Tattoos auf beiden Oberarmen und sonst wo. Die rennen immer rum und suchen jemanden, der sie verkloppt. Im Ernst: Bei den jungen Leuten hier heißen die nur die ‚Lanki-Brothers'. Die werden aber auch gerne vorgeschickt, wenn's darauf ankommt, auf einem Schützenfest im Nachbardorf das Bierzelt mal auf links zu ziehen. Es passt alles zusammen. Fehlt nur noch der Fernsehauftritt in einer Talkshow am frühen Nachmittag!"

Kattenstroht hörte nachdenklich zu und machte sich sparsam Notizen: „Gibt es bei unsern Lanki-Brothers denn so etwas wie kriminelle Energie oder ein kreatives Potenzial für größere Geschäfte?"

Ritzmann lachte laut los: „Um Gottes willen, die haben ihren Kopf nur dafür da, unseren Friseur vor Ort zu ernähren. Der muss ihnen immer die Schädel bis auf so 'n Käseschnittchen vorne kahlscheren, und dann wird das Büschelchen auch noch mit Gel hochstilisiert. Kriminelles Potenzial, nein, bestimmt nicht. Dafür sind die zu blöd. Natürlich ist bei ihrem Niveau nicht auszuschließen, dass sie gewissermaßen unter Anleitung kriminell werden. Ich hab die ein- bis zweimal im Jahr schuldbewusst und heulend vor mir sitzen und höre dann, dass sie wieder die eine oder andere Dummheit angestellt haben, weil der und die ihnen das doch gesagt hat. Das Bier gab's dann auch umsonst dazu. Entsprechend sieht das Register bei beiden aus." Der Dorfpolizist fasste zusammen: „Das sind Handlanger, auf dem Bau ebenso wie im täglichen Leben. Schlechter Geschmack ist kein Straftatbestand, aber ich habe ihnen prophezeit, dass sie einmal den dicken Fehler ihres Lebens machen werden. Und dann wird's finster."

Kommissar Kattenstroht bedankte sich, erbat aber dennoch einen kurzen schriftlichen Bericht mit Registerauszug und wandte sich dann den weiteren Eingängen zu. Schon nach einer halben Stunde wurde er bei Lektüre und eigenen Schreiben gestört, denn Beucking erschien, um einen ersten Bericht zu geben. Er hatte die Tachoscheiben mit einem fachlich versierten Kollegen besprochen, auf einem Farbkopierer vergrößert und Folien davon gebrannt: „Die Originale sind schon auf dem Kurierweg unterwegs nach Düsseldorf. Die werden aber kaum mehr sagen, als ich jetzt schon weiß." Gemeinsam gingen sie in den großen Besprechungsraum, um sich auf dem Overheadprojektor die Scheiben anzuschauen.

„Ich wundere mich sowieso, das bei einem derart kleinen Transporter schon vor 20 Jahren ein Fahrtenschreiber mit eingebaut wurde, denn der kommt doch kaum über 3,5 Tonnen, kann also noch mit dem alten Führerschein Klasse 3 gefahren werden, und überschreitet höchstens mit einem Anhänger das zulässige Gesamtgewicht. Wie dem auch sei, da muss ein Kontroll- oder ein Sicherheitsfreak aktiv gewesen sein. Immerhin war's ja gewerblicher Einsatz. Heute geht das ja alles per Stick und digital."

„Und was kann man jetzt schon sagen über die Transportaktivitäten der Firma Gebrüder Lankers?", wollte Kattenstroht wissen.

„Wir haben hier sechs verschiedene Fahrten dokumentiert, für die es sogar die Kilometerstände gibt. Diese Fahrten zeigen eine erstaunlich hohe Regelmäßigkeit: Sie werden pünktlich alle drei Wochen angesetzt. Am Freitagabend wird der Wagen am Einsatzort abgeholt und kurz bewegt. Er steht dann für einige Stunden. Gegen 23.00 Uhr fährt die Karre dann etwa 40 Kilometer mit einem recht unruhigen Fahrtbild. Vermutlich geht es über kleine Nebenstraßen und viele Kreuzungen, denn die Tour dauert merkwürdigerweise fast eine Stunde. Dann haben wir einen Halt von 30 bis 40 Minuten. Da passiert wahrscheinlich was in dunkler Nacht. Vielleicht wird eine Ware übernommen. Anschließend geht's in einer fast identischen Wegstrecke weiter. Jetzt kommt eine Pause von einigen Stunden. Vielleicht brauchen die

Fahrer Schlaf, das würde für diese zweite Fahrt eine Rückkehr an den Ausgangspunkt, also nach Stockhem bedeuten. Zwischen sieben und halb acht brechen unsere Fahrer wieder auf." Beucking wies mit einem dünnen Stift auf die Geschwindigkeitskurve: „Jetzt haben wir eine lange, sehr gleichmäßige Fahrt ohne Pausen. Ich tippe auf die Autobahn oder eine vergleichbare Schnellstraße. Vom Zeitaufwand her passt das: Es sind exakt 2,5 Stunden. Die Zacken am Rand zeigen uns, dass es sich um eine Strecke von etwa 160 Kilometern handelt. Die wird ziemlich linear abgefahren, denn man fährt kaum schneller als 80 Stundenkilometer. Wahrscheinlich ist der Wagen durch seine Ladung schwerer. Dann eine kurze Abfahrt, meinetwegen von der Autobahn, und man ist am Ziel. Jetzt wird der Transporter, so meine Theorie, entladen, denn er steht wieder, und diese Standzeit dauert zwischen einer Stunde und 90 Minuten. Wahrscheinlich machen die Fahrer eine Pause, essen vielleicht noch etwas. Dann erfolgen wieder 160 Kilometer, ich nenn das mal die ‚Rückfahrt', denn man kommt am frühen Nachmittag am Ausgangspunkt wieder an: Der Wagen wird abgegeben, denn er wird für den Rest des Tages nicht mehr bewegt, bis Ihr Zeuge, Herr Kollege, die Scheiben immer rechtzeitig am Samstagabend wieder einsammelt. Und das ist, wie Sie sagten, bei der Tankstelle der Genossenschaft in Stockhem. Ergo war es die Rückfahrt. Das Bild ist bei allen anderen Fahrten – bis auf Verschiebungen von wenigen Minuten – absolut identisch." Beucking legte nacheinander auch die anderen fünf Folien kurz auf und wies auf überwiegende Gemeinsamkeiten und geringfügige Unterschiede hin.

Kattenstroht betrachtete die Tachoscheibenbilder mit ihren vielfältigen Zacken und Linien: „Was denken Sie, Beucking?", fragte er.

„An sich ein klarer Fall." Der Polizist schob seine Folien zusammen. „Wenn die Umstände so sind, wie Sie sie mir vor meiner ersten Betrachtung erläutert haben, sind das Kurierfahrten. Da wird irgendeine heiße Ware transportiert. Der Ablauf ist auch eindeutig: Sie fahren am späten Abend los in eine ruhigere und verlassene Gegend zum Aufladen. Mag sein, dass es vor Ort irgendein Lager gibt; mag sein, dass ein zweiter Wagen aus anderer Richtung kommt, und sie laden um. Sie brauchen diese Zeit, auch um Tarnmaßnahmen zu organisieren. Sie fahren das Zeug, das sie transportieren, ja nicht offen, für jeden sichtbar, durch die Gegend. Hat der Transporter Fenster?"

Der Kommissar nickte: „Ja, in der oberen Hälfte der hinteren Tür befinden sich zwei größere Fensterscheiben. Ansonsten ist der Wagen unauffällig", stutzte Kattenstroht, „er hat komischerweise keine Werbebemalung. Die Karre ist völlig neutral."

„Also für solche Transaktionen glänzend geeignet!", bemerkte Beucking. „Dann stecken die nur noch irgendwo im Sichtschutz an einem Waldrand Nummernschilder um, und fertig ist die Lauge! Sie fahren am helllichten Tag, an einem Samstagmorgen los. Und ich behaupte, sie fahren in eine größere Stadt, denn ganz offensichtlich wollen sie nicht auffallen. Wo viel Verkehr ist, fällt ein solcher Lieferwagen weniger auf."

„Bleiben uns zwei wichtige Fragen: Um was geht es, woraus besteht die Konterbande? Zweitens: Wo ist das Ziel?" Kattenstroht wandte sich fast schon hilfesuchend zu einer Nordrhein-Westfalen-Karte, die an der Längswand des Besprechungsraumes hing. „160 Straßenkilometer rund um Stockhem: Da landen wir im Emsland, weiter geht's nach Ostwestfalen bis in die Warburger Börde, ins Hochsauerland, fast ins Bergische, an den Niederrhein und, natürlich, in die Niederlande." Mit einem Lineal hatte Kattenstroht versucht, einen Radius um Stockhem zu ziehen.

„Nun lassen Sie mal unsere freundlichen Nachbarn zufrieden. Die Holländer sind es auch nicht immer. Für Drogenschmuggel ist der Wagen aus meiner Sicht ungeeignet, weil zu groß. Andererseits gebe ich zu, dass es um eine ganze Wagenladung Drogen schon mehr als einen Toten gegeben hat. Hängt diese Geschichte mit dem Mordfall Flinker zusammen, machte das Sinn. Das wäre allerdings dann das dickste Ding, das wir in dieser Größenordnung bisher erlebt haben."

„Wie ist es mit Zigaretten? Tabakwaren könnten Sinn machen, weil die mehr Platz brauchen und in einem solchen Wagen auch unter einer anderen Pseudoladung gut versteckt werden könnten", warf der Kommissar ein.

„Zigaretten, ja, das klingt gut!", räumte Beucking ein. „Der Preisanstieg hinüber in die Niederlande ist aber nicht so, dass man von hier nach da noch einmal den besonderen Schnitt machen könnte. Die Zigaretten bleiben also im Land. Interessant ist der Schmuggelweg aus den osteuropäischen Staaten her zu uns. LKWs mit Tarnladungen. Man trifft sich an einsamen Orten. Das würde mit dem Umladen hier im Münsterland Sinn machen. Dann gingen die Transporte dieser Gebrüder Lanki wahrscheinlich von hier ins Rheinland."

„Dann ist das weitere Vorgehen auch klar: Wir stimmen uns sofort mit den Kollegen von der Zollfahndung ab und bitten um Amtshilfe. Die müssen alle Spürnasen in die Schlacht werfen, die sie haben, zweibeinige und vierbeinige." Kattenstroht bedankte sich bei Beucking für die Unterstützung und hängte sich für die nächste halbe Stunde ans Telefon. Die Kollegen der Zollfahndung hörten sich mit steigendem Interesse die Berichte des Kommissars über die mysteriösen Transporte der Gebrüder Lankers an und räumten ein, dass das alles doch sehr verdächtig klinge. Natürlich wurde fachliche Unterstützung direkt zugesagt, wobei die Zuständigkeit für etwaige Schmuggelpraktiken der Handlanger aus Stockhem bewusst außen vor blieb. Für den frühen Donnerstagmorgen konnte Kattenstroht einen Termin abstimmen, bei dem mindestens ein Zollhund den Sprinter der Stockhemer Genossenschaft kontrollieren sollte.

Dann galt es noch, in einem längeren Telefonat Henrich Beumer zu bewegen, unter Zurückstellung aller Bedenken und unter Vorspiegelung irgendwelcher Aufträge mit seinem geliebten Transporter zum Zollhof nach Münster zu kommen.

Als dies geschafft war, war auch Kattenstroht für diesen Tag ‚platt'. Zum Glück war er am Morgen mit dem Fahrrad zum Dienst gekommen. So konnte er an diesem schönen Abend den Rückweg nach Hause auch als körperliche Entspannung genießen. Vier große Portionen von Mario, dem freundlichen italienischen Eiskonditor, trugen dazu bei, das Familienklima im Hause Kattenstroht einigermaßen im Lot zu halten.

Kapitel 19

Um 7.30 Uhr fuhr Kattenstroht mit dem Fahrrad auf den Zollhof, wo schon reges Leben herrschte. Vor dem Verwaltungsgebäude stand der Transporter aus Stockhem. Sein Fahrer fühlte sich sichtlich unwohl. Beumer war im Wagen sitzen geblieben. Es hatte den Anschein, als wolle er gar nicht aussteigen. Er drehte die Seitenscheibe herunter, grüßte den Kommissar und drängte darauf, die Sache doch nun möglichst bald hinter sich zu bringen.

Der Ermittler bat ihn um etwas Geduld und stellte sich erst im Dienstgebäude bei seinem Kollegen Werres vor, der den Termin vorbereitet und die Spürhunde aufgeboten hatte. Gemeinsam gingen sie auf den Vorplatz, wo der Zöllner Henrich Beumer begrüßte und ihn offensichtlich auf freundliche Weise zu beruhigen versuchte. Aus einem Nebengebäude traten zwei Hundeführer in Zivil, die einen kleinen Schnauzer und einen Hovawart an der Leine führten. Beide Tiere zeigten sich in Anspannung und schienen sich auf ihren Einsatz zu freuen.

„Das ist unser berühmter Minor", stellte Werres den Hovawart und seinen Hundeführer Krass vor, „einer der erfolgreichsten Absolventen der Zollhundeschule Bleckede, im Frühjahr noch für seinen 500. Rauschgiftaufruf geehrt. Kollege Krass hat eine Ehrenurkunde bekommen, der Hund sein Leckerli." Als habe das Tier die Worte verstanden, nahm es gehorsam, aber doch gespannt an der Seite seines Herrn Platz. Werres stellte Kattenstroht seinen zweiten Kollegen vor, den Zollhauptsekretär Herden, der sich um den Hovawart Maximus zu kümmern hatte. „Die sind beide hoch spezialisiert!", erläuterte Werres. „Minor ist unser Fachhund für Rauschgifte und Drogen, Maximus ist einfach unübertroffen bei allem, was mit Tabak zu tun hat. Zwar würde jeder Hund einzeln beide Spurenbereiche wohl absuchen können, so ist es uns aber sicherer. Wir wollen mal sehen."

Zunächst hob Krass den kleineren Schnauzer auf die Ladefläche und ließ ihn von der Leine. Das lebhafte Tier bewegte sich flink und konzentriert über die Ladefläche und suchte die Ecken und Kanten des Transporters ab, stellte sich auch auf die Hinterbeine und schnupperte hinter den Ladeleisten. Dann stieg Krass auf die Ladefläche und hob den Hund hoch, so dass er bis in Reichhöhe seine Nase einsetzen konnte. Minor zeigte aber keinerlei Reaktion, hielt sich beim weiteren Hin-

und Herlaufen im Wageninnenraum an keiner Stelle länger auf, kratzte und jaulte nicht, sondern stand nach einigen Minuten schnuppernd und ratlos an der Ladekante, wo sein Herrchen ihn in Empfang nahm. Dann ging es rund um das Fahrzeug und in das Führerhaus, auch in die Halterung für den Reservereifen steckte das muntere Tier seine Nase. Schließlich kehrte der aufgeweckte Vierbeiner zu seinem Führer zurück und setzte sich ruhig an dessen Seite.

Werres schaute zu Krass. Der schüttelte den Kopf: „Tut mir leid, der Wagen ist derzeit clean, was Drogen betrifft. Jetzt wollen wir mal Maximus mit seiner Tabakleidenschaft sehen." Das Procedere begann erneut, aber auch der größere Hund, obwohl sehr eindrucksvoll in seiner Arbeit, zeigte keinerlei Erfolgsverhalten, wie es den Tieren in ihrer Fachschule über das Spiel mit den versteckten Bringseln beigebracht und im Alltag ständig trainiert wurde. Nach einer Viertelstunde war man fertig, Krass und Herden verabschiedeten sich mit ihren Vierbeinern und ließen einen ratlosen Kattenstroht zurück, der dem Sprinter der Genossenschaft aus dem Brinketal mit gemischten Gefühlen nachblickte. Werres verabschiedete sich: „Tut mir leid, Kollege Kattenstroht, es war einen Versuch wert. Dennoch sagt mir mein Gefühl, wenn ich an Ihren Bericht von gestern denke, dass an dieser Sache was dran ist. Bitte halten Sie uns auf dem Laufenden. Wir stehen natürlich jederzeit mit unseren Leuten und unserem kompletten Material zur Verfügung."

Gegen 8.30 Uhr traf Kattenstroht im Präsidium ein, wo ihn Mia Kunsleben mit einer unmissverständlichen Einladung des Polizeipräsidenten zum Bericht konfrontierte: „Der Chef war gestern etwas einsilbig über dein Fehlen. Deine Landlust wird an höherer Stelle nicht gerade geschätzt. Anstatt im Brinketal und in den Rodorper Bergen herumzustreifen, solltest du gefälligst die Fahndungsaufgaben zügig abarbeiten. Punkt 9.15 Uhr will er dich sehen!"

Termin und Ton verstimmten den Kommissar; er trommelte alle zurzeit anwesenden Kolleginnen und Kollegen zusammen und berichtete von der Spur, die sich am vorherigen Nachmittag durch den Fahrer der Genossenschaft aufgetan hatte. „Nach der ersten Analyse der Tachoscheiben bin ich zwar auch der Überzeugung, dass eine Schmuggelaktion dahintersteckt. Keiner weiß aber, ob die nun im Mordfall Flinker eine Rolle spielt." Schließlich berichtete er von der ergebnislosen Nachsuche durch die Zollhunde. Dann ging es reihum: Jeder Anwesende trug Neuigkeiten und Erkenntnisse aus seinem Kompetenzbereich vor. Das ging sehr schnell, denn es gab kaum etwas nennenswert Neues, womit man den Polizeipräsidenten hätte glücklich machen können.

Kattenstroht blickte ziemlich verbiestert in die Runde und meinte defätistisch, nun fehle ja nur noch, dass man von der Zeitung mit den großen Buchstaben gegrillt würde, dann wäre das Gendarmen-Glück mal wieder perfekt.

Das Telefon klingelte, und der Kommissar gab mit einer unwillig wie hastig wirkenden Geste Kathrin Eilers den Auftrag dranzugehen. Die nahm ab, grüßte kurz und hörte mit steigendem Interesse einer offensichtlich lauten und lebhaften Stimme zu. Dann ließ sie den Hörer etwas sinken: „Schücking", rief sie in den Raum, „Schücking ist dran: Die haben anscheinend die Mordwaffe gefunden."

Das wirkte wie ein Stromschlag auf die müde Truppe: „Augenblick!", rief Kattenstroht: „Leg das Gespräch auf den Großen Besprechungsraum, da haben wir eine Karte. Und dann das Ganze noch mal von vorne."

So schnell wie jetzt hatte die Kommission nur selten verlegt. Gemeinsam bauten sie sich vor der Kartenwand auf, das Telefon wurde auf die Lautsprecher umgeschaltet, und alle hörten gebannt dem Kreiskommissar zu, dessen Stimme etwas heiser und offensichtlich durch Windgeräusche nicht so gut zu vernehmen war:

„Wir haben seit gestern Morgen wieder 35 Kräfte im Einsatz und begonnen, die Wiesen südöstlich des Tatortes abzusuchen. Wir haben uns zuerst die Fläche bis zum Weg am Naturschutzgebiet vorgenommen, aber auch bis in die vernässten Flächen hineingeschaut. Längs des Weges sind wir dann bis zur Kreisstraße gekommen und haben auf etwa 300 Meter beidseitig die Gräben durchgekämmt, sowohl in Richtung auf das Dorf zu, als auch entgegengesetzt in Richtung Autobahn und Münster."

Kattenstroht hatte einen Zeigestock gegriffen und versuchte, an der Karte die Flächen zu identifizieren, die Schücking mit seinen Leuten abgesucht hatte. Der fuhr fort „Wir waren eigentlich schon auf dem Rückweg und haben die Wagen zur Brinkebrücke, nördlich an der Straße nach Münster, bestellt. Unsere jungen Leute stehen und sitzen da auf dem gemauerten Brückenbogen herum, da ruft auf einmal eine unserer Damen, ob wir denn alle keine Döppen im Kopf hätten? Tatsächlich hängt da ein rotes Eisen etwa sieben bis acht Meter von der Brücke entfernt im Ufergebüsch, und zwar so, dass die Spitze bis ins Wasser reicht. Der Täter muss von der Brücke her versucht haben, das Ding in einem weiten Bogen ins Flüsschen zu werfen. Das hat an dieser Stelle einen tiefen Kolk. Im Dunkeln hat das nicht geklappt, und das Eisen ist mit seinem oberen Ende im Gebüsch hängen geblieben. Es ist eindeutig das Ding, das wir auf den Bildern gesehen haben. Wie gehen wir jetzt weiter vor?"

Der Kommissar bat Mia Kunsleben, umgehend die Kriminaltechniker auf die Reise zu schicken. Schücking möge doch bitte mit Ritzmann vor Ort auf deren Eintreffen warten, um ein eventuell noch vorhandenes Spurenbild halbwegs zu sichern.

Dann schaute Kattenstroht in die Runde und schließlich auf die Uhr: „Schwein gehabt! Mal wieder richtig Schwein gehabt! Der Polizeischülerin können wir aber auch ein Eis ausgeben! Jetzt können wir dem Chef wenigstens von einem Fortschritt berichten." Er schnappte sich seine schmalen Akten und machte sich mit Kathrin Eilers auf den Weg ins Allerheiligste.

Der Chef der Polizei Münsters war nach anfänglicher Zurückhaltung am Ende einigermaßen optimistisch, dass man mit dem nun hoffentlich erfolgten Fund der Mordwaffe einen Schlüssel zur Aufklärung gefunden habe. Er riet aber auch, die Schmugglerspur wegen ihrer Quelle am Arbeitsplatz des Opfers unbedingt im Auge zu behalten. „Wir stecken den sechsten Tag in dieser Sache in Ermittlungen und sind noch nicht weit gekommen!", fasste er abschließend zusammen. „Wir haben erst jetzt wahrscheinlich den ersten glücklichen Fund", betonte Kattenstroht. „Glück ist bekanntlich die erste Feldherrengabe, soll Napoleon gesagt haben!"

Kaum hatte man das Chefzimmer verlassen, nahm der Kommissar in Kathrin Eilers' Beisein im Besprechungszimmer noch einmal mit Schücking Kontakt auf. Der saß immer noch an der Brinkebrücke fest, hatte aber noch einen Einsatzwagen hinzugerufen und wartete noch immer auf die Leute von der KTU. Gemeinsam besprachen sie denkbare Theorien über den Fundort der Mordwaffe.

Kattenstroht und Eilers versenkten sich dabei in die Stockhemer Flurkarte, während vor allem Ritzmann aus guter Kenntnis der Lokalitäten argumentieren konnte: „Wenn Sie meine Meinung denn hören wollen, macht das Ganze, vor allem dieser Fundort der Mordwaffe, nur unter bestimmten Voraussetzungen Sinn: Der Täter ist hier von Brüggemanns Büschken doch offensichtlich über den schmalen Weg am Naturschutzgebiet entlang in östlicher Richtung zur Landstraße nach Münster ausgewichen. Ist es vielleicht möglich, dass er in diese Richtung ausbüxte, weil der Veltbrügge mit seinem Auto aus Richtung Dorf über die Kreisstraße herangefahren kam und in den Weg zu Brüggemanns Busch einbog?"

Kathrin Eilers wurde lebhaft: „Der alte Baron hat von einem Moped oder Motorrad gesprochen, das möglicherweise unbeleuchtet unterwegs war. Der Mondschein mag für einen Fahrer ausgereicht haben, der ortskundig ist. Der kann dann seine Lampen ausgeschaltet lassen. Der Sterngucker, der wohnt ja hier im Nordwesten, hat von einem solchen Zweirad übrigens nichts gehört und gesehen. Unterstellt, bei beiden ist das Gehör in Ordnung, wäre das schlüssig, denn der Ansitz des Barons steht hier südlich des Weges schon im Naturschutzgebiet. Es wäre also denkbar, dass der Täter über den Patt nach Südosten fährt, zur Straße nach Münster!" Sie machte eine Pause: „Und möglicherweise ist er auch über diesen Weg gekommen."

„Er hat aus Sicherheitsgründen und um die Spuren zu verwischen nach der Tat den Spieß mitgenommen. Den hält er irgendwie auf seinem Gefährt fest und versaut sich und sein Zweirad dabei weiter. Das muss ein irres Spurenbild geben." Kattenstroht dachte jetzt laut nach: „Er kommt über den Pfad in langsamem Tempo zur Kreisstraße und fährt dann links in Richtung Münster und zur Autobahn. Jetzt kommt er zur Brinkebrücke. Kennt er den Kolk? Ja, ich glaube, er kennt den Kolk in der Brinke. Da will er die Tatwaffe versenken und wirft sie in einem hohen Bogen in die richtige Richtung. Es ist Mondschein, es gibt aber auch Schatten. Das Eisen platscht zwar noch mit der Spitze ins

Wasser, bleibt aber im Gebüsch hängen. Das nimmt der Täter nicht mehr wahr, und er fährt davon."

Der Kommissar schaute zu Kathrin Eilers, die zustimmend nickte und ihrerseits zusammenfasste: „So macht das Sinn! Wir suchen also einen körperlich kräftigen Mann, einen Moped- oder Motorradfahrer, der an dem Abend im Stockhemer Feld unterwegs war, der die Gegend offensichtlich einigermaßen gut kennt und der in einer Beziehung zu Johanna Flinker stand!"

Man beendete das Gespräch, und Kommissar und Assistentin kehrten an ihre Arbeitsplätze zurück. Etwa eine Viertelstunde später ging bei Kattenstroht das Telefon. Es meldete sich Betty, die in der Schule eine Freistunde hatte und über ein Geburtstagsgeschenk für die beste Freundin nachgedacht hatte. Einigermaßen wortreich schlug sie ihrem Mann vor, für Theresia und Jochen Stellmacher anspruchsvolle Konzertkarten zu kaufen, sich selbst aber nicht zu vergessen und sogleich zwei weitere Billets für denselben Termin in derselben Reihe zu erwerben. Sie habe gerade im Internet geforscht und festgestellt, dass es im Herbst im neuen Konzerthaus in Enschede Richard Wagner in breitester Form geben werde. In Essen werde im Kontrast dazu in der Philharmonie Georg Friedrich Händel mit seinen Ohrwürmern abgefeiert: Wassermusik und Feuerwerksmusik und dergleichen. Ob das nicht was für einen gemeinsamen Termin sei?

Der Kommissar hatte zunächst wie abwesend zugehört. In solchen Sachen hatte es wenig Wert, Betty zu widersprechen. Die hatte nämlich in ihrer Auswahl von Musik- und Theaterereignissen immer einen recht guten Griff, und der Kommissar konnte sich ihren Vorschlägen meistens bedingungslos anschließen. Während seine Frau weiter über die Vor- und Nachteile der Programme und Termine berichtete, fiel Kattenstrohts Blick wie beiläufig auf die Wandkarte, die den Landgerichtsbezirk Münster und seine angrenzenden Gebiete zeigte.

Fast abrupt beendete er das Gespräch und sagte nur: „Mach, was du willst, Betty, beide Ideen sind toll!", und legte den Hörer auf. Er umrundete mit fixiertem Blick auf die Karte seinen Schreibtisch und wäre dabei fast über einen Stuhl gefallen. Schließlich stand er vor dem Kartenblatt, nahm einzelne Regionen und Punkte ins Visier, schien im Kopf

Straßen und Entfernungen abzuschätzen und rief schließlich in einem ziemlichen Kasernenhofton über den Flur: „Kunsleben, Kathrin, alle mal herkommen!"

Die beiden Frauen kamen wie aufgescheucht angestürmt und sahen sich einem verdattert wirkenden Kattenstroht gegenüber, der gleich einen Schwall von Aufträgen für sie parat hatte: „Ich brauche sofort alle Mitteilungen des LKA aus dem letzten Herbst und Winter. Alle!" Die Büroleiterin, ganz perplex, drehte sich abrupt um und eilte in den Archivraum. Dann kam die Eilers dran: „Kathrin, du hast doch die Nummer vom Sterngucker. Raussuchen und gleich sofort eine Verbindung herstellen, Festnetz oder Handy, ganz egal. Beucking muss sofort kommen und soll Ternarde mitbringen, falls der nicht schon in Stockhem ist, sonst Fleck oder Kottmann. Dann bitte sofort Werres kontaktieren! Wir brauchen die Kollegen vom Zollkriminalamt. Ja, und dann die Bezirksregierung um Amtshilfe bitten, da gibt es auch eine Fachstelle für diesen Kram."

Es schien fast so, als ringe Kattenstroht nach Luft: „Und Henk natürlich, wir brauchen Henk van der Straaten."

Fast seufzend sackte er mit dem Allerwertesten auf seinen Schreibtisch und fasste sich mit beiden Händen an den Kopf: „Wir hatten 's vor der Nase, wir hatten's seit Montag vor der Nase! Was bin ich doch manchmal ein Trottel." Er schaute seine junge Assistentin fragend an: „Ist das etwa schon ein Altersproblem?"

„Was hatten wir vor der Nase?", fragte Kathrin Eilers, geradezu fassungslos angesichts des Aktivitätsausbruchs ihres Chefs.

Kattenstroht gab ihr die Antwort.

Kapitel 20

Sie trafen sich am frühen Nachmittag auf einem einsamen Waldweg in der Nähe des Pendlerparkplatzes an der Autobahn. Henrich Beumer war zunehmend nervöser geworden, und man hatte beim Telefonat lange gebraucht, einen Treffpunkt zu finden, wo der alte Mann sich sicher fühlen konnte. Noch länger hatte es gedauert, mit Blick auf die Karte die Anfahrt genau zu beschreiben, damit auch die Kollegen vom Zoll dorthin finden konnten. Drei Dienstwagen drängten sich auf dem schmalen Waldweg und machten Beumer, der mit seinem Transporter aus Stockhem herangebraust kam, die Zufahrt schwer. Fast hätte er in seiner Nervosität den Wagen in einen der Seitengräben gesteuert.

Dann ging es alles ganz schnell. Der dritte Hundeführer, den Kattenstroht nun kennen lernte, ließ einen munteren Jack-Russell-Terrier aus der Transportbox springen, und der Kommissar war hingerissen: „Wenn du ein Rüde wärst, wärst du was für meine Snoopy!", rief er im Spaß. „Ich wusste gar nicht, dass auch so kleine Hunde bei Ihnen Dienst tun!", wandte er sich an Werres.

Das sei eine gute Sache mit dem Einsatz kleinerer Hunde, meinte der. Nach einigen Jahren müssten die Spürhunde zur Ruhe gesetzt werden und würden dann meist in den Familien ihrer Führer weiterleben. Von daher sei ein Jack Russell wie die kleine Aysha hier eine gute Alternative, vor allem weil sie in jeden Karnickelbau kriechen könne und wegen ihrer geringen Größe natürlich keine Ausbildung als Schutzhund absolvieren müsse. „Zudem sieht sie so harmlos aus, dass selbst gewiefte Schmuggler ihr nichts zutrauen und nach dem Zugriff meist mehr oder minder entsetzt sind. Aber ein Schutz- oder Diensthund ist sie eben nicht."

Das könne er gut nachvollziehen, meinte Kattenstroht, denn wenn Snoopy auch mächtig die Zähne zeigen könne, bei einer tobenden Meute von Fußballfans der falschen Farbe würde sie keinen nachhaltigen Eindruck hinterlassen. Da sei ein Schäferhund doch aussagekräftiger.

Der kleine Terrier wurde auf die Ladefläche gesetzt und stöberte direkt los. Er schnupperte in alle Ecken, pustete in kleinere Öffnungen, wackelte mit seinem Schwanz und blieb hier und da ganz einfach kurz sitzen. Auch im Führerhaus stöberte die Hündin kurz herum, gab aber keinen Laut von sich und kratzte auch nirgendwo an Öffnungen, Türchen oder Klappen herum. Schließlich setzte sie sich demonstrativ wieder an die Seite ihres Führers, der das Tier belohnte, in seine Box krabbeln ließ und sofort wieder verstaute.

„Respekt! Sie hatten recht, Herr Kattenstroht!", ließ sich Werres vernehmen. Kathrin Eilers staunte nicht wenig: „Aber sie hat doch gar nichts gefunden! Jedenfalls hat sie nichts angezeigt. Oder habe ich etwas nicht mitgekriegt?"

„Aysha, verehrte Frau Kollegin, ist ein so genannter passiver Spürhund, wie wir ihn unauffällig auf Flughäfen und Bahnhöfen einsetzen können", erläuterte der Hundeführer: „Sie jault nicht, sie kratzt nicht, sie setzt sich nur hin." Und zu Kattenstroht gewandt: „Ihre Vermutung war zutreffend: In diesem Wagen ist noch vor kurzer Zeit in großer Menge heiße Ware transportiert worden."

Der Ortstermin mit dem kleinen Spürhund stand am Ende eines sehr ereignisreichen Vormittags. Kattenstroht hatte, nachdem ihm der Schlüssel zum Fall Flinker, wie es schien, scheinbar vor der Nase baumelte, einen gewaltigen Aktionismus entwickelt und sein ganzes Team an die Arbeit gekriegt. Die Telefone waren heiß gelaufen und die Informationen, die ziemlich prompt aus der Bezirksregierung, vom Zollkriminalamt und aus dem Landeskriminalamt in Düsseldorf nunmehr im Polizeipräsidium Münster einliefen, zeigten eine beachtliche Übereinstimmung. Es war denkbar, dass ein Motiv für die Gewalttat an Johanna Flinker von jenem unscheinbaren Transporter ausging, den Henrich Beumer so lange Zeit durch Stockhem, das Brinketal und die Rodorper Berge gesteuert hatte.

Kattenstroht schaute auf die Uhr: „Krieg mal raus, ob die Datei vom Sterngucker mit dem Foto schon bei uns in Münster aufgelaufen ist. Wir haben um 15.30 Uhr den Termin beim Experten. Muss eine merkwürdige Erscheinung sein, dieser Dr. Schwaf. Nur sagt die Behörde, dass er wohl einer der besten Fachleute für diesen Kram ist."

Kathrin Eilers telefonierte und berichtete anschließend, der Sterngucker habe zwar die Datei schon per Mail abgeschickt: „Wir könnten aber genauso gut, wenn wir wollten, eben bei ihm vorbeischauen. Er hat mit seinem besten Gerät einen Foto-Ausdruck gemacht. So können wir uns den Umweg übers Präsidium sparen!"

„Erfreulich, ganz erfreulich!", hatte Kattenstroht darauf geknurrt. „Jetzt haben wir endlich Bewegung im Karton."

Kaum eine Stunde später standen sie vor der Wohnung des Historikers Dr. Schwaf, der an der Ostseite der Promenade in Münster eine schöne Eigentumswohnung mit Blick ins Grüne sein Eigen nannte. Er war ein Mann von etwa 65 Jahren, mit schütterem Haar und einem kleinen Schnauzbart. Hinter einer feinen Goldrandbrille blickten klare blaue Augen. Von Haus aus sei er Historiker und Archivar, erklärte er den Polizeibeamten, habe aber daneben noch verschiedene Hobbys entwickelt, von denen eines mal der Fachbehörde aufgefallen sei. Ansonsten sei er musikalisch beim Hardrock zu Hause, und seine Schallplattensammlung aus den 1950er bis 1970er Jahren sei doch sein ganzer Stolz. Kathrin Eilers schaute sich flüchtig in der Wohnung um. Einfache schlichte Möbel in Naturholz korrespondierten mit Bildern an den Wänden, die meist in schmalen vergoldeten Leisten oder in blankem Messing gerahmt waren. Hier handelte es sich fast ausschließlich um alte Kupferstiche. Diese Erscheinung eines älteren Herrn im geschlossenen Anzug mit Schlips und Kragen innerhalb eines solchen Ambientes sollte zu Hardrock passen?

Dr. Schwaf setzte sich an seinen Schreibtisch und fragte nach dem genauen Problem, das die Polizei zu ihm geführt habe. Kathrin Eilers holte den großen Pappumschlag heraus, in den der Sterngucker sein Bild verpackt hatte, zog es hervor und reichte es über den Tisch an den Experten weiter. Der setzte seine Brille zurecht, griff aus einer Seitenschublade eine große Lupe und betrachtete das Bild sehr intensiv. „Klarer Fall: Eine Warimono-Bombe! Eine schöne Aufnahme im absolut richtigen Winkel haben Sie da. Selten so eine schöne Päonie gesehen, sogar mit einem Kirchturm unten drunter. Wie sind Sie denn daran gekommen?"

Kattenstroht berichtete kurz, dass es sich um eine Zufallsaufnahme eines Astronomen handele, die in einer Märznacht diesen Jahres entstanden sei und offensichtlich auf ein wildes Feuerwerk zurückgehe.

Dr. Schwaf wiegte leicht den Kopf: „Das wäre schon komisch. Eine Warimono-Bombe dieser Größe und Schönheit gehört in die Großfeuerwerke der Klasse IV. Da kommen Sie als Normalsterblicher gar nicht dran, und die darf auch nur von professionellen Pyrotechnikern gezündet werden."

„Entschuldigen Sie", wandte sich Kathrin Eilers an den Experten, „was ist eine Wari-was-Bombe, und warum sprechen Sie hier von einer Päonie? Eine Päonie ist doch eine Blume."

„Warimono, Warimono-Bombe. So heißen die Dinger. Im Welthandel auch ‚Japanese Style Shell' genannt. Und wenn Sie mal genau auf das Foto schauen, dann erinnert das Bild an eine Blüte, mutig gesagt, an eine Päonie oder Pfingstrose. Die Bombe wird so gebaut, dass die Funkensterne in einer geschlossenen Außenschale liegen, um eine so genannte Zerlegerladung aus Schwarzpulver. Man kann aber auch, und darum geht es hier in unserem Fall, mehrere Schichten verschiedenfarbiger Funkensterne konzentrisch um Zerlegerladungen anordnen, so dass bei den in Sekundenbruchteilen hintereinander ablaufenden Explosionen in der Höhe für Sekunden ein kompliziertes Feuergebilde in Form einer Blüte aufleuchtet. Da die Funkensterne eine sehr kurze Brenndauer haben, bleibt das Bild nur ganz kurz in dieser Form bestehen, bevor die Sterne durch die Schwerkraft nach unten fallen. Daher dieses wunderbare geschlossene Bild."

„Wie muss ich mir die Dinger in Größe und Form vorstellen?", wollte der Kommissar wissen.

„Großkalibrige Bomben des Warimono-Typs sind die klassischen Feuerwerkskörper in Japan und auch in China. Heute werden sie aus Kostengründen meist im Reich der Mitte zusammengebastelt, obwohl sie ihre Wurzeln in Japan haben. Man kann davon ausgehen, dass diese hochwertigen Kugelbomben ‚nach Japanbauart', das ist ihr Titel übersetzt, in der Regel einen Umfang von zwölf Zoll, also etwa 300 Millimetern haben. Ich habe Bilder davon da. Sie abzuschießen erfordert schon meisterliches Können, denn die Treibladung muss richtig sitzen. Wehe, die geht Ihnen im falschen Winkel aus dem Rohr. Dann ist in der Nähe der Teufel los. Die Warimonos explodieren ja sonst in einer Höhe von ungefähr 200 bis 300 Metern, was sicher ist. Darunter kann's heiß werden!"

„Sie erwähnten eben etwas von Feuerwerksklassen", hakte Kattenstroht nach und bat um weitere Aufklärung. Schwaf machte es kurz und knapp, verwies auf die Einteilung in vier Klassen, von denen die erste Kleinst-, also Tischfeuerwerke umfasse, die man spielerisch einsetzen könnte und die in einzelnen Fällen auch von Jugendlichen gekauft und abgebrannt werden dürften. Die Klasse II der Kleinfeuerwerke sei im Verkauf auf Erwachsene beschränkt und dürfe in Deutschland nur in einem Zeitraum von wenigen Tagen um Silvester eingesetzt werden. Die Klassen III und IV, also Mittel- und Großfeuerwerke, seien per Gesetz und Verordnungen ausschließlich professionellen Pyrotechnikern vorbehalten. Das werde sehr scharf kontrolliert. Ein Pyrotechniker, der wie im Falle des Märzfeuerwerkes über Stockhem ohne behördliche Anmeldung ein Höhenfeuerwerk starte, und sei es eben auch nur eine einzige Warimono-Bombe, gehe mit Sicherheit seiner Konzession verlustig. „Ich kenne viele Feuerwerker. Sie handeln schon im Interesse der eigenen Sicherheit in aller Regel sehr verantwortungsvoll." Schwaf machte eine kurze Pause und schaute wieder liebevoll auf das Foto aus Stockhem: „In gewisser Weise sind unsere Pyrotechniker ja echte Künstler."

Kathrin Eilers wollte dem nicht so unbedingt folgen: „Gestatten Sie mir, Herr Dr. Schwaf, dass ich diesem Krach nicht so ganz viel abgewinnen kann. Nun gut, einzelne Raketen mögen ja ganz schön aussehen, aber was da an Silvester bei uns in den Himmel geballert wird, das ist doch die reinste Vergeudung."

Damit kam die junge Beamtin bei Dr. Schwaf aber nicht durch: „Entschuldigen Sie bitte, verehrte Frau Eilers, Feuerwerke sind auch ein Stück Kulturgeschichte. Noch im 18. Jahrhundert hat jeder Artillerist, auch unser großer Baumeister Schlaun, die ‚Ernst-und Lust-Feuerwerkerey' betrieben. Er konnte sowohl mit Kanonen schießen, Sprengladungen bauen, Bombarden und Glocken gießen wie eben auch große Feuerwerke zu ausgesuchten Themen gestalten und abbrennen. Barockfeuerwerke sind was Himmlisches, im wahrsten Sinne des Wortes. Dazu kommt in höfischer Umgebung die Musik: Händel hat für seinen König in England eine solche Feuerwerksmusik geschrieben, die bis heute ein Klassiker ist."

Kattenstroht nickte: „Und eine Idee meiner Frau, dieser Musik in einem Konzert im Herbst zuzuhören, ließ bei mir heute Morgen den Groschen fallen!"

Dr. Schwaf wurde geradezu eifrig, geriet ins Schwärmen. Er stand auf und wies auf einen Kupferstich, der in herausgehobener Position an der Wand hing: „Das ist der Kupferstich eines Feuerwerks, das Schlaun 1736 für Paderborn entworfen hat. Verherrlicht wird der Bistumspatron Liborius, zugleich aber auch der Landesherr. Bodenfeuerwerk, Illuminationen und Höhenfeuerwerk haben den Park von Schloss Neuhaus für die Zeitgenossen in ein Lichterparadies verwandelt. Solche Installationen erzählen Märchen, sie glorifizieren, sie erstaunen bis heute. ‚Kunst ist das Letzte, was uns vom Paradies geblieben ist', hat der große Opernregisseur Everding mal gesagt. Vergessen Sie nicht, es gibt auch modern komponierte Feuerwerke. Böller und Heul-Kracher, das gebe ich zu, sind in der Tat keine Kunstwerke wie diese!" Geradezu stolz schaute Dr. Schwaf auf seine Bildersammlung, in der Kathrin Eilers nun eine Kollektion von historischen Feuerwerksansichten erkannte.

Dr. Schwaf geleitete die Polizeibeamten zur Tür. Eine Frage hatte Kattenstroht aber noch: „Wo haben solche Firmen ihren Sitz, und wie lagern die Pyrotechniker ihre Materialien? Ganz ungefährlich ist das doch nicht."

„Der Job ist wirklich nicht ungefährlich", bestätigte Dr. Schwaf. „Die Firmen, die sich mit Feuerwerkerei beschäftigen, müssen sichere Lager nachweisen. Die Aufsicht liegt bei der Bezirksregierung, die Ihnen ja den Tipp zu meiner Person gegeben hat, weil ich mich viele Jahre wissenschaftlich mit diesem speziellen Thema beschäftigt habe. In den letzten Jahren haben diese Unternehmen oft neue Betriebe in ehemaligen Kasernen eingerichtet. Konversion heißt das Zauberwort, liebe Frau Eilers, und so sind in vielen Munitionslagern an der Stelle der Waffen des Kalten Krieges die bunten Päonien und Chrysanthemen, die Trauerweiden, Kronen und Diademe getreten. Hana-Bi – Blumen aus Feuer – nennt sie der Japaner, und sie waren ihm zunächst eine religiöse Übung. Der große Philosoph Adorno hat mal gesagt, Feuerwerk sei die höchste Form der Kunst, weil sich das Bild im Moment seiner höchsten Vollendung dem Betrachter wieder entziehe ..."

Beucking zeigte sich etwas desorientiert, als er an diesem Freitagmorgen auf dem Weg zur großen Besprechung bei der Mordkommission bereits auf wichtige Teilnehmer stieß: Der Polizeipräsident, der Leitende Oberstaatsanwalt und Hauptkommissar Kattenstroht standen schwatzend in der Halle, als ob sie weitere Gäste erwarteten. Der Besprechungsraum füllte sich nur langsam, und Kathrin Eilers informierte den überraschten Chef der Kriminaltechnischen Untersuchungen, man erwarte hohe Gäste, die an der Diskussion teilnehmen sollten. Der Termin sei wegen der langen Anreise dieser ausländischen Fachleute auf 9.00 Uhr verschoben worden.

Tatsächlich erschien nach wenigen Minuten das Empfangskomitee aus der Halle in Begleitung dreier Herren, von denen zwei Uniformen der niederländischen Polizei trugen, während der Dritte mit einem hervorragend geschnittenen flotten Sommeranzug Eindruck hinterließ. Der Polizeipräsident ergriff das Wort und begrüßte in wohlgesetzten Formulierungen die Kollegen aus Zwolle. Der Reihe nach stellte er Henk van der Straaten, den Zivilisten, dann Paul van Wijk und Johan Stevening vor. Alle drei arbeiteten für die Polizei in der Provinz Overijssel und könnten möglicherweise im aktuellen Fall Flinker wichtige Beiträge leisten. Stellmacher ließ es sich nicht nehmen, einige Sätze in flüssigem Niederländisch abzulassen, und verschwieg auch nicht seine Mitwirkung in der Deutsch-Niederländischen Juristenkonferenz. Überhaupt war das Stichwort von der grenzüberschreitenden Zusammenarbeit in aller Munde.

Bald saß man in großer Runde um den Besprechungstisch, und während sich die uniformierten Polizisten um Laptop und Beamer kümmerten, die sie mit eigenen Daten fütterten, begann van der Straaten seinen Kurzvortrag. Der Niederländer sprach ein hervorragendes Deutsch mit jenem leichten Akzent, der seit den Auftritten holländischer Quizmaster in deutschen Fernsehprogrammen allgemein beliebt ist. Natürlich duzte er die ganze Mannschaft, den Präsidenten inklusive, und Kattenstroht erinnerte sich, dass man in den Niederlanden eine offene Diskussion als ein „Beine-auf-dem-Tisch-Gespräch" bezeichnete.

„Wir bedanken uns bei euch für die Einladung, besonders bei Klaus, der die Idee hatte. Wir sind so schnell gekommen, wie wir konnten, denn die Sache ist uns auch wichtig. Wenn wir gemeinsam mit euch hier im Münsterland das Feuerwerkproblem etwas besser in den Griff bekommen können, wäre uns das wertvoll." Er gab seinem Kollegen van Wijk einen kurzen Wink, und der ließ den Beamer mit einer Aufstellung aufleuchten.

„Eines unserer großen Probleme zu jedem Jahreswechsel ist, dass so viele Leute aus Spaß am Feuerwerk Missbrauch betreiben. Ich weiß nicht, ob es die Freude am Krach allein ist, die Rebellion gegen die Regierung oder die Sucht nach Freiheit, was uns Niederländern ja besonders liegt. Wir hatten beim vorletzten Jahreswechsel 1.100 Verwundete, einen oder zwei Tote mindestens, wir hatten 400 abgebrannte Autos, 22 beschädigte Schulen und Kindergärten, Hunderte von zerstörten Bushäuschen und ganz viel zerstörtes Stadtmobiliar. Allein die Feuerwehr Den Haags ist zu 800 Fahrten herausgefahren, und wir haben reichsweit von der Polizei 1.500 Personen verhaftet. Der Gesamtschaden in einer Nacht musste mindestens auf 47 Millionen Euro beziffert werden. Andere Schätzungen gehen noch viel höher."

Van Wijk ließ einige beeindruckende Bilder von Zerstörung und Beschädigung ablaufen. Dann fuhr van der Straaten fort: „Die Täter sind meist junge Leute. Sie machen Filme von ihren Explosionen per Video und stellen sie auch noch ins Internet. Besonders ist dabei, dass diese Leute an das große Feuerwerk herankommen, das für die Höhe bestimmt ist. Sie brennen das unter Brücken ab, in Hauseingängen, auf Spielplätzen, lassen Kinderhäuser explodieren und beschädigen ganz viele öffentliche Sachen. Wir haben in den letzten Jahren mehr als 600 Kinder und junge Leute mit bösen Augenverletzungen erlebt. Zudem haben wir den meisten Staub in der Luft in jedem Jahr beim Jahreswechsel: Die Concentratie im ganzen Land ist mehr als zwanzigmal höher als erlaubt. Haag und Groningen hatten einen absoluten Smog-Rekord, fast das Siebzigfache des nach Euro-Norm überhaupt Erlaubten. Natürlich versucht die Regierung, das ganze Treiben zu mildern, aber es ist politisch auch schwierig, wir Niederländer haben eine andere Haltung zum Staat als ihr." Auf der Leinwand erschienen Bilder einer brennenden Stadt: „Erst das Unglück von Enschede vom Jahr 2000 hat die Leute wachgemacht. Wir hatten 22 Tote, darunter vier Feuerwehrleute, fast 1.000 Verletzte, 400 Häuser mit 1.500 Wohnungen waren kaputt, 15 Straßen eingeäschert, und über 1.000 Menschen haben so ihre Heimat verloren. Das war ein kleines Lager, nur drei Container und ein Bunker mit 177 Tonnen Feuerwerk. Danach hat es eine große Diskussion gegeben bei uns. Die Bestimmung wurde strenger, und es gibt Bemühungen, Feuerwerk ganz zu verbieten. Die Täter weichen aber auf illegalen Handel aus. Jetzt kann Kollega Stevening dazu was sagen."

Der dritte Polizist räusperte sich und begann in einem ebenfalls recht guten Deutsch, die Hintergründe zu beleuchten. Nach Erkenntnissen der Niederländer komme das gesamte Material aus China und werde zum größten Teil auf der Messe in Nürnberg mit elf Millionen Kilo verhandelt. Man habe aber den dringenden Verdacht, dass es seitens der offiziellen Händler illegale Zusatzgeschäfte über mindestens eine Million Kilo gebe. Bereits in China würden wahrscheinlich die Feuerwerkskörper falsch etikettiert, so dass die Größenklasse nicht sofort erkennbar sei. Man müsse auch die Reeder in gewisser Weise umgehen, da die Feuerwerksladungen durchaus in der Lage seien, ganze Schiffe in die Luft zu jagen. „Wegen unser strenges Controlling kommen keine Ladungen mehr in unseren Häfen an, sie gehen jetzt nach Antwerpen oder nach Hamburg. Wir wissen, dass es etwa sieben oder acht kriminelle Organisationen gibt, die das alles machen und Millionen damit verdienen. Die holen dann die Container ab und laden die an der deutschen Grenze um. Vielleicht noch neu etikettieren und dann das Zeug in die Niederlande schmuggeln, das ist ihr Job. Einige haben Tarnfirmen in Belgien und Luxemburg offen gemacht, und die treten als legale Händler für diese Länder auf. In Wahrheit geht der ganze Krach in die Niederlande."

Auch Werres vom Zoll war erschienen und bestätigte aus seiner Sicht die Berichte der Niederländer im Großen und Ganzen: „Uns ist durch zufällige Funde von Feuerwerk, gewissermaßen als Beipack, klar, dass es diesen Schmuggel gibt. Wir haben bisher aber nicht die ganz großen Fische geschnappt. Auch wir wurden im Dezember durch eine interne Mitteilung der Bezirksregierung in Düsseldorf aufgeschreckt, die vor dem Transport der großen Kugelbomben der Klassen III und IV warnte." Er nahm einige Farbkopien zur Hand und ließ sie reihum gehen.

Die Bilder zeigten große runde Feuerwerkskörper, die nur mit beiden Händen bewegt werden konnten. Kathrin Eilers entzifferte eine der englischen Aufschriften und erinnerte sich an das Gespräch mit Dr. Schwaf vom Vortag: „Peony w Crackling Pistil“, las sie und sah das Bild einer explodierenden Pfingstrose vor sich, wie es der Sterngucker in der Höhe über Stockhem fotografiert hatte.

„Wir hatten aufgrund verdeckter Ermittlungen den gezielten Tipp bekommen, dass im letzten Herbst mindestens drei Container, also wahrscheinlich nur die Spitze eines Eisbergs, über Antwerpen nach Deutschland in unseren Beritt transportiert worden sind. Wir haben leider die Spur verloren. Der Schmuggel ist ein Millionengeschäft und geht das ganze Jahr über, um dann in nur einer Nacht seine Ergebnisse zu zeigen.“ Werres schaute von seinen Notizen auf: „Deshalb ist die Spur, die Kollege Kattenstroht aufgetan hat, sehr bedeutsam. Dank unserer Sprengstoffhündin Aysha konnten wir gestern eindeutig feststellen, dass in dem Wagen der Genossenschaft Brinkeland in größerer Menge – und wohl über einen längeren Zeitraum – Sprengstoff transportiert worden ist. Die Reaktionen des Tieres waren eindeutig. Schauen wir uns die Daten der Tachoscheiben an, die Kollege Beucking und seine Leute analysiert haben, dann ist für mich relativ eindeutig, dass diese Kuriere, diese Gebrüder Lankers, Feuerwerk in die Niederlande geschmuggelt haben. Es passt alles zusammen.“

„Wir müssen den Jungs sogar dankbar sein“, ergänzte Kattenstroht, „dass sie ausgerechnet in einer Märznacht, als der Sterngucker fotografierte, eine Kugelbombe über Stockhem im richtigen Winkel abgeschossen haben, denn dadurch sind wir auf die Idee mit dem Feuerwerk gekommen. Nun sind die ja auch so blöd und schießen in der Fastenzeit vor Ostern Feuerwerk ab. In der Silvesternacht wäre es gar nicht groß aufgefallen.“ Der Kommissar schaute in die Runde: „Das Urteil des Kollegen Ritzmann, der die Leute vor Ort genau kennt, geht nun dahin, dass die Gebrüder Lankers nur Handlanger sind. Das sind nicht die Organisatoren, eben nur die Kuriere. Deshalb habe ich gestern Abend auf eine Einvernahme oder gar Verhaftung verzichtet. Ich wollte diese Runde noch abwarten. Wir werden uns gleich im kleineren Rahmen abstimmen, wie wir mit denen weiter vorgehen.“ Er wandte sich an van der Straaten: „Sag mal bitte, Henk, habt ihr denn auf eurer Seite eine Vorstellung von den Hintermännern?"

Der Niederländer bemühte sich um eine vorsichtige Aussage: „Wir haben etwa fünfzehn Großimporteure von Feuerwerk in den Niederlanden, von denen einige wahrscheinlich bei illegalen Geschäften mitmachen. Das kannst du aber ganz schwer nachweisen. Wir haben das Gefühl, dass die das Land in Regionen für ihre Geschäfte aufgeteilt haben. Bei uns in Overijssel gibt es zwei Leute, die wir in Verdacht haben. Es gibt Tipps, die zu diesen Männern führen, aber wir kriegen die Verbindungen bis jetzt nicht hin. Die kleinen Schmuggler und Händler, die wir greifen, die Opfer, die wir befragen können, die sagen nicht, von wem sie das Zeug haben. Wir haben aber einen kleinen Dealer geschnappt, der große Kracher vor einer Schule verkauft hat. Der gab uns den Tipp auf einen Mann. Aber dem konnten wir nichts nachweisen. Wir sind nicht weitergekommen. Wir kennen nicht sicher die Chefs, wir kennen nicht die Lager und auch nicht die Straßen, wo sie fahren."

Kathrin Eilers erinnerte an den Hinweis von Dr. Schwaf, es gebe eine ganze Reihe von alten Munitionslagern früherer Nato-Truppen, die man ganz offen mieten könne. „Dreistigkeit kommt bekanntlich oft ans Ziel. Es sollte mich wirklich nicht wundern, wenn diesen Leuten die eigene Sicherheit was wert ist und sie auf technisch ordentliche Lagermöglichkeiten zurückgreifen."

Van der Straaten wandte sich an van Wijk: „Paul, zeig doch mal die Bilder von den beiden Verdächtigen." Auf der Leinwand erschien eine Straßenszene vor einem Bürohaus. Rasch folgten verschiedene Bilder, die offensichtlich mit einem Teleobjektiv aufgenommen worden waren. Ein Mann mittleren Alters mit fülliger Figur erschien auf einer Treppe, bestieg ein Auto und fuhr davon. „Das ist einer der Großhändler, den wir unter Verdacht haben, dem wir aber bisher nichts beweisen können." Dann erschien eine Serie von Aufnahmen von einem typisch holländischen Straßencafé. An kleinen runden Tischen waren zahlreiche Gäste in Korbsesseln zu sehen, die die Flaneure beobachteten, Zeitung lasen, einen Kaffee tranken oder miteinander sprachen. „Dieser jüngere Mann hier ist nach unserer Meinung einer der wichtigen Zwischenhändler!", meinte van der Straaten. In rascher Folge kamen verschiedene Aufnahmen. „Der hatte hier ein Meeting mit Freunden. Nachweise sind nicht möglich, und unseren Tippgeber müssen wir schützen. Wir haben die Firma beobachtet, das ist ein Händler mit Reklamekram. Alles ist clean. Das Internet und das Mobiltelefon machen das Spurenverwischen leicht. Und in das Lager dürfen wir so nicht eindringen."

In der Runde setzte Schweigen ein. Man war offensichtlich zum Ende gekommen, und der Wissensbedarf war gestillt. Der Polizeipräsident wollte schon die Besprechung beschließen und die Gäste zu einer Abschiedserfrischung in sein Büro bitten, als sich der sonst so stille Austrup meldete. Ob er die letzten Bilder aus dem Café noch einmal sehen könne. Van Wijk nickte und setzte die Dia-Show wieder in Gang. Es waren etwa ein Dutzend Bilder, die den niederländischen Verdächtigen im Gespräch mit zwei weiteren Männern zeigten.

Austrup stand auf, stellte sich nahe zur Leinwand, beugte sich ein wenig vor, als wolle er etwas Bestimmtes genauer in Augenschein nehmen, und wandte sich dann wieder der Runde zu: „Der Mann hier rechts, der ist zwar nur aus einem ganz unglücklichen Winkel, fast von hinten fotografiert, aber ich wette meine Holzschuhe darauf, dass wir den kennen. Pötter, schau doch mal hin!"

Pötter schaute hin, und auch Kattenstroht fiel es wie Schuppen von den Augen.

Die Gäste aus den Niederlanden wurden vom Präsidenten, Stellmacher und Kattenstroht in der Halle freundlich verabschiedet. Dann wollten Staatsanwalt und Kommissar zügig in den Besprechungsraum zurückeilen, stießen aber noch an der Treppe mit Frau Prof. Dr. Schulze Natrup zusammen, die einen Ordner unter dem Arm trug und Bericht erstatten wollte: „Ich war gerade in Richtung Schloss zur Uni-Verwaltung unterwegs und hab mir gedacht, dass unsere Ergebnisse von der Untersuchung des Eisens aus der Brinke Sie interessieren werden. Wegen der Kirmes finde ich eh keinen Parkplatz vor dem Schloss." Herzlich wurde die junge Wissenschaftlerin im „Kreise der Zöllner und Sünder", wie Kattenstroht sich ausdrückte, begrüßt.

Der ließ aber erst den Besuch der Niederländer noch einmal Revue passieren: „Freuen wir uns, dass die Zusammenarbeit heute diesen Standard hat. Zum Glück gibt es Vereinbarungen für alle möglichen Verfahren. Die Holländer waren enorm dankbar für die Einsätze, die die deutschen Feuerwehren und Hilfswerke beim Enschede-Feuerwerk-Desaster damals gefahren haben. Noch einige Jahre zuvor wäre vieles gar nicht möglich gewesen. So passten zum Beispiel die Schläuche der niederländischen und deutschen Feuerwehren wegen unterschiedlicher Kupplungen nicht zusammen. Heute hat jedes Feuerwehrauto im Grenzbereich hüben wie drüben eigens gebaute Schlauchkupplungen als Adapter. Ein zuständiger Abteilungsleiter der Bezirksregierung Münster wurde kürzlich auch aus diesem Grund zum Ehrenbürger der Provinz Overijssel ernannt. Das wäre früher bei den vielen vorherrschenden Empfindlichkeiten undenkbar gewesen."

Er hielt kurz inne. Und nun seien es ja wohl auch die Fotos der niederländischen Kollegen, fuhr er dann fort, die eine Verbindung zwischen dem Feuerwerksschmuggel mit dem Wagen der Genossenschaft Brinkeland und der Ermordung der Johanna Flinker einerseits und dem Kaufmann Lambert Füchten und seiner Firma in Münster andererseits ermögliche. „Wir haben jetzt eigentlich alle Kräfte am Tisch. Versuchen wir doch einmal, den gesamten Kenntnisstand zusammenzufassen", forderte Kattenstroht seine Mannschaft auf. „Ich selbst mache mal den Anfang: Da sind die Kaufleute Füchten und sein Kompagnon Erdmann in Münster. Die betreiben Außenhandel mit China und stoßen eines Tages auf die Feuerwerksgeschäfte und ihre Möglichkeiten. Sie kennen, wahrscheinlich von Messen, seriös wirkende Kollegen oder unseriöses Gelichter aus den Niederlanden, die alle eine illegale und gewinnbringende Zusammenarbeit suchen. Die Firma F & E geht also hin und kauft auf dem chinesischen Markt das Zeug ein, übernimmt es vielleicht nur als Beipack und lässt es über den Seeweg nach Europa transportieren. Zielhafen ist wahrscheinlich Hamburg. Denn da kommt, wenn ich vor ein paar Tagen die Kollegen Austrup und Pötter richtig verstanden habe, die Ware dieser Firma im Freihafen an. Das Zeug ist wahrscheinlich hinter Tausenden von Nikoläusen und Adventslaternen versteckt."

Mia Kunsleben, die eifrig Notizen gemacht hatte, fuhr fort: „Da der Sprinter der Genossenschaft nur begrenzt Platz hat, müssen die den Container oder die heiße Ware irgendwo lagern. Aus diesem Lager, von dem wir wissen, dass es etwa 40 Straßenkilometer von Stockhem entfernt liegt, holen die Gebrüder Lankers, doch wohl im Auftrag von F & E, nachts die Ware ab und transportieren sie am Folgetag, einem Samstag, in Richtung Niederlande ab. Sie benutzen die Route über die Bundesstraße 70 und über Gronau, weil am Samstag alle Welt nach Enschede zum Markt fährt und ein neutraler Transporter dann nicht auffällt. Bei oder in Zwolle wird verdeckt ausgeladen, und die Lankers fahren nach einer Pause zurück. Wahrscheinlich benutzen sie auch noch gefälschte Nummernschilder."

„Heißt also, dass wir das Lager finden müssen!", ergänzte Stellmacher. „Der Hinweis auf die Konversionsgelände der Bundeswehr oder der alliierten Truppen ist wichtig. Wenn noch nicht geschehen, sollten wir mit dem Bundesvermögen reden und versuchen herauszukriegen, was da in Frage kommt!"

Jetzt konnte Kathrin Eilers ordentlich auftrumpfen: „Das Bundesvermögen gibt es nicht mehr, das heißt heute ‚Bundesanstalt für Immobilienaufgaben', und die arbeiten wieder eng zusammen mit dem NRW-Ministerium für Bauen und Verkehr, das die Konversionsflächen anbietet. Wir haben noch gestern eine Anfrage herausgegeben, ob es für frühere Bunkeranlagen beziehungsweise Munitionsdepots Mieter oder Käufer gibt. Oft hat man aus Kasernengeländen kleinere oder größere Industriegebiete gemacht und Baulichkeiten gewissermaßen in Tranchen vermietet oder verkauft. Als ihr eben die Holländer verabschiedet habt, habe ich sofort nachgefragt, ob es einen Kauf- oder Mietvertrag mit einer Firma F & E International oder unter einem Namen dieser Herren gibt. Ich erwarte jeden Augenblick ein Ergebnis."

Kattenstroht übernahm wieder die Regie: „Wenn ich die Sache richtig sehe, ist durch den Ärger mit dem alten Henrich Beumer die Johanna Flinker aufmerksam geworden. Ich unterstelle mal, dass sie den Gebrüdern Lankers den Wagen nicht mehr geben wollte, wegen dieser offenkundig unseriösen Geschäfte. Die melden dieses Fahrverbot an ihre inoffiziellen Chefs, den Lambert Füchten und seinen Freund Erdmann. Ich wage die Behauptung, dass die Flinker die Verbindung zwischen den Lankers, die ja für sie die eigentlichen Nutzer des Sprinters waren, zu ihrem Tanzstundenfreund Füchten gar nicht kannte. Auf dem Ball am letzten Freitag treffen sich die meisten Beteiligten: Die Flinker, ihr aktueller Verlobter Veltbrügge, ihr früherer Verlobter von Wolberg und eben ihr vormaliger Tanzpartner Füchten. Der bekommt im Laufe des Abends durch einen dummen Zufall mit, dass Johanna und Bernd sich im Grünen treffen wollen." Der Kommissar biss sich auf die Lippen: „Mist! Der Weg! Wie kriegt er das mit dem Weg hin?"

Stille im Raum. Erst nach einer längeren Verlegenheitspause meldete sich der stille Pötter: „Herr Kattenstroht, wenn ich mal darf, ich hab bis jetzt nicht dran gedacht, dass es wichtig sein könnte, aber bei unserem Bericht am Montag war das alles so eilig. Der Füchten fährt Motorrad. In seinem Büro hingen Bilder von ihm selbst auf verschiedenen Maschinen, und unten vor der Tür stand eine Harley-Davidson, Typ ‚Fat Boy', 1,5 Liter, in Nachtblau."

Absolutes Schweigen im Saal. Pötter schaute sich unsicher um. Kattenstroht guckte fast schmerzerfüllt in die Runde. „Was ist nur mit uns los? Warum sind wir diesmal so schlecht? Ist es das Wetter? Der fette Vollmond? Oder weil der Mord am Wochenende begangen wurde? Sind wir zu viel zu Hofe gegangen? Haben wir zu wenige Stoßgebete zum Himmel geschickt?" Und nach mehrmaligem Luftholen setzte er nicht ohne Erstaunen hinzu: „Danke, Kollege Pötter! Das war das missing link, das fehlende Glied in der Kette! Ein Rätsel aber müssen Sie bei Gelegenheit aufklären: Woher wissen Sie eigentlich, was ein ‚Fat Boy' ist?"

Der Kommissar ging zur Flurkarte: „Meine Theorie: Füchten kriegt was von diesem Rendezvous mit und fährt mit seinem Motorrad voraus. Er ist eher da, empfängt die Frau. Ich behaupte mal, er will nur mit ihr reden, weil es ihn bedrängt. Denn wenn die Lankers fallen, dann fällt auch er. Man gerät in Streit. Man wird handgreiflich. Er geht mit der Zufallswaffe auf sie los. Das Ergebnis kennen wir. Jetzt flieht er. Er benutzt dazu den schmalen Weg am Naturschutzgebiet entlang. Das Licht lässt er aus, und der Mond hilft ihm. Er kommt zur Straße und will nach 300 Metern das Eisen loswerden. Er wirft es in den Brinkekolk, den er ja auch von Kindesbeinen an kennt. Er fährt davon. – Zwei Dinge müssen wir noch klären: Kollege Austrup, wir müssen erstens den Telefonspeicher der Genossenschaft überprüfen; die werden einen haben. Es wird Anrufe gegeben haben zu den Lankers und möglicherweise eingehende Telefonate von Füchten. Den Erdmann lassen wir erst mal weg. Zweitens müssen wir klären, wo der wahrscheinlich blutverschmierte Anzug geblieben ist. Es müssen Spuren über Spuren da sein, auf der Harley, im Futter seiner Lederjacke, die er doch sicher getragen hat, am Helm!" Kattenstroht nickte befriedigt der jungen Professorin zu: „Ihr Part, Frau Dr. Schulze Natrup!"

Die junge Frau schaute sich zunächst unsicher um, denn der Wechsel auf sie kam etwas abrupt: „Ja gut, dann mache ich mal weiter. Wir haben das Eisenteil gestern Mittag bekommen und haben es intensiv untersucht. So viel ist klar: Das ist in jedem Fall die Mordwaffe. Wir haben Glück, dass der Täter sie nicht völlig ins Wasser bekommen und die Suchaktion des Kollegen Schücking sie auch deshalb so schnell ans Licht gebracht hat. Zwei Befunde schon jetzt: Obwohl die Waffenspitze im Wasser hing, waren noch Blutspuren am Schaft, die eindeutig Johanna Flinker zuzuordnen sind. Ein weiteres Ergebnis: Die auch jetzt noch an dem Eisen haftenden Bodenpartikel sind dem Erdreich im Waldkindergarten im Umfeld des WC-Häuschens zuzuweisen. Genau solche Partikel waren ja auch in den Wundkanälen der Ermordeten zu finden. Ein Drittes dann zu Ihrer aller Kenntnis: Wir haben DNA-Spuren an dem Quereisen gefunden, die wir mit einiger Wahrscheinlichkeit einem Täter zuweisen können. Dazu müssen wir natürlich noch mit dem Schlosser, der das Ding gebastelt hat, und den Kindergärtnerinnen, die es aufgestellt haben, wegen einiger Vergleichsproben sprechen. Wenn Ihre Theorien greifen, lieber Herr Kattenstroht, und Sie einen Verdächtigen fassen können, ist die Möglichkeit des DNA-Abgleichs also gegeben."

Während des Vortrages hatte es leise an der Tür geklopft, und eine Hilfskraft hatte Mia Kunsleben wortlos eine schriftliche Nachricht auf den Tisch gelegt, die sie stirnrunzelnd gelesen hatte. Dann schaute sie, nachdem Dr. Schulze Natrup geendet hatte, mit ernstem Blick auf den Kommissar: „Wir sind nicht schlecht, Sie sind vielleicht etwas verspätet beim Fallenlassen von Groschen!" Sachte wedelte die Büroleiterin mit dem Papier: „Hier bitte die offizielle Nachricht, dass die Firma ‚Füchten & Erdmann International' östlich von Münster hinter Telgte in einem früheren versteckten Depot der Bundeswehr eine Gruppe von früheren Munitionsbunkern und eine Halle mit Büro fest angemietet hat. Sogar mit Vorkaufsrecht. – Wie gesagt, Herr Kommissar, wir sind gut; diesmal hat es vielleicht etwas länger gedauert!"

Kattenstroht machte jetzt einen aufgeräumten Eindruck. In alter Manier sprudelte er wieder seine Hinweise heraus: „Jetzt bist du dran, Jochen: Wir können zwar nach § 102 Strafprozessordnung direkt zugreifen, aber mir wäre es lieber, wir hätten deinen und den offiziellen Segen des Gerichtes; den übrigens bitte schriftlich: Durchsuchung also bei der Firma in Münster, in ihrem Lager und bitte auch bei den Lankers. Vorläufige Festnahme und Vernehmung."

Stellmacher schaute auf seine Uhr: „Es ist jetzt kurz nach elf Uhr. Wir sollten jetzt nichts überstürzen. Am besten schicken wir einige Zivilfahnder raus, die den Betrieb in Münster und das Lager da auf der Heide vorsichtig observieren. Der Kollege Dorfpolizist in Stockhem soll mal unauffällig rauskriegen, wo die Gebrüder Lankers arbeiten. Umgehend bitte die Personalreserven bilden und zeitgleich die Durchsuchungen ansetzen. Ich spreche schon mal mit dem zuständigen Richter. Den Zugriff sollten wir aber erst wagen, wenn auch van der Straaten wieder in Zwolle ist und tunlichst eine Chance bekommt, den Counterpart in Holland zu packen. Wäre doch schade, wenn uns jetzt noch einer dieser Vögel entwischen würde." Der Staatsanwalt betrachtete noch einmal nachdenklich seine Uhr: „Vor 14.30 Uhr dürften wir das kaum packen. Bis dahin ist aber noch genug zu tun."

Die resolute Mia Kunsleben griff zur Liste und verteilte die Aufgaben. Kattenstroht hörte gelassen, fast entspannt zu. Er war sich seiner Sache nunmehr sehr sicher. An den verschiedenen Arbeitsplätzen setzte ein lebhaftes Treiben ein. Es wurde telefoniert, gefaxt, gemailt. Nach etwa zwei Stunden stand das Szenario, hatte die Münsteraner Polizei ihre Kräfte aufgestellt und waren die Netze geknüpft, in denen sich der Mörder der Johanna Flinker verheddern sollte.

Kurz vor 13.00 Uhr gingen Kattenstroht und Eilers in die Kantine. Man wollte vor dem Aufbruch noch ein wenig zu sich nehmen, auch wenn die Aufregung schon zu wirken begann und den Appetit ein wenig verdrängte. Kopfschüttelnd stand der traditionsbewusste Kommissar an der Ausgabe und studierte die ausgehängte Speisenkarte: „Wieder alles zur Unzeit! Das kapiert dieser Kantinenkoch auch nie. Zu Weihnachten hatten wir Erdbeeren, im März Spargel und jetzt das!“ Er wies dramatisch auf die Theke, wo Kathrin Eilers gerade mit steigendem Appetit frische Kartoffelplätzchen mit Schwarzbrot und Apfelmus entdeckt hatte. Sie verstand die Aufregung nicht: „Das sieht doch ganz gut aus!“

„Meine Liebe, wenn du und die Deinen in Lahsum auch alles über Bord werfen, was über Jahrhunderte üblich war – bitte sehr! Bei mir gibt es Kartoffelplätzchen erst mit dem 29. Juni: Frische Peter-und Pauls-Kartoffeln, angerichtet mit Sünte-Jans-Sieppeln. Johanni war am Montag. Da haben wir, wenn du dich erinnerst, zum letzten Mal Spargel gegessen. Da kamen also die jungen Zwiebeln. Morgen, morgen ist Peter und Paul, der 29. Juni: Dann kommen im Münsterland pünktlich die ersten Frühkartoffeln auf den Tisch. Was sollen wir mit Kartoffelplätzchen mit Stärkeknollen aus Spanien oder Italien?“

Also sprach Kattenstroht und erstand leicht verkniffen aus dem Kühlregal ein Töpfchen Joghurt. Als er gerade den Deckel entfernt hatte und zu löffeln beginnen wollte, läutete das Handy des Kommissars. Nur wenige Augenblicke später saßen er und seine Assistentin im Wagen und preschten mit hohem Tempo in östlicher Richtung aus Münster heraus.

Kapitel 23

Den Stalldienst im Lagezentrum mit seinen sechs Kommunikationsplätzen hatte man dem umsichtigen Austrup anvertraut, der unter Mithilfe von vier technisch versierten Fachkollegen und dem ruhigen Beistand von Pötter die Aktion mit ihren mindestens vier Einsatzorten überwachen und die Kommunikationsstränge miteinander verknüpfen sollte. Der Präsident und auch Stellmacher wollten den Einsatz ab 14.30 Uhr im Lagezentrum mit verfolgen. Mittlerweile waren Beobachtungswagen herausgefahren, und Einsatzkräfte in Zivil hatten sich in die Nähe des F & E-Büros am Hafen begeben. Der Stockhemer Dorfpolizist Ritzmann hatte eine Baustelle in Rodorp aufgespürt, wo seine Spezialfreunde, die Gebrüder Lankers, eifrig und offensichtlich arglos werkten. Henk van der Straaten hatte man im Auto auf dem Heimweg nach Zwolle erreicht und ihm von dem ehemaligen Munitionslager berichtet. Er hatte seinerseits die Kollegen in Zwolle verständigt, um auf ein Signal aus Münster hin nach einer erfolgreichen Sicherung jenes Lagers auf der deutschen Seite sofort auch in den Niederlanden aktiv werden zu können. Er fuhr in seinem Dienstwagen zügig zurück, um bei dem Showdown daheim auf jeden Fall dabei zu sein.

Um 13.03 Uhr hatte ein Anruf aus der Beobachtungsgruppe am ehemaligen Munitionsdepot den Lageraum erreicht. Man habe bisher nur eine Person auf dem Gelände geortet, und dieser Mann sei offensichtlich im Aufbruch begriffen. Wie die zuständigen Beamten aus einem nahen Gebüsch beobachteten, ging der Mitarbeiter von F & E noch einmal die in zwei Reihen angeordneten Bunker nach, kontrollierte die Türen, verschwand dann im Lagerbüro an der Halle, um kurz darauf mit Jacke und Aktentasche zu erscheinen. Offensichtlich hatte der Mann vor, Feierabend zu machen, denn er verabschiedete sich in der Nähe des Tores freundlich von zwei lebhaften Schäferhunden, die wohl als Sicherung zurückbleiben sollten und frei auf dem Gelände herumlaufen durften.

Der Einsatzleiter vor Ort, Richard Gertzmann vom Sondereinsatzkommando, wurde informiert und sah sich unter dem Druck, eine gute Gelegenheit zu verpassen. Also entschied er sich, viel früher als geplant zuzugreifen, auch um die erkennbare Schlüsselgewalt für die Bunker zu nutzen. Da man in der entstehenden Eile nicht alle Kräfte zusammenbekam, musste es der Einsatzleiter zulassen, dass der Schlüsselbewahrer des Lagers das Haupttor sicherte. Offensichtlich wurde auch eine Alarmanlage geschaltet. Dann rollte der kleine Corsa des etwa 40-jährigen Mannes durch die beidseitig von Büschen bestandene Ausfahrt; er gelangte aber nicht einen Meter mehr auf die breitere Straße, denn von zwei Seiten schoben sich aus dem Nichts schwere Limousinen vor, die den Kleinwagen in ihre Mitte nahmen, während zu gleicher Zeit vier Mitarbeiter von beiden Seiten aus den Büschen sprangen, beide Türen des Wagens öffneten und den Fahrer recht entschieden ins Freie nötigten.

Der Mann war zutiefst erschreckt, als er sich dieser Attacke gegenübersah. Die Sicherung der Zielperson erfolgte recht schnell, dabei wurde vor allem auf die so notwendige Unterbrechung von Kommunikationssträngen geachtet: Sein Handy wurde sofort eingesackt. Eine Waffe trug der Mann nicht bei sich. Man führte den völlig Verdatterten zum Einsatzleitwagen, der etwa 200 Meter weiter in einer Waldeinfahrt stand, und setzte ihn Gertzmann gegenüber, der sich erst einmal vergewisserte, dass kein weiterer Mitarbeiter von F & E International mehr auf dem Gelände war. Dann informierte er Kattenstroht, das Lager und der Mann seien gesichert, zwar 90 Minuten früher als geplant, man habe aber die volle Schlüsselgewalt und kontrolliere jede Kommunikation nach außen.

Diese Chance der unmittelbaren Inaugenscheinnahme wollte sich Hauptkommissar Kattenstroht selbstredend nicht entgehen lassen, vor allem da seine Visite bei Füchten, wie Kattenstroht den geplanten Zugriff titulierte, mit Rücksicht auf die niederländischen Kollegen erst für 14.30 Uhr vorgesehen war. Jetzt konnte er früher als erhofft seine Theorien in jenem Munitionslager überprüfen.

Kathrin Eilers war leicht angesäuert. Sie hatte sich nämlich sehr auf die Kartoffelplätzchen gefreut, die nun in den Abfall wandern würden. Kattenstroht beruhigte sie und zog sie, wie es seine Art war, noch ein bisschen auf. Der Adrenalinstoß werde ihr den Hunger nehmen, und man könne den dringenden Anruf des Lageraums ja auch als Gottesurteil zur rechten Zeit sehen: Sie hätte eben als stammechte Münsterländerin keine jungen Kartoffeln vor der Zeit zu sich nehmen sollen. Da die Zeit knapp zu werden drohte, machte der Kommissar einmal den Kojak, wie er das nannte, setzte also die mobile Blinkeinheit aufs Dach und sah zu, dass er schnell aus der Stadt kam. Zwischendurch hatte es Gertzmann übernommen, den erst einmal festgesetzten Mitarbeiter Füchtens zu befragen, seine Personalien festzustellen und ihn mit der Durchsuchung zu konfrontieren.

Trotz des Navis hätten sie den Ort beinahe verpasst. Nachdem sie Gertzmann und seine Leute nur mit einiger Mühe im Wald gefunden hatten, wies der noch einmal auf die ideale Lage des Depots hin: „Das ist ein typisches Ergebnis des Kalten Krieges. Das Lager ist in Waldstücke und Büsche so eingebunden, dass es aus der Luft nur schwer und am Boden fast gar nicht zu finden ist. Die Tarnung ist einfach optimal. Von daher ist das hier ideal für Schmuggelware, erst recht für gefährliche Güter. Man hat keine Einsicht auf das Gelände, und selbst Radfahrer laufen Gefahr zu übersehen, dass sie an einer richtig großen Anlage vorbeifahren."

Kattenstroht setzte sich mit dem Leiter des SEK in den Bully und stellte sich dem Festgenommenen vor. Der Mann hieß Anton Beutler und stammte aus einem Nachbarort. Er sei seit drei Jahren bei F & E beschäftigt und habe die Schlüsselgewalt über das Lager. Immerhin seien da Millionenwerte an Importgütern aus Asien drin. Der Mann machte einen halbwegs redlichen Eindruck, fand Kattenstroht. So setzte er auf diese Karte.

„Hören Sie mal, Herr Beutler, wir haben den Durchsuchungsbefehl hier, und ich möchte vor allem, dass Sie kooperieren. Natürlich werden Sie Ihre Firma in Münster jetzt nicht anrufen können. F & E steht in Verdacht, schwere Verstöße gegen Zoll- und Einfuhrbestimmungen begangen zu haben, darunter vor allem Verstöße gegen das Sprengstoffgesetz. Insbesondere besitzt keiner Ihrer beiden Chefs die nach § 7 erforderliche Berechtigung, Sprengstoffe in den Verkehr zu bringen oder zu erwerben. Die Erlaubnis nach § 27, quasi privat etwas zu böllern, steht hier nicht zur Debatte. Wir wissen bestimmt, dass hier Sprengstoffe gelagert werden und von hier aus weiter verteilt wurden. Man kann froh sein, dass das in den ehemaligen Bundeswehrbunkern passiert und nicht weitere Menschen gefährdet, aber es ist dennoch verboten. Ich schlage vor, dass Sie uns das Lager öffnen und den Zutritt zu den Bunkern ermöglichen. Ich weiß nicht, inwieweit Sie über die Geschäfte Ihrer Firma auf dem Laufenden sind." Der Mann wurde sichtlich unsicher, und Kattenstroht ließ absichtlich eine ausgedehnte Gesprächspause eintreten. „Ein vernünftiges kooperatives Verhalten Ihrerseits würde Ihnen in der Untersuchung und möglicherweise später vor Gericht gewiss nützen."

Man sah, wie es in dem Mann arbeitete. Schließlich stieß er hervor: „Was wollen Sie eigentlich genau von mir?"

„Ganz einfach: Ihre hausmeisterlichen Dienste. Sie entschärfen freundlicherweise die Alarmanlage, von der ich hörte, dass sie über eine Zahlenkombination bedient wird, und pfeifen außerdem Ihre Hunde zurück. Dann schließen Sie uns bitte die Halle und die Büros auf und geben uns genaue Einweisung, wo was zu finden ist. Ich meinerseits bin am meisten an den Bunkern interessiert, jedenfalls an einigen von ihnen, nicht an allen, denn ich will nicht lange im Dekorationskrempel herumsuchen. Schließen Sie uns also bitte im ersten Rundgang nur die Räumlichkeiten auf, die die Gebrüder Lankers benutzt haben, die Bunker, aus denen sie geladen haben, wenn sie alle drei Wochen bei Ihnen hier vorbeikamen."

Beutler reagierte auf die Nennung der Kuriere fast unwirsch: „Ich war gar nicht immer da, wenn die beiden Affen kamen. Ich habe ein- oder zweimal auf Wunsch vom Chef hier am Abend losgemacht, weil's ihm zu umständlich war. Der Füchten hat die Lankers dann höchstpersönlich bedient. Ich weiß aber, welche Bunker er dann immer geöffnet hat. Die liegen ja in zwei Reihen rechts und links der Straße. Das waren die Nummern 5 bis 8, die Türen stehen sich gegenüber. Aber ich weiß wirklich nicht, was Sie suchen. Die Kartons in allen Bunkern sehen gleich aus: braune Pappe, viele englische Aufdrucke und asiatische Schrift drauf und alle in genormter Größe. Wenn die Frauen, die da aushelfen, mal in der Halle was umpacken müssen, dann ist das all so'n Gedöns aus Kunstblumen und Deko. Von Sprengstoffen habe ich nie was gesehen."

„Wie sieht es mit der Alarmanlage aus, und haben Sie Zugang zu allen Lagern?", wollte Gertzmann wissen. Beutler nickte nur, die Alarmanlage für die Bunker könne vom Büro aus zentral für das ganze Gelände und für jeden Bunker einzeln geschaltet werden, und Schlüssel habe er für alle zwölf. Zudem sei jede Tür mit einer Nummerntastatur zusätzlich gesichert. Schließlich atmete der Mann noch einmal tief durch und erklärte, er sei zur Zusammenarbeit mit der Polizei bereit, seinen Job sei er ja wohl ohnehin los. Er wolle auch nicht, dass seinen beiden Schäferhunden, die er auf der Anlage laufen habe, irgendetwas passiere.

Wenige Minuten später verteilten sich die Einsatzkräfte auf dem Gelände des ehemaligen Munitionsdepots. Beutler wurde scharf bewacht, man ließ ihn nicht in die Nähe eines Telefons und beobachtete jede seiner Bewegungen genau. Der Mann hielt Wort, pfiff seine Hunde zurück, sperrte sie mit beruhigenden Worten in ihren Zwinger und schaltete zentral endlich die gesamte Alarmanlage aus. Dann nahm er aus einem Tresor ein Schlüsselbrett, an dem nach Nummern geordnet die Schlüssel für alle Bunker und sonstigen Räumlichkeiten des Depots hingen: „Das war's meine Herren, unser Lager steht Ihnen offen!"

Kattenstroht warf wieder einen Blick auf die Uhr: „Jetzt mal zügig bitte, nur einen der Bunker 5 bis 8 will ich sehen." Beutler nickte und ging voraus. Man sah, dass das gesamte Gelände leicht über den natürlichen Untergrund erhoben war und die gesamte Bodenfläche durch eine spezielle Drainage trockengehalten wurde. Die Tore der Bunker waren so groß, dass man mit einem schmalen Gabelstapler hereinfahren konnte. Gertzmann klopfte auf den Beton: Die Seitenwände sind nahezu sprengsicher, das Dach ist eine Sollbruchstelle, damit möglichst wenig passiert, wenn's in die Luft fliegt!"

Zwei Beamte des SEK beobachteten den Festgenommenen genau, als er die schwere Sicherheitstür öffnete, und auch Kathrin Eilers hatte ein mulmiges Gefühl. Was wäre, wenn das eine Falle war?

Der Bunkerraum hatte ein Grundmaß von etwa vier auf acht Metern. An beiden Seiten und an der rückwärtigen Stirnwand standen Regale aus Stahl, auf denen wohl geordnet Paletten mit schwer wirkenden Pappkartons standen. Sie waren teilweise mit Sicherungsbändern versehen oder hatten einen Überzug aus Schrumpffolie. Das Material hatte, das konnte man sehen, wohl schon eine längere Reise hinter sich. Die Luft war zwar nicht stickig, hatte aber leicht scharfe Komponenten, wie man sehr bald feststellte. Einer der SEK-Männer musste sehr heftig niesen. Beutler erklärte, die Bunker hätten noch aus Bundeswehrzeiten ein eigenes Entlüftungssystem.

„Wohlan denn, dann lassen Sie uns doch mal auspacken und zur Bescherung schreiten. Wie gehen wir vor?“ Einer der SEK-Leute wies sich als Sprengstofffachmann aus, er zeigte auf eine frei am Ende des Raumes stehende Palette und schlug vor, einen der Kartons vorsichtig zu öffnen. Kathrin Eilers wäre am liebsten nach draußen gegangen, als der Kollege mit einem Teppichmesser die Klebebänder zerschnitt: Es tauchte ein Meer von Papierschnitzeln auf. Vorsichtig suchte der Beamte in dem Verpackungsmaterial und barg eine verstaubte schlanke Vase aus rotem Glas.

Kattenstroht guckte ziemlich konsterniert, und Beutler musste grinsen. Die weiteren Kartons auf der Palette boten nichts anderes an. Dem Kommissar lief die Zeit davon, und er drängte auf eine Stichprobe an einem etwas weniger offensichtlichen Punkt des Lagers. Er schlug vor, auf der zweiten Etage des Bunkers die hintere Reihe näher zu inspizieren. Da man keinen Gabelstapler bei der Hand hatte, beschaffte man sich drei Stehleitern aus der Halle. Es bedeutete schon eine gewisse Kraftanstrengung, einen der hinteren Kartons bis zur Kante des Regals vorzuziehen. Vorsichtig schnitt man drei Seiten am oberen Rand auf. Kattenstroht griff in den Karton hinein und hob mit beiden Händen einen mit braunem Papier verklebten Gegenstand – fast in der Größe eines Fußballs – hoch, der zum Schutz vor Feuchtigkeit zusätzlich in eine klare Plastiktüte gewickelt war: „Na bitte, da haben wir die Blumen des Feuers! So unscheinbar und schlicht in der Aufmachung, so glänzend am Nachthimmel – und so todbringend in den Händen falscher Leute!“

Der ziemlich schlicht gestrickte Mitarbeiter von F & E International schaute ratlos auf den Fund. Große Böller und Knallfrösche habe er hier wohl schon mal gesehen, aber er wisse nicht, was das nun für ein Zeug sei.

Jetzt wurde der Kommissar hektisch. Er überließ Gertzmann das Lager in der Heide zur weiteren Bewachung und bat ihn, Sprengstoffexperten zur Sicherung der Funde hinzuziehen. Dann gab er Anweisung, den

F & E-Mitarbeiter Beutler ins Präsidium nach Münster zu fahren und ihm weiterhin jeden Kontakt zu Außenstehenden zu verwehren. Er werde nun mit Kathrin Eilers zum Hafen in Münster fahren und sich um die Herren Füchten und Erdmann kümmern.

Dies gab er auch so an die Einsatzleitung durch und berichtete nicht ohne Freude, dass man die erwarteten Großfeuerwerkskörper tatsächlich gefunden habe. Man möge die neue Beweislage umgehend auch an Henk van der Straaten berichten. Aus der Einsatzleitung war zu hören, dass Ritzmann gegen die Lankers-Jungs wohl etwas früher zuschlagen wolle, da ihre Firma sich auf der Baustelle trotz des schönen Wetters bereits zum Feierabend rüste. „Da soll er erst mal den Brüdern hinterherfahren“, meinte der Kommissar. „Die haben für Freitagnachmittag bestimmt noch einen schönen Schwarzbau vor sich. Dann haben Zoll und Steuerfahndung noch etwas mehr von unserer Kreativität!“

Pötter und Austrup durften sich natürlich am Hafen nicht sehen lassen und hatten auch aus diesem Grund die Stallwache verordnet bekommen. Beide waren unter dem Eindruck ihres Besuches bei Füchten und Erdmann vom Montag imstande, den Kolleginnen und Kollegen die Lage der Büros im ersten Stock des früheren Hafenlagers und die Anzahl und Arbeitsplätze der Mitarbeiter zu beschreiben. Demnach mussten sie zunächst am Empfangstresen, besetzt mit einer jüngeren Sekretärin, unmittelbar hinter der Eingangstür vorbei. Auf der linken Flurseite befanden sich die Türen zu zwei geräumigeren Büros der Firmeninhaber Füchten und Erdmann mit Hafenblick. Auf der Seite gegenüber befanden sich zur Straßenseite ein Kopier- oder Lagerraum und ein weiteres Büro. Hier war eine vierte Arbeitskraft, eine Buchhalterin mittleren Alters, zu vermuten. Unmittelbar vor Ort war mit höchstens vier Personen zu rechnen, falls keine weiteren Besucher erschienen. Eine CTTV-Überwachung gab es nicht, auch an eine Eingangskontrolle per Video hatten sich Austrup und Pötter nicht erinnern können. Somit nahmen sie sich vor, mit insgesamt acht Beamten, darunter drei Damen, das Büro punktgenau um 14.30 Uhr zu besetzen und insbesondere alle Kommunikationsmöglichkeiten direkt zu unterbinden.

Die Aufstellung vor dem Büro ließ sich gut tarnen, da es direkt vor dem Gebäude nur wenige Parkmöglichkeiten gab. Die drei Autos mit den sechs Beamten, von denen vier in Zivil unterwegs waren, verteilten sich über einen Abstand von fast 200 Metern an der Hafenstraße. Die beiden Kollegen in Uniform simulierten prompt einen typischen Streifengang und beobachteten den ruhenden Verkehr. Deutlich war zu sehen, wie einige Falschparker aus den anliegenden Häusern eilten, um ihre Fahrzeuge nun doch zu bewegen. Kattenstroht lobte diese Form der Ordnungspartnerschaft sehr; er hatte seinen Wagen bei den Stadtwerken geparkt und kam mit Kathrin Eilers über den Kai und dann die Straße heruntergeschlendert. Ganz früher sei dies eine richtige Arbeitsstraße am Hafen gewesen, wo Massengüter transportiert worden seien, von richtigen Malochern. „Vor zwanzig Jahren war hier fast nichts mehr los, und heute ist es eine Schicki-Micki-Meile mit Kneipen, Ateliers, Dienstleistungsfirmen und Künstlern! – Und was für Künstler!“ Er ließ seinen Blick die teilweise hochmodernen Fassaden hochwandern und freute sich doch über die alten Genossenschaftsspeicher, die an die Tradition des Münsteraner Hafens als Umschlagplatz für Getreide erinnerten. „Wenigstens haben sie aus der alten Molkerei ein tolles Theater gemacht! Ist eben viel Kulisse hier. Wie bei F & E."

Zwischendurch rief Gertzmann an. Man habe im ehemaligen Munitionslager alle vier vom Hausmeister genannten Bunker geöffnet. Bei den jetzt inspizierten drei Anlagen, die Kattenstroht nicht mehr gesehen habe, sei man direkt über das Sprengmaterial gefallen. „Bis zur Dachtraufe sind die vollgepackt mit Großfeuerwerk. Die Sprengmeister brauchen Tage, um das alles auszuräumen." Kattenstroht war sehr zufrieden und drängte vor allem darauf, dass van der Straaten auf dem Laufenden gehalten wurde. Da kam doch prompt die Stimme des Präsidenten aus dem Hörer: Kattenstroht könne sicher sein, dass diese diplomatisch diffizile Aufgabe bei ihm gut aufgehoben sei. „Und unser Leitender Oberstaatsanwalt steht neben mir – er spricht sogar fließend niederländisch! Sie sehen: Münster ist mal wieder in Höchstform!"

Die Uhrzeiger bewegten sich langsam auf 14.30 Uhr zu. Man sah, wie sich die beiden uniformierten Kollegen auf dem zum Teil zugeparkten Bürgersteig dem Eingang des früheren Speichers näherten, in dem Füchten und Erdmann ihr Büro in der 1. Etage hatten. Die beiden anderen Zweierteams näherten sich dem Gebäude auf getrennten Wegen, über den Kai am Hafenbecken und von der stadtseitigen Straße her. Die Beamtinnen und Beamten wirkten wie normale Bürger auf dem Weg aus der Mittagspause zu ihrem Arbeitsplatz. Tatsächlich hielt einer sogar die Tüte eines bekannten Bulettenbraters in der Hand, was beim Kommissar ein Stirnrunzeln hervorrief.

Sie hatten abgesprochen, dass die Teams das Haus im Abstand von etwa einer Minute betreten und dass die erste Gruppe nach dem Läuten bei dem im Erdgeschoss des Hauses befindlichen Fitnessstudio die automatische Verriegelung der Tür durch einen Holzkeil verhindern sollte. Vier Beamte in Zivil sollten zunächst an dem verglasten Eingang des Büros von „F & E International" vorbei die Treppe zur 2. Etage nehmen, Kattenstroht und Eilers sollten dann oben schellen, eintreten und die Eingangstür für die kurz darauf aus zwei Richtungen erscheinenden Beamten in Uniform geöffnet halten.

Es klappte wie am Schnürchen und lief so gut wie lautlos ab. Kaum hatten Kattenstroht und Eilers den Vorraum betreten, kamen die beiden uniformierten Beamten hinterhergesaust. Der jungen Sekretärin fiel fast der Hörer aus der Hand, und Kathrin Eilers drängte sie rasch vom Schreibtisch weg, so dass kein Tastenschlag am Computer oder am Telefon mehr möglich war. Die beiden Uniformierten sicherten die geschlossenen Türen, hinter denen Füchten und Erdmann zu vermuten waren, während eine weitere Beamtin und ein Kollege der zweiten Gruppe das Büro der Buchhalterin besetzten. Schon kam durch die Tür ein Handzeichen, dass auch dieser Arbeitsplatz gesichert war. Eine junge Beamtin kümmerte sich um die Sekretärin und führte sie ins Treppenhaus. Auf die Sekunde genau betraten nun Kattenstroht und Eilers zur gleichen Zeit mit einem uniformierten Kollegen das Büro Füchtens, während eine Zweiergruppe sich um seinen Kompagnon Erdmann kümmerte.

Sie hatten den Überraschungsvorteil auf ihrer Seite. Keine Taste wurde mehr bewegt, keine Nummer wurde mehr weggedrückt, und keine Datei konnte zum Absturz gebracht werden. Die Computer liefen überall weiter, so dass für die Durchsuchung viele Chancen gegeben waren.

Füchten war völlig überrumpelt und perplex, als Kattenstroht eilig ins Büro gesaust kam, gleich hinter den Schreibtisch trat und den Rollsessel zurückzog. Dabei hielt er ihm seinen Dienstausweis unter die Nase und knallte ihm den Durchsuchungsbeschluss auf den Tisch:

„Gestatten, Hauptkommissar Kattenstroht! Das ist meine Kollegin Eilers. Kriminalpolizei Münster. Herr Füchten, Sie sind unter dem Verdacht schwerer Verstöße gegen das Sprengstoffgesetz, gegen das Außenhandelsgesetz, gegen diverse Bestimmungen und Auflagen von Zoll und Steuer vorläufig festgenommen. Bitte verlassen Sie sofort diesen Arbeitsplatz, und nehmen Sie meinetwegen …“, der Kommissar schaute sich im Raum um, „dort am Couchtisch Platz.“

Der so agil wirkende junge Mann war jetzt aschfahl geworden und gehorchte fast willenlos. Als er in dem edlen Sofa aus schwarzem Leder Platz genommen hatte, stammelte er endlich los: „Was ist denn das hier? Was soll das? Ich will sofort meinen Anwalt sprechen!“

„Kommt Zeit, kommt Anwalt, Herr Füchten. Zunächst sind wir noch mal dran. Ich darf Ihnen sagen, dass wir heute das Lager Ihrer Firma zwischen Telgte und Warendorf hochgenommen haben. Wir haben bisher schon Ihre Bunker 5 bis 8 kontrolliert und wissen auch um Ihre weiteren Verbindungen in dieser Sache. Ich darf Ihnen jedoch gleich sagen, dass wir einen weiteren Ermittlungsschwerpunkt haben, der mich fast noch mehr interessiert."

Der Kommissar wies auf das plakatartige Großfoto über dem Sofa. „Es hat mit diesem Ihrem Hobby zu tun." Füchten drehte sich um und blickte auf das Foto: „Meine Harley? Was ist damit? Die steht unten vor der Tür!"

Kattenstroht nickte, ging zum Fenster und meinte trocken: „Gerade kommen die Kollegen, um sie zu verladen!" Füchten sprang auf und wollte zum Fenster stürzen, fiel aber in den Arm des uniformierten Polizisten, der Kattenstroht fragend anschaute. Der Kommissar nickte und ließ Füchten ans Fenster treten. Tatsächlich war unten ein Wagen mit Anhänger herangefahren, und zwei Beamte in Uniform sowie zwei weitere Männer standen um das imposante Motorrad herum, das stutzerhaft am Vorplatz zum Kanal geparkt war. Kattenstroht hielt die offene Handfläche Füchten entgegen und sagte lakonisch: „Die Schlüssel bitte!"

„Warum?", brüllte der Kaufmann unbeherrscht los. Er hatte jetzt wieder die Gesichtsfarbe gewechselt.

„Ganz einfach! Wir werden noch heute eine kriminaltechnische Untersuchung starten mit dem Motorrad, mit Ihrem Helm, mit Ihrer Lederjacke und den Handschuhen, und ich setze die Seele meiner kleinen Hündin Snoopy darauf – und die bedeutet mir wirklich was –, dass wir Spuren finden werden. Spuren, die uns ins Brüggemanns Büschken im Stockhemer Feld führen. Wir werden Ihren weißen Anzug schon wiederfinden, selbst wenn Sie ihn in den Müll geworfen haben. Ebenso werden wir die Fasern unter den Fingernägeln der getöteten Johanna Flinker identifizieren, und wir werden schließlich Ihre DNA an der Mordwaffe nachweisen, die wir gefunden haben. Herr Füchten, wir geben Ihnen eine Chance." Er wartete ab: „Die Schlüssel bitte!" Füchten wies auf seinen Schreibtisch: „In der oberen rechten

Schublade!" Kattenstroht schaute nach, fand den Motorradschlüssel, öffnete das Fenster, pfiff auf zwei Fingern und warf ihn zu den Kollegen hinunter.

Füchten sank wieder auf das Ledersofa und sagte fast tonlos: „Welche Chance geben Sie mir?"

„Wir werden Sie jetzt gleich ins Präsidium fahren, wo Sie, Ihr Kompagnon Erdmann und auch Ihre beiden Mitarbeiterinnen zur Sache verhört werden. Ich könnte Ihnen noch viel mehr erzählen zu all Ihren Schmuggelgeschäften, aber ich lasse das für den Moment. Mir ist die Sache Johanna Flinker vorrangig. Überlegen Sie sich derweil, was Sie uns gleich im Verhör zu sagen haben werden. Rauswinden werden Sie sich eh nicht können. Die Feuerwerksgeschichte verhilft uns zu einem sicheren Haftbefehl mit Untersuchungshaft. Wegen der Brisanz im wahrsten Sinne des Wortes können Sie auch auf die zügige Mitarbeit der Staatsanwaltschaft setzen. Sie haben eine Chance, uns in den Ermittlungen in der Mordsache Flinker entgegenzukommen. Das habe ich gemeint. Sie werden noch genug Zeit haben, sich das zu überlegen."

Kattenstroht winkte den Kolleginnen und Kollegen zu, die inzwischen deutliche Verstärkung bekommen hatten. Füchten, Erdmann, die Buchhalterin und die Sekretärin wurden getrennt weggefahren und durften keinen Kontakt zueinander aufnehmen.

Gegen 15.00 Uhr ging Kattenstrohts Handy, und Ritzmann teilte mit, dass man die Gebrüder Lankers festgenommen und sogleich getrennt habe. Sie seien jetzt in separaten Fahrzeugen auf dem Weg nach Münster. „War übrigens mit 'n bissken Döllerei!", hatte der Dorfsheriff fast mit einem gewissen Vergnügen mitgeteilt. „Und bei Mama Lankers im Keller hat Ihr Kollege eine Kiste mit Sprengstoff, mit chinesischen Kugelbomben, gefunden. Unser Thorsten hat auch prompt berichtet, die sei mal bei einem Transport vom Wagen gefallen. Sie brauchen die beiden nur noch etwas zu kitzeln, dann singen die wie zwei niedliche Vögelchen."

Kattenstroht überlegte einen Augenblick und bat dann den Stockhemer Dorfpolizisten um Amtshilfe: „Hören Sie mal zu, Kollege Ritzmann! Sie kennen die beiden quasi vom Kindergarten her. Wie wäre es, wenn Sie, nachdem die Zimmer, die Keller und die Garage der Familie Lankers durchsucht sind, eben nach Münster kommen und eventuell das Verhör der beiden machen, wenigstens begleiten? Ich verspreche mir mehr davon, wenn Sie das tun. Das ist zwar ungewöhnlich, aber ich denke, dass Sie die richtige Sprache finden werden."

Ritzmann fühlte sich geehrt und sagte geradezu euphorisch seine Zusammenarbeit zu. „Dann kriegen wir den Fall vielleicht noch heute gelöst", meinte er nicht ohne Selbstbewusstsein.

„Das wäre sehr schön!", seufzte Kattenstroht und dachte an den Bummel durch Münsters Altstadt, zu dem er sich heute, am Vorabend des Hochfestes Peter und Paul, zu 20.00 Uhr verabredet hatte. „Eigentlich wollten wir alle zusammen zu Stuhls gehen!"

Kapitel 25

Es ging schon auf 21.30 Uhr zu, und die Stimmung auf Münsters Prinzipalmarkt war angesichts des schönen Wetters, des lauen Lüftchens und des blauen Abendhimmels angenehm und freundlich. Die beiden Gaststätten im Schatten des Rathauses hatten gut zu tun, die Außenplätze waren restlos besetzt, und allseits hörte man das entspannte Plaudern, Gemurmel und Lachen der Gäste, die die heitere Abendstimmung zu genießen schienen. Radfahrer sausten vorbei, und Grüppchen von Touristen warteten auf der Straße, dass sich der Türmer von St. Lamberti zeigen würde, der zu jeder halben Stunde seine fast schnarrenden Hornsignale in allen Himmelsrichtungen über die Dächer der Altstadt verbreitete.

Theresia, Betty und Thomas waren pünktlich gegen 20.00 Uhr erschienen und hatten bei Stuhlmacher einen Tisch belegen können. Die drei übrigen Stühle hatten sie noch einige Zeit verteidigt, dann aber, als es immer später wurde, aufgeben müssen. Sie hatten im Laufe des Nachmittags von Kathrin Eilers beziehungsweise von ihren jeweiligen Partnern erfahren, dass sich die Ermittlungsarbeit noch hinziehen würde. Deshalb hatten sich die Damen Kattenstroht und Stellmacher und Herr Thomas Eilers auch schon selbständig getroffen. Dass es jedoch weit nach neun Uhr werden würde, damit hatte niemand gerechnet.

Dabei hatten sich die Vernehmungen zunächst schnell als konstruktiv erwiesen. Insbesondere konnte der Feuerwerksschmuggel zügig aufgeklärt werden, als Ritzmann gegen 16.30 Uhr damit beginnen konnte, sich die Gebrüder Lankers vorzuknöpfen. Ausgehend von den Kugelbomben, die man im elterlichen Keller gefunden hatte, kam man auf Thorstens Geburtstag im März zu sprechen, als die beiden nach Abreise der letzten Gäste eine Knallerei veranstalten wollten, allerdings vom Ausmaß der Explosion selbst äußerst erschreckt waren. Sie hatten das Teufelszeug, wie sie es nannten, nicht wieder angefasst. Beide konnten nicht ahnen, dass sie mit dieser fahrlässigen Freudenbekundung, die zufällig auf ein Foto des Sternguckers geraten war, den Schlüssel zu dem Fall aus den Händen gegeben hatten.

Einmal ins Plaudern gekommen, bestätigte jeder Bruder separat die gesamte Geschichte: Die Aufträge von Füchten, für die sie mit je 350 Euro pro Nacht bezahlt wurden, die vielen Fahrten in die Gegend von Zwolle, die nun schon seit drei Jahren gelaufen seien, die Verladung auf der Heide hinter Telgte. Ihr Ziel in den Niederlanden war ein ehemaliger Bauernhof, in dessen Halle Füchtens Partner das Material ohne jede Sicherung lagerte. Da beide Lankers Probleme hatten, Wege anhand von Karten zu beschreiben, kam ein Beamter auf die Idee, es mal mit Google Earth am Computer zu versuchen. Tatsächlich gelang es, über eine Kombination aus Luftbild und Karten den Fahrtweg unweit der Autobahn bei Zwolle zu rekonstruieren, eine Adresse zu identifizieren und diese im telefonischen Kontakt mit van der Straaten zu benennen. Am frühen Abend besetzte ein Sondereinsatzkommando der Niederländer den Hof. Füchtens dortiger Geschäftspartner war schon am Nachmittag zuvor zu Verhören festgesetzt worden. Nun wurde seine gesamte Firma beschlagnahmt und ausgeräumt.

Erdmann, der Teilhaber von „F & E International", erwies sich als ebenso blass wie widerstandslos. Angesichts der Umstände, des entdeckten Lagers und der nachgewiesenen Schmuggeldienste fiel der Mann fast sofort um und erklärte sich zur Kooperation bereit. Natürlich waren Einzelheiten über die Geschäfte mit den Chinesen nicht auf den offiziellen Computern der Firma zu finden. Inzwischen hatte man beide Privatwohnungen der F & E-Inhaber durchsucht und die diversen Laptops der Kaufmänner beschlagnahmt. Über bestimmte Briefkästen und eigens eingerichtete Adressen hatten sie die Geschäfte organisiert. Alle Finanztransaktionen liefen über eine Scheinfirma in Luxemburg, die die strenger gewordenen Bestimmungen in den einzelnen europäischen Ländern umgehen sollte. In Wirklichkeit war das ganze Feuerwerk, das in Hamburg für diese Scheinfirma ankam, für die Niederlande bestimmt.

Insofern war es für Kattenstroht ein Triumph der Kollegialität, als er Werres anrufen und ihm die Ergebnisse mitteilen konnte. Hier sei das Zollkriminalamt zuständig. Noch am selben Abend konnten sie die Daten von 16 Containern aus den Laptops ziehen und an den Zoll weiterreichen, die unter dem Namen der Scheinfirma im Hamburger Freihafen zwischengelagert waren. Sie enthielten, wie die Kontrollen der kommenden Tage zeigten, mehr als 250 Tonnen Profimaterial nach deutscher Feuerwerks-Klassifizierung IV und waren damit ausschließlich für die Hand konzessionierter Feuerwerker bestimmt. Wie die folgenden Untersuchungen zeigen sollten, hatte Füchtens Scheinfirma 330.000 Euro für die Feuerwerkskörper bezahlt, auf dem niederländischen Schwarzmarkt konnte damit nach Einschätzung der Fachleute etwa das Zehnfache, etwa eine Summe zwischen drei und vier Millionen Euro, erzielt werden.

Füchten, Erdmann und die Gebrüder Lankers wurden in Untersuchungshaft genommen. Das Personal von „F & E International" – Sekretärin, Buchhalterin und der Hausmeister Beutler – konnten nach den Vernehmungen noch am selben Abend unter Auflagen entlassen werden. Die Büros am Hafen und die Wohnungen der Verdächtigen wurden wie auch das Lager in der Heide versiegelt. Hier warteten auf die Kriminaltechnischen Untersuchungen noch viele Aufgaben.

Gegen 19.00 Uhr war ein Anruf aus der Rechtsmedizin gekommen. Prof. Schulze Natrup teilte mit, dass man, wie Kattenstroht es vorausgesagt hatte, Blutspuren am Sitz des Motorrades habe nachweisen können, auch die Lederjacke Füchtens weise solche Spuren auf. Man sei mit dem DNA-Vergleich noch nicht so weit, da die Speichelprobe des möglichen Täters erst gegen 17.30 Uhr ins Labor gekommen sei. Eines sei aber bereits gesichert: Die Blutspuren am Motorrad stammten ausschließlich von Johanna Flinker.

Mit diesem Wissen hatte sich Kattenstroht zu Füchten an den Vernehmungstisch gesetzt. Kurz zuvor war aus den Verhören der Gebrüder Lankers berichtet worden, sie hätten Probleme mit Beumer und der Flinker wegen des Genossenschafts-Sprinters bekommen und dies auch Füchten gemeldet. Der habe nur gesagt, da wolle er sich alleine drum kümmern.

Der Kommissar und der Verdächtige saßen sich zunächst stumm gegenüber. Ein zweiter Beamter schrieb am Computer mit. Hinter der verspiegelten Glasscheibe waren gewiss noch Kathrin Eilers und Stellmacher als Zeugen zugegen. Kattenstroht schlug eine Akte auf und legte einige Bilder auf den Tisch: „Die sind gerade mal eine Woche alt. Es ist der Genossenschaftsball vom letzten Freitag. Auf dem Zelt. Alle sind da. Sie auch!" Dann legte Kattenstroht eine besonders gelungene Aufnahme der Johanna Flinker ziemlich zentral auf den Tisch und drehte sie so, dass Füchten dem Bild der schönen, attraktiven Frau nicht ausweichen konnte. „Montag früh ist die Beerdigung, habe ich gehört. Ganz früh, um 7.30 Uhr, findet sie ihre letzte Ruhestätte auf dem Stockhemer Friedhof. Es sind nur die Familienmitglieder erbeten und einige wenige Freunde und Kollegen. Um 8.30 Uhr ist dann ein Gottesdienst in St. Nikolaus, zu dem weitere Trauergäste kommen können. Der eigentliche Abschied soll aber im engsten Kreis stattfinden!"

Füchten schluckte schwer: „Ich habe gestern auch eine Einladung zur Beerdigung bekommen!"

Der Kommissar, in münsterländischen Bräuchen durchaus sattelfest, nickte: „Na klar, Sie gehören doch dazu." Und nach einer längeren Pause fuhr er langsam fort: „Sagen Sie mir doch ganz einfach mal, wie es dazu gekommen ist? Ich frage mich die ganze Zeit, was Sie dazu gebracht hat, Ihre Jugendfreundin umzubringen. Denn für mich ist das klar, und ich kann es auch beweisen: Sie sind der Täter. Vielleicht waren Sie auf den alten Knopp Veltbrügge eifersüchtig, dass der nun bei ihr landen konnte. Oder waren es nur die Geschichten mit den Feuerwerken und die Angst um Ihre schwarzen Millionengeschäfte? So viel ist mir klar: Johanna Flinker war da nicht richtig dran, sie hatte, glaube ich jedenfalls, noch keinen Schimmer von Ihren Knallkörper-Unternehmungen! Um Himmels willen, einen anderen Wagen hätten Sie doch auch kriegen können, und Kutscher mit dem Intelligenzgrad der Gebrüder Lankers findet man an allen Hecken und Zäunen!"

Füchten legte den Kopf auf den Tisch und brach in Tränen aus. Dann bat er um etwas Wasser und legte in den folgenden 20 Minuten ein komplettes Geständnis ab. Immer wieder nahm er bei seinem Bericht das Foto der Erstochenen in die Hand. Tatsächlich hatte er in den Tagen zuvor über den jungen von Wolberg erfahren, dass sich Johanna Flinker und Bernd Veltbrügge privat einig geworden seien. Auch die vorgezeichnete Karriere der schönen Rothaarigen war ihm bekannt. An jenem Freitagabend traf man sich dann in großer Runde auf dem Ball. In Scherzgesprächen, wie sie eher bei noch jüngeren Leuten üblich sind, wurden Treffpunkte für Rendezvous diskutiert. Dabei kam auch der Waldkindergarten im Stockhemer Feld ins Gespräch und die Gelegenheit zu einem nächtlichen Bad in den alten Ziegeleiteichen.

„Als ich dann merkte, dass Johanna tatsächlich mit diesem Langeweiler abziehen wollte und er sie früher fahren ließ, bin ich mit meiner Harley vorsichtig hinterher. Sie fuhr nach Hause und kam mit einem Leinenbeutel aus ihrer Wohnung zurück. Am Dorfrand wurde mir klar, dass sie über die Kreisstraße fahren und damit zu Brüggemanns Büschken wollte. Ich bin dann rechts die Straße nach Münster rein und dann vor der Brinke-Brücke in den kleinen Weg links ins Naturschutzgebiet abgebogen. Da der Mond schien und ich die Strecke kenne, hatte ich schon an der Straße die Lampen an meinem Motorrad ausgeschaltet und bin langsam und vorsichtig von der anderen Seite herangefahren. Ich war noch vor ihr da und konnte sie schon beobachten, wie sie auf der Lichtung ihren Schampus aufstellte. Da habe ich sie dann erst mal erschreckt."

„Ihnen war aber doch klar, dass Veltbrügge jeden Augenblick kommen würde?", wandte der Kommissar ein. „Und Sie wussten, dass Johanna Flinker sich nun für ihn entschieden hatte. Was sollte also das ganze Getue?"

„Ich weiß es selber nicht. Mir war klar, dass ich diese tolle Frau nicht überzeugen konnte. Das war schon im Tanzkurs so, als sie mich nur akzeptierte, weil Ruppert von Wolberg ja im Internat war. Und später war sie über Jahre ganz an seiner Seite, gewissermaßen die zukünftige Freifrau auf Haus Stockhem. Okay, das ging in die Brüche." Füchten machte eine Pause und wischte sich mit dem Handrücken über die Nase, so als wolle er sich schnäuzen. „Aber doch nicht diesen Veltbrügge, diesen Langeweiler, diesen Tintenpisser! Ich wollte sie einfach zur Rede stellen, am besten alle beide. Sie hat sich gewaltig erschreckt, als ich auf einmal im Mondschein vor ihr stand. Und als ich ein Gespräch über sie und mich wollte, da hat sie angefangen, mich zu beschimpfen. Ich will's jetzt nicht wiederholen." Füchten zog das Foto der Flinker wieder etwas näher heran. „Ich will sie beruhigen, will sie nur freundschaftlich am Arm fassen. Das hat sie missverstanden! Sie wehrt sich, sie schlägt mir ins Gesicht und beleidigt mich. Da sind mir die Sicherungen durchgebrannt. Ich hab auch geschlagen, hab ihr über den Tisch eine gescheuert. Vor Wut! – Sie rennt weg, ich hinterher. Ich stolpere über so einen Eisenpinn, der da herumsteht, und falle hin. Johanna klettert in das Klohäuschen. Ich reiße die

Tür auf und haue im Dunkeln mit diesem Eisenpinn nach ihr." Füchten stockte, schob wieder das Bild der Getöteten näher zu sich heran und betrachtete es fast liebevoll. Nach einer Pause fuhr er fort: „Warum hast du bloß den Riegel nicht davor getan?"

Kattenstroht ließ dem Täter eine längere Pause und wartete, bis er sich wieder etwas gefangen hatte. Der Schluss war schnell geklärt. Füchten gelang es noch, vor dem Eintreffen Veltbrügges zu verschwinden. Seine Motorradfahrten längs des Naturschutzgebietes waren zwar von dem alten Baron von Wolberg gehört worden, aufgrund des Standortes seines Ansitzes konnte er jedoch den Weg mit seinen Randgebüschen selbst nicht einsehen. Füchtens Fahrt in Richtung Münster führte über die Brinke-Brücke, wo er die Tatwaffe im Kolk versenken wollte. Da es Nacht war, fielen Blutspuren, die er auf seiner Hose hatte, nicht weiter auf. In der Wohnung in Münster wurde der helle Anzug, über den Füchten bei der Motorradfahrt eine weite Lederjacke gezogen hatte, bei 90 Grad und starkem Waschmittel gewaschen, maschinell getrocknet und schon am nächsten Tag in eine Plastiktüte verpackt und in einer Mülltonne entsorgt. „Dann ist das gute Stück wohl schon in der Müllverbrennung gelandet", hatte Kattenstroht daraus geschlossen.

Als sie nach Abschluss der Verhöre und der ersten Regelung aller Umstände gegen 21.30 Uhr das Präsidium endlich verlassen konnten und unter den Laubengängen der Altstadt zum Rathaus gingen, ließ sie der Fall natürlich noch nicht los: „Also wieder die Liebe, die dumme Liebe! Die macht das Männchen nun mal blind!", hatte Stellmacher geschliffen resümiert. Kathrin ereiferte sich und warf ein, dass es sich doch nicht um Liebe handeln könnte, höchsten um Herrschaft, um Macht eines Mannes über einen anderen Menschen, eine schöne Frau eben, um ein schlichtes Besitzenwollen! Kattenstroht unterstützte sie in dieser Auffassung. „Es ist mal wieder die Weltmacht mit drei Buchstaben!" Und auf die fragenden Blicke von Stellmacher und Kathrin Eilers hatte er erläutert: „Weltmacht mit drei Buchstaben? I-C-H! Es ist die nackte Ich-Sucht, die Egomanie, die es unmöglich macht zu begreifen, dass Liebe immer ein Geschenk ist, niemals Leistung, Verdienst oder Siegespreis. Das sind doch alles alberne Vorstellungen, die unsere Medien den jungen Leuten davon vorgaukeln."

Drei Stühle ließen sich auch noch finden, und frisches Alt und kühles Weizenbier waren nach diesem mühevollen Tag im Kreise der Lebenspartner eine Labsal. Sie schauten dem Treiben auf dem Markt zu, und Stellmacher wies darauf hin, dass an der Ecke des Rathauses das Sendschwert als Zeichen des Marktgerichtes hänge. Das Schwert der Gerechtigkeit gewissermaßen. „Unter diesem Bogen saß früher der Richter und hat für die Gerechtigkeit gesorgt."

„Mal langsam! Das Schwert wird ja nur an den nicht mal zwanzig Sendtagen dreimal im Jahr ausgesteckt", meinte Kattenstroht, „und du solltest nicht vergessen zu erwähnen, dass sich die Münsteraner das originale Sendschwert vor etwa zehn Jahren haben klauen lassen. Es ist noch nicht wiederaufgetaucht. So viel zur Gerechtigkeit in dieser guten Stadt!"

Man diskutierte über die bevorstehenden Ferien. Die Kattenstrohts und die Stellmachers würden jetzt den lang gehegten Plan gemeinsamer Ferien in der Toskana verwirklichen. Die beiden separaten Wohnungen auf einem Bauernhof bei Volterra waren gebucht, die Anfahrt geregelt. Betty kam das alles sehr spanisch vor: „Die Jungs gehen zeitgleich ins Ferienlager. Snoopy geht in die Hundepension. Wir machen erstmals seit Jahren wieder Urlaub allein!"

Kurz vor 22.30 Uhr bezahlten sie die Getränke und bummelten plaudernd zum Domplatz. Vom Horsteberg her hatte man einen phantastischen Blick nach Westen. Auf dem Neuplatz vor dem Schloss erstrahlten die bunten Lichter der Fahrgeschäfte des Sommersends, der in jedem Jahr zum Festtag des Stadtpatrons die Kirmesbummler zu Tausenden anzog. Ein großes Riesenrad beherrschte die Szenerie und drehte sich langsam und gemächlich.

Punkt halb elf Uhr signalisierte ein gewaltiger Böller wummernd den Start des alljährlichen Feuerwerks, das sich nun über der Kulisse des barocken Residenzschlosses aufbaute. Raketen sausten geordnet in die Luft, und bald explodierten jene Bomben und erglühten die Formen, mit denen sich Kattenstroht und Eilers in den letzten Tagen hatten beschäftigen müssen: Päonien, Chrysanthemen, Saturne, Schmetterlinge und Trauerweiden. Ein reiches Bild bunter kurzlebiger Sterne verglühte vor Münsters Himmel, der wegen des Mittsommers seine tiefe Nachtbläue noch nicht gefunden hatte. Auch auf dem Domplatz hörte man aus den Grüppchen der Zuschauer anerkennende Rufe und gelegentliches Klatschen.

Kattenstroht bemerkte leise zu Betty, die er, hinter ihr stehend, umarmt hatte: „An diesem bunten Zeug hängen Menschenleben, wenn auch nicht unbedingt das von Johanna Flinker. ‚Das Publikum beklatscht ein Feuerwerk, aber keinen Sonnenaufgang', sagt der Dichter." Nachdenklich fuhr er fort: „Vom wechselnden Mond will ich lieber gar nicht erst reden. Der hat – wie auch alle Menschen – seine dunklen Seiten."

Am langsam nachtblauer werdenden Himmel über der alten Stadt stand gleichmütig der Mond, jetzt im letzten Viertel.

LV·Buch im Landwirtschaftsverlag GmbH, 48084 Münster

Lektorat:	Sabine Deing-Westphal, Rhede
Titelbild:	Heike Gütting, Münster
Gestaltung:	KreaTec – Grafik, Konzeption und Datenmanagement im Landwirtschaftsverlag GmbH, Münster
Druck:	Westermann Druck Zwickau GmbH

ISBN 978-3-7843-5048-6

Witzig, intelligent, ehrlich

Die Kuhmödie des Jahres

Jungbauer Karsten ist ein moderner Mann – sensibel, offen und gut gebaut. Er weiß, wie man Wäsche wäscht, kennt gute Restaurants und gibt seinen Kühen Namen wie Britney, Kylie und Madonna. Doch es läuft trotzdem nicht so gut mit den Frauen; und mit dem Hof leider auch nicht. Also muss schnell ein Nebenverdienst her – was wäre da naheliegender als ein völlig verrücktes neues Konzept, in dem seine Lieblingskuh Elsa die Hauptrolle spielt? Nach anfänglichen Pannen, Pleiten und Krisen nimmt das Schicksal seinen Lauf und beschert Karsten nicht nur eine neue Einnahmequelle, sondern auch einiges an weiblicher Aufmerksamkeit ...

Renate Pitz
Die Party-Kuh
224 Seiten, Hardcover
Format: 14,8 x 21,0 cm
€ 14,95
ISBN: 978-3-7843-3489-9

Der neue Bestseller von Renate Pitz

Teuflische Tomaten

Nachdem sich die Hauswirtschafterin Nina um den Gemüsegarten von Heiners Mutter kümmert, mutiert plötzlich das Gemüse zu Riesenfrüchten. Da ist guter Rat teuer. Denn bevor das Amt zwielichtige Praktiken mit verbotenen Substanzen wittern kann, muss das Dream-Team die Sache natürlich selber klären. Als dann auch noch die Leiche des ortsansässigen Kleinkriminellen in Heiners Maisfeld gefunden wird, überschlagen sich die Ereignisse ...

Renate Pitz
Das Tomatenkomplott
256 Seiten, Hardcover
Format: 14,8 × 21 cm
€ 14,95
ISBN: 978-3-7843-3498-1

Brillantes Jugendbuch-Debüt

Eine Junge auf der Suche nach Freiheit

Schule und Familie interessieren Andreas wenig. Seine Lieblingsbeschäftigung heißt „Carcrash“. Nach einer abgesessenen Jugendstrafe reicht es seiner Mutter: Andreas wird zu seinem Onkel aufs Land geschickt. Endlose Äcker, stinkendes Vieh und Arbeit über Arbeit – so hatte sich Andreas seinen Sommer nicht vorgestellt. Kein Wunder, dass er so schnell wie möglich abhauen will. Doch dann ist da Annas Geschichte, die Andreas tief drinnen berührt. Als Andreas beginnt sein Leben neu zu finden, steht plötzlich eine Scheune lichterloh in Flammen, und seine Vergangenheit holt ihn ein ...

Bent Ohle
Der Feuerbock
180 Seiten, Hardcover
Format: 14,8 × 21 cm
€ 14,95
ISBN: 978-3-7843-3499-8

Wie alles begann

Kommissar Kattenstrohts erste Fälle

Mitten In der ländlichen Idylle des Münsterlandes wird eine junge Prostituierte mit einem Jagdgewehr aus nächster Nähe regelrecht hingerichtet. Ein Fall für den Münsteraner Hauptkommissar Klaus Kattenstroht, der „aufs Land" fährt und sich, unterstützt von seiner jungen Assistentin Kathrin Eilers, auf die Spur des Täters setzt. Kantig, bärbeißig und gewitzt kommt er am Ende dem Täter auf die Schliche.

Hans-Peter Boer

Stoppelland

176 Seiten, Hardcover
€ 14,95
ISBN: 978-3-7843-3387-8

Ein Landhotel im schönen Münsterland. Dort stürzt ein junger Rechtsanwalt über die Balkonbrüstung. Spektakulär, aber mausetot landet er im hoteleigenen Wellness-Ambiente. Unfall oder Mord? Auch sein zweiter Fall führt Hauptkommissar Kattenstroht zu den Leuten aufs Land. Ein Gestrüpp aus Erbschaftsstreitigkeiten, mafiösen Strukturen und kommunalpolitischem Mief verstellt dem Kommissar zunächst den Blick. Erst nach und nach kommt Licht ins Dunkel und Kattenstroht selbst gerät in Lebensgefahr....

Hans-Peter Boer

Schwengelrecht

192 Seiten, Hardcover
€ 14,95
ISBN: 978-3-7843-3439-4

Das Verbrechen kennt keine Feiertage – und so muss auch Kommissar Kattenstroht zwischen den Weihnachtstagen seinen neuesten Fall klären: Während der Oberstaatsanwalt sich noch von der traditionellen Weihnachtsjagd erholt, wurde einer der Treiber hinterrücks erschlagen. Kommissar Klaus Kattenstroht begegnet bei der Aufklärung Charakteren, die ebenso düster sind wie die Jahreszeit, in der die Polizisten ermitteln: Es sind die „heiligen zwölf Nächte", die Raunächte zwischen Weihnachten und Dreikönige, in denen das Leben auf den Bauernhöfen einen ruhigeren Gang geht. Werden die Ermittler es dennoch schaffen, Licht in den zwielichtigen Fall zu bringen?

Hans-Peter Boer

Kuchentage

192 Seiten, Hardcover, € 14,95
ISBN: 978-3-7843-3486-8

Lesebeispiele unter Buchweltshop.de